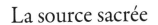

La source sacrée

Du même auteur

Mélissa – tome I, La vengeance des dieux, 2011

Mélissa – tome II, Les tigres de Tiberius, 2011

Mélissa – tome III, Retour en Gaule, 2011

Mélissa – tome IV, Métilia en Égypte, 2011

Mélissa – tome V, La révolte des Éduens, 2011

La source sacrée, édition numérique 2013

La boulangère de Rome, 2015

Jean Claude Chary

La source sacrée

Texte intégral

© 2015, jch-autoedition,

13800 Istres

ISBN : 979-10-93069-02-9

Julia

— Tiens, ma fille ! C'est notre cadeau de la part de ta mère et moi.

— Oh ! Elle est merveilleuse, puis-je la passer tout de suite ?

— Bien sûr, puisqu'elle est pour toi.

Julia saute au cou de son père, Sextus Cornelius Sulla, et l'embrasse avec ferveur sur les deux joues, puis fait de même pour sa mère Falturnia, sous le regard amusé de Sextus.

— Julia, tu m'étouffes, lui dit Falturnia, vas donc la montrer à Sabina, dis-lui aussi qu'elle t'aide pour la mettre.

— Oui, j'y vais tout de suite, répond joyeusement Julia.

Quittant l'atrium, Julia laisse derrière elle ses parents, heureux de voir leur fille pleine de gaieté gravir quatre à

---

1   Le 7 juillet 66, an 819 de Rome.

1

quatre l'escalier qui conduit à l'étage, où se trouve son cubiculum[2]. Cet atrium n'est pas très grand, comme toute la maison dans son ensemble, mais c'est tout de même une demeure assez cossue pour un artisan n'appartenant pas à une riche famille.

Jeune fille rieuse et sans soucis, Julia vit chez ses parents, dans le quartier sud de Glanum, le quartier où résident essentiellement des Gaulois, artisans ou commerçants. Sa famille est propriétaire de deux fumoirs à vin, situés côté gauche de la chaussée lorsque l'on va du quartier sud vers le rempart de la ville, peu avant le sanctuaire d'Hercule qui, lui, est sur le côté droit.

*

De retour dans sa chambre, Julia enfile au plus vite sa belle robe, aidée en cela par Sabina, son esclave et dévouée servante. Sabina lui avait été offerte pour ses quatorze ans, depuis, elle s'occupe surtout de sa toilette et de ses coiffures. À peine plus âgée, elle est une bonne compagne pour Julia. Originaire d'un lointain pays d'Hispanie, Sabina est également très brune, mais sa peau est aussi mate que celle de Julia est blanche. Les deux jeunes filles entretiennent toujours une relation simple et amicale, Julia oubliant souvent qu'elle est la maîtresse alors que Sabina est plus réservée, et sur ce point, plus respectueuse des règles.

---

2   Un cubiculum est une chambre à coucher.

— Tu as une bien belle stola Maîtresse, elle va faire de toi une vraie femme courtisée par les hommes les plus en vue de Glanum[3], dit Sabina, sérieuse et admirative.

— Ne sois pas stupide Sabina, j'ai seize ans, je ne suis pas encore une femme.

— Tu fais erreur Maîtresse, ton corps est maintenant bien formé. Sous tes vêtements, ta poitrine gonfle doucement au fil des jours. Je crois bien que tu es maintenant une femme en âge de donner un héritier au meilleur parti de notre bonne ville.

— Ne me trouves-tu pas trop jeune pour enfanter ? Je n'ai jamais connu d'hommes… je veux dire… enfin, tu me comprends toi.

— Oui Maîtresse, ce n'est pas comme moi, avoue Sabina en baissant son regard.

— Ah bon ? Tu en connais toi, des hommes ? questionne Julia en se donnant l'air le plus innocent possible.

— Pas vraiment, mais ton père se soulage volontiers avec moi, lui répond Sabina en regardant toujours ses pieds.

— Oui… je le sais bien. Et tu aimes qu'il soit sur toi ?

— Non Maîtresse ! Cela me fait à chaque fois souffrir, alors je ferme les yeux et j'attends qu'il ait terminé.

— Pourquoi ne pas lui dire ?

— Je suis ton esclave, il est mon maître, comment lui dire une pareille chose sans provoquer sa colère ?

— Je peux lui parler si tu veux.

---

3 **Glanum**, à proximité de l'actuelle ville de Saint-Rémy-de-Provence, dans le département des Bouches-du-Rhône.

Il va me battre, dit Sabina d'un ton dévoilant sa peur et qui cette fois, ne regarde plus le sol. Je n'ai pas le droit de me plaindre Maîtresse, tout juste celui de respirer, à condition que cela soit en silence.

— Je ne dis pas que tu te plains, juste que cela me gêne et que je veux qu'il te laisse tranquille, propose Julia d'un ton calme.

— Tu es gentille Maîtresse, mais cela me fait peur, si Maître Cornelius est fâché contre moi, je vais mourir ce soir.

— Ne dis pas de sottises, je vais user de tous mes arguments pour le convaincre, sans rien avouer qu'il puisse te reprocher, dit Julia en montrant sa beauté dans la nouvelle robe, dévoilant à son esclave de quels arguments elle parle.

Dans sa nouvelle stola jaune, Julia ressemble à une jonquille soudainement sortie de terre, visiblement heureuse et fière de la porter pour la première fois. Comme le plus souvent, ses longs cheveux bruns sont roulés en deux grosses nattes qui lui coulent dans le dos. D'ordinaire, elle porte soit une robe de fin lainage, ou simplement une tunique, mais aujourd'hui est un jour d'exception puisqu'elle vient d'avoir seize ans. Suivie par Sabina qui la regarde avec admiration, Julia sort de son cubiculum, descend l'escalier aussi vite qu'elle l'avait monté, et se dirige vers la porte de l'atrium.

—Julia !

— Oui maman ?

— Où vas-tu à cette heure matinale ? Tu n'as pas besoin de sortir si tôt.

4

— Je veux seulement étrenner ma robe, je vais jusqu'au forum pour voir comment on me regarde.

— Ma fille, que veux-tu faire sur le forum, demande Falturnia inquiète, c'est un lieu pour les marchands et pour les hommes de la ville.

— Justement, je veux savoir comment les hommes me regardent dans ma belle robe jaune. Je suis sûre d'être très remarquée.

— Mais que veux-tu dire ? pourquoi te faire remarquer par des hommes ? demande Falturnia encore plus inquiète.

— Hé bien ! un jour je devrai me marier, alors il faut que l'on me connaisse, non ? lui répond Julia en riant

— Je te rappelle que tu viens juste d'avoir seize ans, tu as encore le temps de penser à ton mariage, et puis, avec qui veux-tu donc te marier ?

— C'est justement pour le savoir que je vais aller au forum, mais je te promets de revenir vite et de tout te raconter, dit Julia, sérieuse et toujours avec le sourire.

— Crois-tu qu'il est sage de sortir seule ? Je veux que ton esclave reste à tes côtés, ainsi personne ne viendra t'importuner. exige Falturnia.

— C'est justement ce que j'ai prévu, d'ailleurs elle est derrière moi pour m'accompagner.

— Toi Sabina, dit sèchement Falturnia, je te confie la garde de ma fille. Sur ta vie, prends en grand soin.

— Oui Maîtresse, sur ma vie je vais en prendre grand soin. répond Sabina, convaincue de ne rien pouvoir changer à son destin.

Sitôt dit, sitôt fait, Julia suivie par Sabina, est dans la rue. Falturnia entend claquer la porte et comprend que sa fille est déjà dehors. Inutile d'insister, elle ne répondra plus. Il ne faut aux deux jeunes filles, que quelques minutes pour passer le mur d'enceinte de la ville et franchir la porte piétonne. Un garde lui tourne un regard admirateur, la gratifiant au passage d'un discret sourire. Juste derrière le mur se trouve une place avec sur la droite des marchands et leurs étals aux mille couleurs et aux mille parfums. Julia sent aux regards des autres qu'elle ne leur est pas indifférente, c'est déjà un début fort prometteur.

Continuant toujours en direction du forum, elles laissent sur leur droite une grande fontaine décorée par deux belles statues, puis sur leur gauche, deux temples côte à côte dans le même péribole, grande galerie entourant les deux monuments sur trois de leurs côtés, et délimitant l'espace sacré.

Les temples, chacun bâti sur un haut podium, ont en façade un porche surmonté d'un fronton supporté par six colonnes, quatre de face et deux de côté. Sous le porche du plus grand temple, un petit groupe de jeunes gens regardent passer Julia en la gratifiant de quelques quolibets et sifflets admiratifs. Laissant croire à son indifférence, elle apprécie à sa juste valeur l'effet produit et dirige ses pas rapides vers une des entrées du forum.

D'une main gracieuse elle lève légèrement le bas de sa robe afin de dégager ses fines chevilles et ne pas marcher sur le tissu. Le menton levé comme une aristocrate, elle franchit la porte du forum, puis sans aucune hésitation, fait ses premiers pas sur la place dallée.

— Comment me trouves-tu Sabina, ai-je une belle démarche avec ma nouvelle robe ?

— Tu es très belle Maîtresse, cette stola te va à merveille et sa couleur s'accorde parfaitement avec celle du soleil.

— Tu dis cela pour me faire plaisir, mais toi, ta tunique n'est pas resplendissante.

— Je ne suis qu'une esclave.

— Je le sais bien, mais moi je te vois comme une amie, je vais te donner une belle tunique quand nous serons de retour chez mon père.

— Merci Maîtresse, mais mon maître risque de ne pas aimer que tu me donnes une de tes tuniques sans son approbation.

— Ne peux-tu donc pas oublier mon père, et simplement m'appeler Julia ?

— Non, je ne peux pas le faire, dit tristement Sabina. Tu sais bien que cela m'en coûterait si quelqu'un m'entendait t'appeler par ton nom.

— C'est très déplaisant à la fin, je n'aime pas quand tu m'appelles toujours maîtresse. Falturnia est ta maîtresse oui, mais pas moi, je suis juste ton amie.

— Peut-être Maîtresse, peut-être.

— De toute façon, depuis ce matin j'ai seize ans, je ne suis plus une enfant, mais une adolescente. J'ai bien le droit de choisir ta tenue, après tout, n'es-tu pas à moi?

—Oui Maîtresse, je suis à toi tant que tu le désires, ensuite tu pourras me donner à qui tu veux, ou bien me vendre aussi, puisque je ne suis qu'un objet.

— Tu es folle de parler comme ça, tu sais bien que c'est complètement faux ! crie Julia d'un air horrifié, comme si elle découvrait seulement aujourd'hui cette vérité.

— Oui Maîtresse.

— Oh la, la ! Ma mère a dit que tu devais me surveiller, alors ne me perds pas de vue, et ne réponds rien maintenant.

Sabina s'abstient de prononcer un mot de plus, baissant son regard elle reste immobile près de sa jeune maîtresse. Après un rapide coup d'œil alentours, Julia, suivie par Sabina, se dirige vers les premiers marchands, des vendeurs de bijoux et autres accessoires de parfumerie et de maquillage, installés sous les galeries à droite et à gauche de la place. Face à elle, occupant tout le fond du forum, se trouve l'imposante basilique. Des hommes vêtus de toges blanches entrent ou sortent du bâtiment, d'autres parlent sous les voûtes qui les abritent du soleil. Partout sur la place, des groupes de deux où plus, font la conversation au sujet de tout et de rien. Certains parlent doucement alors que d'autres utilisent leurs mains pour renforcer leurs dires, créant ainsi une animation bon enfant.

Bien que Julia ne se maquille pas encore, – du moins pas officiellement –, elle utilise parfois les cosmétiques de sa mère, toujours avec discrétion et parcimonie, à cause de leur prix fort élevé.

Tous ces flacons de diverses couleurs, tous ces petits pots renfermant de subtiles substances pour rester jeune, comme cela est donc bien aguichant. Et toutes ces couleurs pour peindre les lèvres sont d'un effet assuré, avec celles pour les ongles et les paupières, il ne manque rien.

Julia prend d'une main les plus attirants, puis d'un geste gracieux en hume les doux parfums et demande son avis à Sabina, posant toutes sortes de questions aux marchands comme si elle s'y connaissait vraiment. Sûrement pour la première fois de sa vie, Julia joue à être une dame, sous le regard étonné de Sabina qui ne sait vraiment plus quoi penser de sa jeune maîtresse.

— Bonjour Julia Cornelia, dit une voix masculine juste derrière elle.

À l'écoute de son nom, et maîtrisant bien sa surprise, Julia se tourne avec élégance, sans précipitation, sans laisser paraître le moindre trouble d'être ici interpellée.

— Bonjour, qui es-tu pour connaître mon nom ?

— Je suis Manius Juventius Secundus, deuxième fils de Caius Juventius, il est…

— Je sais qui il est ! dit Julia en interrompant son interlocuteur.

Manius est un jeune garçon de Glanum, mince et athlétique comme tous les jeunes de son âge. Revêtu d'une toge en fine laine parfaitement blanche, il montre qu'il appartient à la haute société de la ville. Son sourire, nanti de chaque côté d'une profonde fossette fait craquer les filles, sans compter ses yeux clairs qui dévisagent son interlocutrice. À ses cheveux encore humides, Julia voit qu'il sort des thermes situés un peu plus loin après le forum, juste derrière la basilique. Manius, au contraire de Julia, ne cache pas son étonnement

— Connaîtrais-tu mon père ? lui demande-t-il.

— Comme tout le monde à Glanum, bien sûr, répond Julia, fière d'elle et de ses connaissances.

— Évidemment… mais toi, je n'ai pas le souvenir de t'avoir déjà vue ici, sur le forum.

Je viens rarement dans cet endroit pas fait pour une jeune fille, mais aujourd'hui, c'est bien différent.

— Ah oui ? Et en quoi est-ce si différent aujourd'hui ? demande Manius curieux de savoir la raison qui fait de ce jour, un jour bien différent.

— Hé bien d'abord, j'ai seize ans, et une belle robe toute neuve.

— Je remarque ta belle robe, je te félicite aussi pour tes seize ans, mais cela ne dit pas pourquoi tu es sur le forum.

— Je voulais savoir si je serais remarquée, à l'évidence cela marche bien.

— Même sans ta jolie robe Julia, il y a longtemps que je t'ai remarquée dans notre petite ville.

—Ah bon ? Même sans une jolie robe ?

— Assurément, c'est pour cela que je sais qui tu es et que je connais ton nom.

— Bon alors, il faut que je reparte maintenant.

— Déjà ? Tu viens à peine d'arriver.

— Je sais ce que je voulais savoir, je peux donc repartir. Et puis tous ces produits sont encore trop chers pour moi.

— Je comprends, mais dis-moi Julia Cornelia, seras-tu encore là demain ?

— Qu'est-ce que cela peut bien te faire ?

—Cela peut me faire plaisir, comme aujourd'hui.

—C'est vrai ? Je t'ai fait plaisir en venant ici ?

— Oui, vraiment. Viens demain et nous parlerons encore.

— C'est bien, demain je vais venir ici à la même heure.

— À demain Julia Cornelia !

— À demain Manius Juventius !

Julia peut repartir convaincue de ne pas laisser indifférente la gente masculin. En tout cas, le beau Manius lui a parlé, sans même qu'elle fasse un effort, c'est donc bien la preuve qu'elle attendait pour savoir si elle plaît aux hommes.

— Qu'en dis-tu Sabina, je leur plais ?

— Je te l'ai dit Maîtresse, tu es très belle dans cette robe jaune, et même sans elle également.

— Peut-être, mais je ne vais quand même pas me promener toute nue non plus.

— Pour le coup Maîtresse, je crois bien que tu plairais vraiment à tous les hommes.

— Encore maîtresse ? Bon, nous rentrons.

Les deux jeunes filles s'en retournent d'un pas tranquille, Julia, maintenant rassurée de plaire aux hommes marche nonchalamment, comme une vraie courtisane aguichant ses admirateurs.

*

Ce matin, Julia est vêtue d'une simple tunique en fin lainage de couleur crème, celle qu'elle préfère, avec une ceinture et des sandales de cuir marron, prête à sortir de nouveau.

— Sabina !

— Oui Maîtresse que… ?

Sabina ne termine pas sa phrase qu'elle reçoit une gifle lui laissant immédiatement une marque rouge sur la joue. Ouvrant de grands yeux, elle regarde Julia avec un air interrogateur.

— Pourquoi me punir Maîtresse, ai-je fait une bêtise ?

— C'est justement pour ça ! Tu m'as encore appelé maîtresse alors que tu m'avais promis de ne plus le dire.

— C'est l'habitude Maît… Julia. De toute façon, si quelqu'un m'entend t'appeler par ton nom, je serai battue aussi et sûrement plus fort que par toi, tu ne me laisses vraiment aucun choix.

— D'accord, disons que tu m'appelles Julia quand nous sommes toutes les deux, et sinon, tu continues de dire comme tu veux.

— Merci… Julia, dit timidement Sabina.

— Ma pauvre Sabina, je suis bien méchante avec toi qui es si gentille, viens vers moi.

Julia prend Sabina dans ses bras et l'embrasse sur sa joue rougie.

— Oh ! Ta joue est toute chaude, dit-elle en retirant ses lèvres..

— Tu as frappé fort Julia, je sens encore ta main qui me brûle.

— Je ne le ferai plus, c'est promis, fais comme tu peux pour me parler, moi je vais sur le forum et toi tu restes ici pour m'attendre.

— Maîtresse Falturnia va me disputer si je te laisse sortir seule.

— Ah ! Alors je vais te donner maintenant une nouvelle tunique. Tiens, celle-là est parfaite pour toi, dit Julia en lui tendant une stola bleu ciel, presque neuve.

— Elle est beaucoup trop belle pour moi ! s'écrie Sabina, surprise par la fraîcheur du tissu.

— Retire cette guenille et essaie de la mettre. De toute façon je veux que tu sois aussi bien vêtue que moi.

— Comme ça, tu seras sûre de savoir que tu es la plus belle.

— Et si c'était toi la plus belle ? demande Julia en levant le menton et en tournant un regard interrogateur vers Sabina.

— C'est impossible, lui répond Sabina en regardant le sol carrelé, une esclave ne peut être plus belle que sa maîtresse.

— Hum… tu crois cela Sabina ? Moi je n'en suis pas si sûre que toi. J'ai déjà vu des vieilles toutes moches se pavaner comme des pucelles, alors qu'elles étaient suivies par des esclaves resplendissantes. Allez ! habille-toi vite.

Ne se faisant pas prier pour jeter sa vieille tunique râpée, Sabina tente de rester courtoise, sa joue encore chaude la conviant à se faire discrète.

— Tu es très belle Sabina, dit Julia d'une voix très affectueuse, jamais tu ne te montres nue devant moi. Nous avons presque le même âge et toi aussi tes seins ont poussé, ta taille est fine et ta peau ressemble à du satin. Tu mérites largement d'être bien habillée.

Du bout des doigts, Julia caresse son esclave paralysée par la crainte d'être surprise dans cette attitude, et gênée de ce qui lui arrive.

— Comme tu es douce, jamais je n'avais pensé à te toucher de cette manière, alors que toi tu connais tout de moi.

— Les maîtres n'ont pas pour habitude de caresser leurs esclaves, mais ce que tu fais est mal, il faut que je m'habille Julia.

— Oh ! Comme j'aime que tu m'appelles Julia, habille-toi maintenant. Mais tu sais, je ne trouve rien de mal à te toucher, tu le fais bien quand tu masses mon corps après le bain.

Sabina s'empresse d'enfiler la nouvelle tunique de couleur bleue que Julia vient de lui donner, elle est presque neuve et fait bien ressortir la teinte de sa peau bronzée. Une belle tunique appartenant à Julia, et qui lui va à ravir puisque les deux filles ont à peu près la même taille. Julia lui ajoute une ceinture marron en corde tressée qu'elle noue elle-même, puis une paire de sandales en bon état qui complète la tenue. Ses cheveux noirs coulent sur ses épaules et jusque dans son dos.

— Tu es maintenant présentable, tu peux rester derrière moi.

— Maîtresse Julia, demande Sabina angoissée, nous somme vêtues de la même façon, cela n'est pas raisonnable.

—Ah ! là, tu viens de trouver un bon compromis, maîtresse Julia… il fallait y penser. De toute façon c'est moi qui décide. Crois-tu que l'on peut te confondre avec moi, te prendre pour une maîtresse ? dit Julia d'un air faussement hautain.

— Bien sûr que non, je n'ai pas ta beauté ni ta grâce naturelle, chacun peut reconnaître que je suis une esclave.

— Ce n'est pas vrai, tu dis cela pour me faire plaisir, mais je vois bien comme tu es très belle aussi, même sans une tunique neuve. Si j'étais un garçon, je crois que je te préférerais à moi.

—C'est toi maintenant qui parles pour me faire plaisir, mais je ne suis que ton esclave, pas ton amie.

— J'ai vu ton corps bien fait, j'ai aussi touché la douceur de ta peau, alors crois-moi, je dis vrai. À côté de toi j'ai l'impression d'être une gamine pleurnicheuse, alors que tu sais parfaitement faire ton travail et tout supporter sans rien dire. Tu es une charmante fille, je devrais même dire, une charmante femme, alors je vais toujours te garder avec moi. Termine de te préparer, je vais voir mon père dans son tablinum afin d'exiger de lui qu'il n'importune plus… mon amie.

Julia a parlé sur un ton très sérieux que ne lui connaissait pas Sabina, et qui la regarde sortir en ouvrant de grands yeux, surprise par ce qui lui arrive.

*

Devant la porte fermée du tablinum, Julia frappe deux petits coups, puis tend l'oreille car elle sait que son père est présent.

— Père, puis-je entrer ?

— Oui Julia, entre ma fille. Que veux-tu donc de bon matin ?

— Rien, simplement te demander quelque chose.

— Si je peux te l'accorder ce sera avec plaisir, dis-moi ce qui te tracasse.

— C'est au sujet de Sabina… je…

— Elle te manque de respect ? Elle ne fait pas correctement son travail ?

— Non ! Ce n'est pas ça du tout, dit Julia en voyant son père rougir par la colère.

—Alors quoi ? lui demande-t-il inquiet.

— Hé bien voilà ! heu… j'aimerais que tu ne la touches plus.

— Que me dis-tu, ne suis-je plus le maître ici ?

— Si bien sûr, mais cela me dérange de le savoir.

— Elle s'est plainte à toi ?

— Pas du tout, soit en assuré, mais je le sais. J'aime beaucoup Sabina, mais pas ce que tu lui fais subir. Imagine un homme de ton âge faire la même chose avec moi, crois-tu que tu aimerais cela ?

— Évidemment non… je suis donc obligé de me plier à tes exigences je suppose ?

— Ce serait très bien.

— Alors soit, je ne la toucherai plus puisque tu le demandes, sauf pour la corriger de ses fautes.

— Même pour cela je te demande de ne pas la frapper, je tiens à m'en occuper personnellement.

— Hé bien ma fille, puisque tu souhaites gérer ta vie comme une femme, je te promets de ne plus toucher Sabina, à toi d'assumer cette tâche, à toi d'être une maîtresse.

— Merci père, j'étais sûre que tu allais me faire plaisir.

Julia peut ressortir satisfaite, le négoce a été très rapide. Trouvant peut-être embarrassante cette discussion avec sa fille, Sextus Cornelius n'a pas su insister, ou simplement sa gêne l'en a-t-elle dissuadé.

Accompagnée par Sabina maintenant bien habillée, Julia lui raconte son entretien avec son père, l'assurant que plus jamais il ne la toucherait sans qu'elle soit consentante. À cette nouvelle, Sabina ne lui cache pas sa joie.

— Là, Maîtresse Julia, si ce que tu dis est vrai, tu peux tout me demander, je suis doublement ton esclave. Je peux mourir pour toi si tu l'exiges.

— Ne dis pas de sottise, je n'imagine même pas une telle chose possible… mourir pour moi… me prends-tu pour une déesse ?

— À mes yeux oui, tu ne sais pas à quel calvaire tu me fais échapper.

— Non, je ne sais pas… tiens, on arrive au forum. De parler le temps passe vite.

*

Manius qui attendait là depuis un petit moment, voit Julia dès son entrée dans l'enceinte du forum. Se sentant observée, Julia tourne son regard dans sa direction. Arbo-

17

rant un large sourire dès qu'elle le voit, elle se dirige vers lui.

— Bonjour Manius, tu es déjà là à m'attendre ? lui demande-t-elle innocemment.

— Non non, je passais comme d'habitude, je suis juste un peu en avance.

— Hum, oui, juste un peu en avance.

— Je vois que ton esclave porte également une belle tunique, doit-elle être aussi remarquée ?

— Pas du tout, mais je tiens à ce que mon personnel soit bien vêtu.

— Ton personnel ? Comme tu y vas, elle n'est comme beaucoup d'autres qu'une simple esclave de tes parents.

— Une esclave peut-être, mais pas une simple esclave. Elle est à moi, belle, intelligente, et je veux qu'elle soit bien vêtue lorsque nous sortons.

— Tu as raison Julia, mes paroles ne doivent pourtant pas t'offenser, je ne disais pas cela avec une mauvaise pensée.

— Bien, alors si nous marchions un peu tout en bavardant.

— Oui, regardons ensemble ce que ces marchands proposent sur leur étal.

— Aujourd'hui, je ne porte pas une belle robe, je suis comme mon esclave, cela ne te dérange pas ?

— Pas du tout, tu es de toute manière fort jolie, même avec une tunique bien ordinaire.

— Toi aussi tu portes une tunique bien ordinaire aujourd'hui, cela ne te gêne pas non plus ?

— À l'évidence non. Je ne suis pas un élu qui a besoin de se valoriser auprès des autres. En sortant des thermes je suis bien plus à mon aise avec cette tenue toute simple.

— Tu as raison Manius, tiens, allons là-bas, vers ce marchand de parfums.

Manius regarde Julia qui s'évertue en gestes et en mots pour laisser paraître sa connaissance sur les produits, mais finalement, il ne peut résister à la tentation de lui offrir un parfum. Depuis ce jour, ils ont pris l'habitude de se rencontrer souvent sur le forum, toujours suivis par Sabina, mais uniquement le matin. Après le repas de midi, c'est seule, que Julia va faire son petit tour. Entre les deux jeunes filles, le secret des sorties de Julia reste bien gardé.

Sabina croise régulièrement son maître qui lui parle maintenant avec douceur, lui sourit même parfois, mais qui jamais plus ne l'a violée depuis que Julia est intervenue en sa faveur. Sextus Cornelius Sulla n'a plus jamais touché Sabina, pas même pour une simple gifle, récompense pourtant bien ordinaire pour une erreur faite ou à venir. Sabina est depuis lors l'esclave la plus dévouée de Glanum pour sa jeune maîtresse. Elle continue de l'appeler Julia, mais seulement quand elles sont toutes les deux.

*

* *

Le retour à Rome

Pendant ce temps, dans le théâtre d'Apollon construit près de l'oracle de Delphes[4], les chants et les poésies se succèdent, sans fatigue apparente de l'artiste, mais bien souvent le public n'en peut plus. Chacun, pourtant obligé d'écouter et d'applaudir, n'ose se risquer à une absence qui pourrait lui coûter cher. Il est obligatoire d'être présent, et d'aimer le dieu qui offre son art avec tant de générosité.

Le dieu chanteur n'est pas laid, mais sa peau est couverte de taches, son ventre un peu gros et ses jambes grêles ; il n'a rien d'un athlète. Âgé de seulement trente ans, il détient pourtant tous les trophées Olympiques que l'on puisse espérer.

Sur le lieu même où Apollon citharède, dieu du chant, de la musique et de la poésie rend ses oracles, Néron, empereur du monde des hommes et dieu sur terre, obtient tous les succès. Pour cela, il a fait modifier les dates des

---

4   Au pied du mont Parnasse en Phocide, **Delphes** est le site d'un sanctuaire où parlait l'oracle d'Apollon à travers sa prophétesse, la Pythie ; il abritait également l'Omphalos « nombril du monde ». Investi d'une signification sacrée, Delphes fut le véritable centre et le symbole de l'unité du monde grec.

21

jeux panhelléniques[5] afin qu'ils aient tous lieu la même année. Les jeux olympiques sont pour lui comme pour les Grecs, les plus importants de tous, il a participé en personne à de nombreux concours et remporté chaque fois la victoire. Ici il exerce son art, la musique et le chant, en s'élevant au niveau du dieu qui vit dans cet endroit.

À l'entrée du stade d'Olympie se trouve une double rangée de six statues en bronze, représentant le dieu Zeus, et appelées les Zanes. Le but de leur présence n'est pas tant décoratif que justifié par la nécessité. Lorsqu'un athlète se laisse corrompre pour gagner une compétition, ou favoriser la victoire d'un concurrent contre une prime, il est condamné à payer une amende, celle-ci servant par la suite à l'édification des statues. Le nom du tricheur y est gravé sur son socle, pour être éternellement à la vue de tous. Cela ne manque pas de faire dire à certains que Néron peut, à lui seul, doubler le nombre des Zanes, tellement il est convaincu de tricherie, mais il vaut mieux le dire entre amis.

Avant la date des jeux, Néron passait beaucoup de temps au gymnase et à la palestre[6] afin d'y observer les athlètes, de sélectionner qui serait son adversaire pour chaque discipline ; lequel adversaire était ensuite convaincu de perdre l'affrontement pour ne pas y perdre la vie. Lors des combats, ceux auxquels il ne participait pas, il se mêlait aux juges et n'hésitait pas à s'asseoir di-

---

5   Les jeux Olympiques, à Olympie tous les quatre ans ; les jeux Isthmiques, à Corinthe la 1re et la 3e année ; les jeux Néméens, à Némée la 2e et la 4e année ; les jeux Pythiques, à Delphes tous les cinq ans au cours de la 3e année.

6   La palestre était un haut lieu de l'éducation grecque, on y pratiquait le sport, en apprenant l'effort et la gloire dans le respect de l'autre.

rectement sur le sol, comme n'importe quel spectateur ; ou bien à prêter la main à un combattant qui venait de chuter afin de l'aider à se relever. Néron montra beaucoup de douceur et d'affection à l'égard des adversaires, pourvu qu'ils ne fussent pas contre lui. De toute manière, ses adversaires ont tous déclaré forfait devant lui, prétextant qu'une course ou un combat ne peuvent être remportés face à un dieu vivant. C'est ainsi qu'il gagna ses couronnes de lauriers aux feuilles d'or, déclaré champion par ses opposants, qui ne s'opposaient à personne.

Par ailleurs excellent aurige, il sait conduire un quadrige[7] en prenant beaucoup de risques pour sa personne. À Olympie, c'était à la tête d'un char tiré par dix chevaux qu'il prenait seul le départ, ainsi assuré du résultat, il était déclaré vainqueur et proclamé champion olympique. Bien que tout cela ne remette pas en cause ses qualités de musicien et de poète, ni le travail qu'il a dû accomplir pour être le meilleur, tout de même, ces titres semblent à chacun usurpés.

À Olympie, il a ravi tous les titres, ne laissant à aucun concurrent la moindre chance de rentrer chez lui avec une récompense. À Corinthe, lors des jeux Isthmiques en l'honneur du dieu Poséidon, il a cédé à contre-cœur les victoires les moins importantes, tout comme à Némée, dans le Péloponnèse, d'où il est reparti avec un grand nombre de couronnes. Pour les jeux Pythiques qui se déroulent à Delphes, en l'honneur du dieu Apollon, c'est la partie artistique qui a retenu le plus son attention. Sa participation aux épreuves sportives s'est relâchée au profit des compétitions musicales, mais là, rien ne lui échappe.

---

7 Char à quatre chevaux, conduit par un aurige. Néron s'est souvent illustré dans le Circus Maximus de Rome, ainsi que dans le cirque de Néron, également situé à Rome.

Se considérant volontiers comme un dieu de la musique, au moins à la hauteur du sublime Apollon, il n'envisage pas un instant de partager une victoire avec un humain bien ordinaire. De toute façon, quiconque aurait la moindre illusion sur ce sujet, se verrait raccourci d'une tête avant même d'ouvrir la bouche pour clamer ses chants.

*

Nonis Februarius DCCCXXI[8]

Consulat de Tiberius Catius Asconius Silius et Publius Galerius Trachalus. Situé dans le talon de l'Italie, Brundisium[9] est en effervescence. À cet endroit, la côte forme une anse profonde, terminée par un chenal étroit donnant sur un port parfaitement isolé des troubles de la mer. L'eau y est toujours très calme, pas une vague pour gêner les opérations navales conduites par des marins expérimentés. Ce port très important, est un des points de départ ou d'arrivée d'une ligne maritime régulière reliant l'Italie à la Grèce, et de ce fait fort bien équipé.

Sur le quai, de nombreux notables tous plus curieux les uns que les autres, sont à attendre là, en scrutant au mieux de leur vue l'horizon lointain. Réunis par petits groupes, les discussions vont bon train. Les uns, sûrs de ce qu'ils avancent, pronostiquent ce qui va arriver ; d'autres, pendus à leurs lèvres si bien renseignées, ne perdent pas un mot de ce qui se dit, alors que d'autres encore frappent sur le dos de leurs esclaves pour les forcer à voir toujours plus loin. Autour d'eux, de nombreux esclaves rivalisent de zèle pour tenir leurs maîtres et maîtresses bien à l'ombre, sous une ombrelle de fin tissu qu'ils maintiennent juste au-dessus de leurs têtes, ou bien les rafraîchissent en agitant avec douceur des éventails en plumes de paons. Des petites tables pliantes sont disposées de-ci de-là, avec des boissons fraîches et de douces collations sucrées au miel.

---

8   Le 5 février 68 après J.-C. An 821 de Rome.
9   Actuelle Brindisi, ville portuaire sur la côte Adriatique, au sud-est de l'Italie dans la région des Pouilles (**Puglia**).

À l'infini, là où le ciel et la mer se rejoignent dans une brume qui, semblant permanente, marque un horizon flou qui fuit quand on tente de l'approcher, de nombreux navires font route sur la ville, tout cet horizon est encombré par des milliers de voiles paraissant sortir de l'eau. Les badauds, attirés par cette agitation sont aussi au rendez-vous, même sans savoir ce qu'il se passe, il est de bon ton d'être curieux. Depuis plusieurs jours, la nouvelle du retour de l'empereur est annoncée avec son flot d'informations vraies ou fausses, mais qui toutes, alimentent les conversations, chacun pariant sur le jour de l'arrivée. Une telle quantité de navires n'est pourtant pas un événement banal, quand bien même, que l'on en soit averti. Derrière les pontes et les édiles de Brundisium, se pressent les plébéiens, hommes et femmes libres et sans fortune qui pourtant s'intéressent aux événements du jour. Quoique tous pauvres, certains le sont un peu moins que les autres, souvent accompagnés de celui ou de celle, qui est à la fois leur esclave et seul ami.

Plus les bateaux approchent des quais, plus la foule se resserre par ordre décroissant de fortune, les riches devant, et comme toujours, les pauvres derrière. Les premiers rangs craignant de se voir bousculés dans l'eau sont entourés par leurs propres gardes du corps, bien souvent des gladiateurs vétérans qui jouent des gros bras pour maintenir un écart entre leur maître et les pauvres, qui eux tendent le cou pour voir plus loin, allongeant leurs oreilles pour mieux entendre.

Après de nombreuses heures passées à attendre et à piétiner sur les pierres froides du quai, deux bateaux accostent enfin. Ils ne laissent sortir de leur cale, que des prétoriens en armes qui forment immédiatement un cercle autour du débarcadère. Repoussant vigoureusement ceux qui attendent ici depuis l'aube, agrandissant ostensiblement la surface libre placée sous leur protection. Les deux bateaux repartent dès que tous ont mis pied à terre, laissant le champ libre pour d'autres.

Peu de temps après, une énorme galère accoste enfin avec une surprenante douceur ; un si gros navire qui sans bruit prend appui contre les bastaings de chêne servant à protéger la bordure de pierres, montre la qualité de son équipage. Il est suivi par un nombre impressionnant d'autres bateaux de toutes sortes et de toutes dimensions, qui ne pouvant tous atteindre le bord en même temps, doivent s'ancrer au large et attendre qu'une place se libère pour vider chacun leur tour, leur ventre plein.

Les premiers bateaux accostent tranquillement sans que rien ne se passe de spectaculaire ; aucune activité sur les ponts des navires, et les badauds qui attendent toujours d'en savoir plus. Heureusement, la patience finit par payer, des hommes vont et viennent sur la grosse galère ; une échelle de coupée est tirée jusqu'au quai. Des soldats descendent en premier en formant une haie de protection à l'intérieur du cercle des prétoriens, scrutant ceux qui sont ici, prêts à intervenir au moindre geste suspect. Ensuite, c'est une passerelle qui est placée contre le flanc du navire pour en faciliter la descente de ses passagers.

Les premiers à débarquer des autres bateaux, sont les jeunes gens au service du prince, feignant partout l'admiration et saluant sa divinité à cor et à cri, applaudissant pour rien, n'hésitant pas non plus à pleurer d'émerveillement devant les prouesses de leur dieu. Ici, comme partout ailleurs, ils se placent en faux spectateurs pour couvrir l'événement, mais ils ont droit à l'intérieur du cercle de protection qui les met à l'abri du reste du monde.

Vêtu d'une toge blanche et portant sur sa tête une couronne de laurier en or, un mouchoir sur sa bouche et une démarche efféminée, un homme jeune et un peu enveloppé descend du gros navire, son allure tourne en ridicule ses premiers pas sur le sol natal. Si ce n'était la crainte de périr, tous en riraient volontiers, mais il est fort recommandé de s'abstenir d'un tel comportement, à moins bien sûr d'être déjà lassé de la vie. Les mignons applaudissent et poussent des cris dès ses premiers pas, leur dieu vient de débarquer sain et sauf sur la terre d'Italie.

Parti depuis septembre huit cent dix neuf[10], après presque deux années d'absence, Néron est de retour. À peine sur le quai il se donne en spectacle devant des gens venus exprès pour le voir ; tous l'applaudissent en criant son nom, lui donnant l'illusion d'être vraiment un dieu sur terre et le confortant ainsi dans sa folie. Pourtant, il est bien difficile de faire autrement, toute absence remarquée et c'est la mort, toute présence remarquée sans ferveur, et c'est la mort ; alors que faire pour ces gens de nobles familles, sinon être ici et applaudir également en y mettant tout leur cœur.

Les plus éminents personnages de la ville sont là pour lui assurer leur soutien et le féliciter de son retour tant attendu ; la voiture du prince est la première sur ses roues, rapidement suivie par beaucoup d'autres qui se tassent sur les quais.

Néron est invité par le légat de Brundisium à venir dans sa demeure, mais l'empereur décline l'offre et préfère se désaltérer à l'eau fraîche d'une fontaine. S'asseyant sur le bord de pierres, il décide contre l'avis de tous d'attendre ici que le convoi soit prêt au départ, justi-

---

10 Année 66 après J.-C.

fiant que, comme citoyen romain et chef du convoi, il se doit d'attendre ses bons amis.

Les jeunes gens, l'air plus efféminés que les femmes elles-mêmes, sont tous là à faire leur comédie, mais également prêt à dénoncer tout manquement à la ferveur. Néron les entretient et les traîne partout avec lui, aimant être adulé par cette bande de faux jetons toujours à pleurnicher à ses pieds, montrant aux foules le bon comportement à tenir.

Assis sur le petit rebord de pierres, Néron trempe sa main dans l'eau et la passe sur ses joues. Aussitôt une belle fille se jette à ses pieds, lui rafraîchit son divin visage avec une éponge humide qu'elle trempe régulièrement dans l'eau de la fontaine. Découvrant une généreuse poitrine bien décolletée, elle espère au moins un regard du prince, une moindre attention du dieu qui pourrait lui rapporter un petit pécule. Si fait, attendri par la jeunesse de cette fille, l'empereur ordonne qu'une bourse de pièces d'or lui soit attribuée en échange de sa spontanéité à le servir.

— Voilà bien ceux qui m'aiment véritablement, dit-il d'un air joyeux à l'adresse de son entourage, ils me servent sans que je donne l'ordre de le faire, par pur amour pour moi qui suis leur père à tous.

Tous applaudissent la générosité du prince, et chacun se maudit de n'être pas venu avec une simple éponge. Cette fille de rien n'a sûrement que cette pauvre éponge comme seule fortune, mais c'est elle qui a été choisie par les dieux pour être remarquée. C'est une bien grande injustice, mais pour le moment, le dieu semble heureux et fatigué par son voyage, les traits tirés, sûrement plus par l'angoisse de sombrer au large plutôt que par la durée de la navigation.

Face à Brundisium, l'Adriatique est à cet endroit la moins large, offrant donc un passage presque obligé pour tout voyageur en provenance de Grèce, tout juste une centaine de milles séparent la côte Illyrienne de la côte Italienne. Le convoi a mis moins de trois jours pour arriver sans connaître le moindre incident de parcours, une mer d'huile et un vent léger pour gonfler les voiles, juste de quoi prouver au monde qu'un dieu était à bord du navire de commandement.

Après son long séjour en Grèce, l'empereur ne désire pas s'attarder plus longuement dans cette ville de bord de mer, déclinant toutes les offres d'hospitalité. C'est suivi par un millier de voitures qu'il se rend à Neapolis où il décide de séjourner un temps encore indéfini. Couvert d'une gloire usurpée, il revient parmi les siens, faisant sans honte son entrée triomphale sur le char doré du divin Auguste, vêtu de la pourpre glorieuse, mais ne montrant pas une grande ferveur à vouloir rentrer à Rome. Néron a sûrement besoin de reprendre ses marques et de savoir qui sont ses nouveaux amis, et surtout ses nouveaux ennemis, évidemment à faire périr dans l'urgence.

C'est précisément aujourd'hui, jour anniversaire de l'assassinat de sa mère Agrippine[11], qu'il avait en son temps fait étriper par un centurion, que le soulèvement des Gaules lui est confirmé.

— Seigneur, un courrier venu de Rome nous apporte une bien mauvaise nouvelle.

---

11 Julia Agrippina, née le 6 novembre 15 ap. J.-C. — morte entre le 19 et le 23 mars 59 ap. J.-C.

— Je n'en connais aucune qui puisse mériter mon attention, alors parle vite et cesse de m'importuner.

— Les Gaulois sont en rébellion César, ils menacent de tous se révolter contre l'empire.

— Pfouuu ! Les imbéciles, je vais les faire passer sous le joug plus vite que le grand Jules César n'a passé le rubicond.

— Oui seigneur, mais que devons-nous faire ?

— Hé bien... rien ! ne faites donc rien d'inutile, ces pauvres gaulois vont bien vite se lasser, ils ne sont pas faits pour la guerre. Mon ancêtre les a tous vaincus en quelques mois avec deux légions, ces hommes, ces barbares... ces sauvages devrais-je dire, ne sont pas fait pour la guerre à laquelle ils n'entendent rien.

— Oui seigneur, certainement, mais ton ancêtre a mis huit années pour les accabler, avec les huit légions de Pompée. Peut être savent-ils se battre tout de même.

— Huit années dis-tu ? avec huit légions dis-tu également ? n'est-ce pas cela que je viens de te dire ? Allons mon bon, rassure-toi bien car je suis là pour veiller sur vous tous comme un bon père, vas et surtout... ne fais rien.

— Ave César !

— Oui, c'est cela, ave mon bon ami, et ne me dérange plus pour de telles sottises.

Cette date anniversaire si particulière, devrait pourtant être perçue comme un triste présage devant attirer l'attention du prince, mais rien n'entame son assurance, c'est avec indifférence et tranquillité qu'il accueille cette nouvelle. Avec sa honteuse manière de marcher comme une femme, il ressemble plus à un pingouin dans une toge qu'à un prince du monde. Froufroutant sous son nez un mouchoir en soie de chine, parfumé de lavande, ce n'est plus de l'indifférence, mais du mépris.

On en vient même à soupçonner qu'il s'en réjouit, comme s'il allait avoir l'occasion de dépouiller suivant le droit de la guerre, de si riches provinces, qui pourtant appartiennent déjà à son empire. Néron est si désireux de piller les fortunes des trop riches, qu'il pourrait bien se voler lui-même.

Bien sûr, toutes les nations gauloises se tiennent tranquilles depuis la reddition de Vercingétorix, si ce n'est de temps à autre un soubresaut de fierté locale vite maîtrisé. Depuis leur défaite, les Gaulois sont rentrés dans le rang, acceptant la romanisation de leur pays sans y opposer de résistance, participant même à ce changement en développant plus encore les villes construites en pierres, utilisant volontiers les magnifiques voies romaines construites par les légions de César. Pourtant, les Celtes sont tous d'une grande intelligence, peuple innovant à l'imagination fertile, ils ne se lassent jamais d'inventer de nouvelles techniques pour améliorer leur quotidien.

Ils prennent aux romains autant qu'ils leur donnent, mais restent malgré tout de grands rêveurs, assoiffés de liberté, ne sachant concevoir leur vie autrement que libres. Créateurs et travailleurs, ils sont capables de mouvements de foule totalement incontrôlables pouvant vite conduire au désastre.

*

De son séjour grec, Néron revient convaincu de sa divinité, toute sa gloire bien mal acquise est à ses yeux une preuve irréfutable. Qui, autre qu'un dieu, peut prétendre à remporter seul tous les jeux, tous les combats et toutes les courses, tous les concours de musique et de poésie, sinon un dieu ? Loin de se troubler des mauvaises nouvelles reçues, il se rend au gymnase pour voir avec le plus grand plaisir lutter les athlètes. Loin de désirer tenter le sort contre l'un d'eux, il y va volontiers de ses divins conseils.

Chaque jour il invite ses « bons amis », les gratifiant de ses poèmes chantés avec la foi du héros, montrant avec un plaisir enfantin ses nouveaux instruments de musique. Il possède un orgue à eau nouvellement acquis, dernier modèle dont il n'est pas peu fier non plus. La politique de Rome après sa longue absence ne sait le troubler, pas plus que ne l'émeut la guerre annoncée en Gaule ; seul l'art, le sien, lui importe vraiment.

S'il est comme il le croit l'incarnation du divin Apollon, il a bien raison d'agir de la sorte, mais dans le cas contraire, combien de temps pourra-t-il ainsi se prélasser sur ses coussins de soie, s'émerveillant de tout et de rien, méprisant la société et ses dieux ? Comme chaque jour, pendant que des jeunes filles et des jeunes garçons donnent le mieux d'eux-mêmes pour exécuter les danses les plus érotiques, tout autour de lui d'autres couples se vautrent impunément sur le triclinium. Au rythme de la musique, les corps se frôlent, se caressent et s'échangent les flux amoureux qui les rendent désireux l'un de l'autre. Néron clame ses poésies alors que ses mignons le lèchent et que d'autres enfourchent gaiement de belles créatures toutes à leur disposition.

Soit les dieux s'amusent eux aussi de ce qu'ils observent ici-bas, soit ils en sont contrariés. Dans ce cas, gare à l'ire divine qui pourrait bien intervenir pour remettre tout en place.

*

Lors de son séjour à Delphes, durant les jeux Pythiens, Néron avait consulté l'oracle du temple d'Apollon qui l'avait averti de se méfier des « soixante-treize ans ». Dès ce jour et persuadé qu'il vivra jusqu'à cet âge, il ne songe pas un instant à de grands malheurs pour lui. Les grands Césars comme le dieu Auguste et l'empereur Tibère ont dépassé les soixante-dix ans, il est de leur lignée ; comme eux, il va devenir un homme âgé. Bien sûr, l'empereur Claudius est mort avant cet âge canonique, mais comme c'est lui qui l'a empoisonné, cela ne compte pas, enfin... pas vraiment.

Pourtant, lors d'un repas, un courrier lui apporte pour la énième fois une inquiétante nouvelle, mais Néron se borne encore à des menaces de mort ou des pires châtiments contre les révoltés, puis il ne parle plus de cette affaire durant les huit jours qu'il passe à Neapolis. Néron occupe son temps à faire valoir sa grande noblesse, vantant ses mérites dans tous les domaines sportifs ou culturels. Il impose à tout son entourage sa voix divine qui clame les poésies comme aucun humain ne peut y prétendre ; les quelques rares à faire exception ont la gorge tranchée, et assurément chantent beaucoup moins bien.

Après ce court séjour, il est attendu dans sa ville natale d'Antium, mais le sénat ne cesse de lui communiquer des nouvelles de plus en plus pressantes, se succédant chaque jour en réclamant sa présence. Finalement, Néron prépare son retour pour Rome où ses opposants nombreux craignent des représailles de sa part. Totalement incontrôlable, les exactions du prince peuvent pour certains, tourner à la catastrophe.

La révolte qui se prépare en Gaule n'est pas à ses yeux très préoccupante, mais les insultes à son égard, surtout celles qui le donnent comme mauvais musicien le mettent dans des colères folles. Comment peut-on, ne serait-ce qu'un seul instant, douter de sa qualité de citharède[12], de poète et de chanteur ? Lui qui vient comme un dieu, couvert d'or et de récompenses. Décidément, les choses doivent être reprises en main, c'est à Rome qu'il doit se rendre pour châtier comme il convient toutes les mauvaises langues.

Empruntant la via Appia pour son retour vers la capitale, Néron fait soudainement arrêter son équipage et saute sur la chaussée, toute étonnée de recevoir de si illustres pieds foulants ses modestes pavés.

— Arrêtez-vous donc ! N'est-ce pas ici un divin présage, mis sur mon chemin par les dieux tutélaires ?

Néron, descendu de sa voiture, se dirige vers le bord de la route pavée, observant une stèle sur laquelle est sculpté un gaulois vaincu par un légionnaire, et tiré par ses cheveux. Voilà bien pour lui un heureux présage. Lors ragaillardi, il poursuit sa route qui le mène droit vers son impérial destin. Néron a tout à fait raison de croire que les dieux surveillent son auguste personne de manière permanente, mais cela n'augure pas forcément d'une divine protection, simplement veulent-ils le tenir sur le droit chemin de sa perte. Celui qui se présente

---

12 **Citharède**, personne qui chante en s'accompagnant d'une cithare.

comme dieu sur terre, doit au moins être digne de respect, ne pas salir l'image des immortels et montrer un exemple irréprochable, mais est-ce bien son cas ?

Personne en ces temps coupables ne saurait le dire. Mais assurément, le manque de dignité du prince envers le divin, risque de lui coûter fort cher. On ne peut s'arroger le titre de dieu vivant parmi les hommes, sans être un élu des immortels, à moins d'en payer le prix. l'Olympe est exigeant, seule une vie peut calmer la colère qui fait trembler l'Ida. Néron méprise les divinités jusqu'à uriner sur leurs représentations terrestres, la facture va être lourde et tout l'or de l'empire n'y suffira pas. Néron va trop loin dans sa folie et les dieux ne peuvent l'ignorer bien longtemps encore. À n'en pas douter, la révolte des Gaules n'est pas le fait d'une simple coïncidence avec son retour.

Son précepteur Sénèque lui avait pourtant bien enseigné en son temps, que tout doit être payé. Ce que l'on achète, bien sûr, mais tous nos actes également doivent êtres comptabilisés devant le divin. S'il n'est pas contraire à la bienséance d'emprunter pour mener bonne vie, pourvu que l'on rembourse ses créanciers, Néron a peut-être trop vécu sur la bonne foi des autres, épuisant son capital confiance plus vite qu'il n'est d'usage. Il a fait mourir tant de gens parmi les plus illustres, y compris dans sa propre famille ; qu'il n'a bien que ses prétoriens pour le protéger ; mais encore ne faut-il pas leur faire trop de promesses car ils pourraient rapidement retourner leur tunique. Pour une poignée de sesterces, les prétoriens font ou défont les empereurs, quelqu'un va-t-il payer cette fois encore pour déchoir Néron?

Dans la Curie Julia, située sur le forum romain et au pied du Capitole, les sénateurs parlent et s'agitent bruyamment au sujet du retour de l'empereur. L'annonce faite de son arrivée imminente à Antium, sonne le glas de leur relative tranquillité. Ses partisans se félicitent de son retour, ou feignent d'en être heureux par peur de représailles contre eux ou leurs familles ; d'autres au contraire – les plus nombreux –, affichent sans crainte leur opinion défavorable et annoncent l'apocalypse pour les temps à venir. Le consul *Publius Galerius Trachalus*, sans prendre une position tranchée, observe et écoute ; la situation qui se présente est en effet des plus risquées pour lui et pour beaucoup de ces pères.

Comme chaque fois depuis la création de la république, la séance du sénat prend fin dès la tombée du jour et chacun retourne à ses pénates, toujours accompagné par un ou plusieurs gardes du corps, une compagnie indispensable à cette heure tardive. Les rues de la ville n'ont jamais été très sûres la nuit venue, mais depuis les exactions menées par Néron et sa troupe de forcenés, les choses se sont bien aggravées. Publius, en compagnie de deux gladiateurs vétérans et bien armés, regagne sa villa, située à plus d'une heure de marche en dehors de l'Urbs.

La réputation de redoutable combattant qu'est un gladiateur vétéran, possédant sa rudis par la force et le courage, est un gage de sécurité pour celui ou celle qui s'en entoure, décourageant même les plus intrépides. Leur corpulence et leur musculature hors du commun, leur tenue vestimentaire et leur armement ne laissent aucune place pour le doute. Personne à Rome ne peut s'y tromper, aucun n'ose vraiment s'aventurer à les provoquer, même les plus vils brigands ne prennent pas le risque de s'y frotter. Ces hommes forts ont déjà fait don de leur vie pour le spectacle, mourir ne doit être qu'un glorieux passage de vie à trépas. La peur n'appartient pas à leur monde où seul le mérite compte à leurs yeux, inutile donc de chercher à les intimider ou à les corrompre.

Sagittarius est le plus élancé des deux, grand Gaulois, il tient son nom d'être rapide comme une flèche, insaisissable, il fond sur ses adversaires et frappe comme la foudre. Invictus lui, est beaucoup plus trapu, tenant son nom d'avoir remporté quinze victoires consécutives sans jamais être vaincu. S'il a connu quelques échecs, il s'en tire tout de même avec plus de cent combats à son actif et sa rudis des mains de l'empereur Claudius en personne. Pour l'un comme pour l'autre, le plus important est surtout de s'en être tiré la vie sauve, certes le corps affreusement couvert de cicatrices, mais vivant.

Sortant de la curie Julia, Publius et ses hommes n'ont qu'à traverser le forum et descendre la Vicus Tuscus en direction du Tibre. Passant ensuite par le pont Aurelius et tournant à droite sur la via Triumphalis, ils rejoignent la via Cornelia, puis passent devant le cirque de Néron. Ensuite ils se dirigent vers la ville de Véies, mais la villa est située à mi-chemin, vers la sixième milliaire[13]. À bord de leur cisium[14] tiré par deux chevaux, les trois hommes ne mettront pas bien longtemps pour rentrer. La fraîcheur de

---

13 Les **milliaires** sont des colonnes sur lesquelles était gravée la distance entre deux points, espacées d'un mille (soit environ 1500 mètres) elles sont les ancêtres de nos bornes kilométriques actuelles.

14 **Cisium**, voiture légère tirée par une mule, ou un à deux chevaux, et qui pouvait se louer avec chauffeur à l'entrée des villes, une sorte de taxi de l'époque.

la nuit les gagne rapidement après la tombée du jour. Emmitouflé dans des couvertures de laine, aucun ne parle, attendant tous d'être enfin arrivés. Le consul Publius est assis à droite alors qu'Invictus est à gauche ; la largeur du siège ne permet pas à trois hommes de tenir côte à côte. Sagittarius, parce que plus léger et plus jeune aussi, se tient debout sur un marchepied situé derrière le siège, et le rapide équipage mène bon train.

*

Publius Galerius habite une grosse domus en Étrurie, sa famille est fortunée et appartient à l'ordre sénatorial depuis fort longtemps, il fait partie des citoyens bien en vue à Rome. Il est un homme plutôt sympathique qui mène une politique raisonnable pour tous, mais en désaccord avec les excès du prince qui, de manière permanente, est bien sûr averti de tous ses faits et gestes, grâce à une bande d'espions bien rodés. L'empereur a quitté Rome depuis plus d'un an pour montrer aux Grecs ses qualités de chanteur, de poète et de citharède, de sportif aussi, mais son retour pourrait bien montrer ses qualités de maître des jeux, sanglants, naturellement.

Durant son séjour en Grèce, toutes les dates des jeux ont été bouleversées afin qu'il puisse participer à tous les concours, et bien sûr, les gagner tous. C'est donc couvert d'or et de gloire que Néron rentre à Rome, peu importe l'exactitude des faits puisque personne ne viendra contredire ses succès ou exposer ses échecs. Il Retrouve sa bonne ville où, assurément, toutes et tous seront à ses pieds pour qu'il savoure sa divine grandeur. Il est parfaitement informé que, durant son absence, les chrétiens en ont pris à leur aise pour développer leur secte malfaisante. Là aussi, il est temps de faire du ménage en organisant quelques bons massacres dans l'amphithéâtre.

À moins que d'autres ne pensent pas exactement comme lui, il n'est pas encore à Rome et bien des événements peuvent se produire. Néron s'est fait l'ennemi des sénateurs en faisant condamner les plus puissants d'entre eux et indûment acquérir leur fortune, mais aussi après les avoir obligés à combattre dans l'amphithéâtre par centaines, comme de simples gladiateurs. L'empereur a tous les pouvoirs, mais s'opposer au sénat est un bien mauvais calcul, il peut être déchu de ses droits par un sénatus-consulte, voté par des sénateurs qui en grande majorité lui sont maintenant hostiles. Néron a décidé la ruine de toutes les familles sénatoriales et la fin même du sénat, tous ces comportements confirment cette disposition.

Pour Néron, l'argent doit être gaspillé, il veut pour cela ruiner tous les riches romains et faire sombrer l'empire dans sa folie, mais combien de temps encore va-t-on le suivre ? Tant que chacun pense que les exactions du prince s'adressent aux autres, il n'y a pas de contestation, tout juste une moue compatissante pour les désignés par le mauvais sort, mais quand chacun assis sur la sellette comprend que c'est de lui dont on parle maintenant, alors il bascule dans le camp des opposants.

Depuis le parricide de son père adoptif, l'empereur Claude, l'empoisonnement de Britannicus son demi-frère, fils de Claude et de Messaline, le matricide de sa propre mère Agrippine, l'assassinat de sa tante Domitia Lepida à qui il saisit tous les biens sans même attendre qu'elle rende son dernier souffle. Les morts parmi les plus illustres noms ne se comptent plus. Son épouse

Claudia Octavia, qu'il force à se suicider en s'ouvrant les veines sous le fallacieux prétexte d'adultère, à l'âge de seulement vingt-deux ans ; Poppée,[15] sa seconde épouse, qu'il tua à coup de pied dans le ventre alors qu'elle était enceinte, simplement parce qu'elle lui avait fait le reproche de rentrer trop tardivement d'une course de chars ; Antonia, fille de Claude et sa demi-sœur par adoption, parce qu'elle refuse de l'épouser, il la fait tuer sous le prétexte qu'elle fomente un complot contre lui ; Rufrius Crispinus, son beau-fils, le fils de Poppée, qu'il fait noyer dans la mer par ses propres esclaves pendant qu'il pêche ; son précepteur Sénèque, qu'il contraint au suicide ; Burrus, préfet du prétoire à qui il promet de soigner son mal de gorge en lui envoyant son médecin, qui lui fait boire un poison. La liste impossible des morts n'est qu'une litanie sans fin, mais cette fois les sénateurs sont particulièrement remontés contre le tyran.

Néron, dans sa jeunesse, se présentait pourtant comme un enfant studieux, il a étudié pratiquement tous les arts, excepté la philosophie dont sa mère le tint éloigné, disant que cela ne sied pas à un empereur. Sénèque a aussi détourné ses études des anciens orateurs, probablement pour que l'admiration de son disciple reste plus longtemps fixée sur son mentor.

Porté vers la poésie et la musique, il n'a jamais manqué ni de travail ni de persévérance pour arriver à ses fins et, contrairement à ce que croient quelques personnes, il compose lui-même ses vers et ne donne jamais pour sien ceux des autres. Au moins, si l'on conteste ses qualités,

---

15 Poppaea Sabina, 30 à 65, fille de Titus Ollius – questeur sous le règne de Tibère – et de Poppaea Sabina son épouse, est originaire de Pompéi.

jamais personne ne pourra nier sa ferveur au travail et sa détermination à parvenir à ses fins.

Mais Néron est un envieux qui veut surtout plaire au peuple, car c'est lui qui détient la vraie force. Ne tolérant pas le moindre rival qui aurait l'intention d'agir sur le nombre, par quelque moyen que ce soit, tout chanteur, poète ou musicien, devient de fait un ennemi à vaincre, à faire disparaître à son seul profit. Il paraît qu'il aurait fait périr l'histrion Pâris, parce qu'il était un adversaire trop redoutable, sans réelle preuve pourtant. Cela lui ressemble bien et reste dans la droite ligne de sa conduite.

Le pire de tout est sûrement son mépris pour tous les cultes, un seul excepté. Pour ces pieux romains, un tel comportement est inadmissible. Comment les immortels peuvent-ils laisser perdurer une situation où un seul homme nie leur existence et bafoue leur dignité ? Il y a là beaucoup d'incompréhension de la part du sénat, mais sans un signe divin allant dans leur sens et montrant sans doute possible le chemin à suivre, les sénateurs restent sans voix, et Néron peut en profiter.

La seule superstition à laquelle Néron est toujours attaché est celle qu'il porte à une petite statuette de jeune fille. Un jour, un plébéien lui avait fait présent de cette statuette, lui affirmant qu'elle serait son garant contre les embûches. Peu après, une conspiration fut découverte et, dès lors, il fit de cette idole sa divinité suprême, l'honorant de trois sacrifices chaque jour ; pour le reste et pour tous les autres, son mépris est total. Les dieux sont décidément d'une patience à toute épreuve, leur courroux risque donc d'être à la hauteur des attentes de chacun.

*

À peine la voiture est-elle arrêtée dans la cour que Publius saute à terre, puis se dirige vers l'entrée de sa villa, laissant derrière lui ses deux accompagnateurs. D'un pas rapide il traverse l'atrium aux murs richement décorés, laissant choir son manteau, immédiatement ramassé par un serviteur. Lors qu'un autre tente vainement de rajuster sa toge, le consul ne ralentit pas son allure pressée.

Dans le triclinium,[16] la famille de Publius est déjà à attendre le retour du consul qui, tout juste arrivé, y prend sa place, la cena peut être servie. Cette pièce est plutôt vaste, pouvant recevoir au moins une vingtaine d'invités, couverte au sol par une magnifique mosaïque représentant Hercule terrassant le lion de Némée sous le regard approbateur de Zeus. Aux quatre coins, un brûlot permet de cuisiner des plats chauds, ou bien de les réchauffer sur place et, selon la saison, de réchauffer également les convives. Au centre du triclinium, des petites tables disposées à portée de main soutiennent les différents plats proposés aux convives, des boissons également. Plusieurs esclaves vont et viennent régulièrement, veillant à ce que personne ne manque de rien.

Comme chaque jour, ils font le service, mais cette fois toute la famille Galeria est regroupée à un même endroit. Les deux gardes du corps sont là également, comme souvent, tolérés dans cette pièce mais sans toutefois être admis sur le triclinium. Depuis longtemps au service du consul Galerius, ils ont le privilège de pouvoir circuler dans toute la domus et d'y être à l'aise, mais certains endroits restent réservés aux seuls membres de la famille. Ici toutefois, ils peuvent se servir directement dans les plats, après les maîtres, bien sûr, mais c'est tout de même un grand luxe.

---

16 *Triclinium* – Salle à manger avec une banquette en forme de U.

Publius, semblant fatigué, s'est d'abord détendu et étiré sur son épaisse banquette, puis parle longuement avec son épouse Flavia Hortensia et son frère Lucius, au sujet des affaires de Rome. La situation de plus en plus tendue lui fait craindre de bien mauvais jours. Sa famille ne devrait pas avoir à souffrir du retour de l'empereur, pas dans l'immédiat. Pour Lucius le risque est plus grand, il peut être un moyen de pression utilisé contre Publius pour le rallier à la cause impériale.

Lucius est plus jeune que Publius. En tant que tel, il s'adonne à une vie plus versatile, curieux de tout, il fréquente tous les lieux que Rome laisse à découvrir. Il est particulièrement fidèle au quartier de Subure, situé au nord du forum entre le Viminal et l'Esquilin, et même fidèle à Morphea, une jeune lupa[17] dont il apprécie particulièrement la douceur des gestes et la finesse de son esprit, à qui il a donné ce nom car bien souvent il s'endort dans ses bras.

Régulièrement il lui rend des visites nocturnes. Toujours il la couvre de beaux cadeaux, lui ajoutant chaque fois de nombreux produits de consommation qu'elle ne peut s'acheter, des parfums, des vêtements coûteux, mais aussi de la nourriture de qualité, toutes choses que le proxénète de la maison ne peut lui prendre. Bien des fois il lui a promis de la sortir de cet endroit sordide, mais elle n'en croit rien, son gentil client est bien trop riche pour, une fois quitté l'établissement, se pencher sur son sort.

Naturellement, par son frère Publius il connaît la position majoritaire des sénateurs, il connaît également celle du prince. Fréquentant le forum, il entend et écoute les avis des plébéiens, mais plus grave, il écoute ce que

---

17 **Louve**, nom populaire donné à une courtisane ou une prostituée.

disent les prêches de la nouvelle secte des chrétiens. À force de prédire la fin du monde, donc la fin de Rome, le malheur pourrait bien s'abattre une fois encore sur eux, entraînant dans leur sillage bon nombre de romains. Puisque les amis de mes ennemis sont mes ennemis, l'empereur peut ratisser large pour satisfaire son désir d'assainir l'esprit de la plèbe, et de tous ceux qui prétendent détenir une vérité autre que la sienne. Après l'incendie de Rome et les terribles représailles qui s'en sont suivies, la leçon semble déjà oubliée. Le retour de Néron, en colère contre les révoltés Gaulois, pourrait bien encore une fois déclencher une époque sanglante.

L'épouse de Publius est une belle femme, mince et bien proportionnée, avec des cheveux bruns et des grands yeux noirs qui ne voilent pas sa générosité. Comme toute épouse romaine, elle sait rester discrète et à l'écoute de son mari, sans prendre parti, pour ou contre ses allégations et ses craintes. Issue d'une noble famille aux lointains ancêtres étrusques, elle est dotée d'une bonne éducation, sachant rester discrète dans le sillage de son époux. Elle n'en est pas pour autant une femme servile, bien au contraire, c'est d'une main ferme et équitable qu'elle gère sa maison et toute la Gens Galeria en l'absence du consul, toujours plus pris par ses activités politiques. En cet instant, c'est pour elle le moment du silence, écouter son époux est un devoir auquel elle ne manque jamais, ensuite elle exposera ses idées propres. Pour ce soir, la conversation entre les deux frères est portée sur la politique, elle écoute sans rien dire, puisque ce sujet en principe, ne devrait pas la concerner. Pourtant, ce soir elle fera part de son avis, car il s'agit de l'avenir et de la sécurité de toute la famille.

— Franchement Publius, demande Lucius, crois-tu vraiment que nous soyons en danger, Flavia et moi ?

— Ha ! Mon frère, je le crains fortement. Néron peut agir sur moi comme il veut, il peut me faire exécuter sous n'importe quel prétexte, simplement pour s'approprier notre fortune familiale. Demain, un courrier peut m'ordonner mon suicide et mon épouse tomber de force dans la couche du scélérat.

— Oui, je comprends tes craintes, mais ta femme, tes enfants et moi-même, nous sommes tous tes héritiers, l'empereur ne peut pas faire disparaître toute une famille.

— Lucius, tu viens de dire toi-même les motifs de mes peurs, car je ne crains pas pour ma simple vie. Si Néron veut notre fortune je serai le premier sur sa liste, mais vous devrez me suivre de près.

— Alors quoi faire ?

— J'ai décidé ! Flavia et mes enfants vont trouver refuge loin d'ici, dans sa famille ; toi Lucius, tu vas aller en Gaule Narbonnaise, c'est une province sénatoriale et j'ai là-bas des amis sûrs qui vont te protéger tant qu'il le faudra.

— Enfin Publius, tu n'y penses pas sérieusement ? Je suis citoyen romain, je n'ai pas à fuir mon pays.

— Mon frère, je ne te demande pas de fuir ton pays, mais de sauver ta vie. Ton absence sera de courte durée et tu reviendras ici parmi nous. Ta vie est entre les mains des dieux, rien ne peut t'arriver de mal, mais tu dois te cacher pour un certain temps.

— Tu es mon aîné, je vais t'obéir Publius, mais vraiment sans conviction. De toute façon, que veux-tu qu'il se passe en peu de temps ? Crois-tu vraiment que tout ira mieux d'ici l'été ?

— Il va se passer bien des choses avant l'été, la guerre civile, notre mort à tous, la fin de l'empire ou autre chose encore, qui peut savoir ? Mais il est certain que cela va changer.

Publius se montre très négatif face à leur avenir, la situation est donc si désespérée qu'il en perd ainsi son assurance ? L'option d'éloigner ses proches est prise en toute sérénité et avec l'accord de tous, sinon avec leur enthousiasme. Flavia et les enfants de Publius vont être conduits dans la famille de cette dernière, aux environs de Volsinii, près du lac de Bolsena, quant à Lucius, il devra s'exiler dans un lointain pays en attendant que le calme politique soit revenu à Rome. À l'évidence, Publius sait des choses qu'il ne veut pas dévoiler, ou les imagine, mais certainement pas sans raison.

Encore cet après-midi, les cris et les vociférations contre Néron ont montré l'hostilité grandissante du sénat à son encontre. Certes, il y a bien quelques bonnes âmes pour le soutenir, mais en désespoir de cause, car Néron n'est pas du genre à avoir la moindre pitié pour qui que ce soit, seule la fortune des riches l'intéresse. Son idée de longue date, comme quoi l'argent doit être dépensé, et même gaspillé, n'a pas faibli. Son objectif est simple, ruiner les sénateurs, dissoudre le sénat et laisser le pouvoir aux affranchis et aux ennemis de Rome. D'ailleurs, depuis longtemps déjà n'a-t-il pas légué tous ses pouvoirs à ses affranchis pour diriger les affaires de Rome en son absence ?

Pour lui, son retour divin ne laisse la place à aucun doute puisqu'il va vivre jusqu'à soixante-treize ans, que les Gaulois vont être vaincus par ses légionnaires, que l'empire à ses pieds devra céder comme l'ont fait les Grecs en adulant son auguste personne. L'empereur va bientôt être de retour dans les murs de l'Urbs, il devra s'adresser au sénat, là, tous vont savoir ce que l'avenir leur réserve en vrai et pourront donc prendre les mesures adéquates.

*

Dans la villa de la Gens Galeria, l'activité est au plus bas à cette heure tardive, seuls les deux frères sont dans l'atrium et parlent assez doucement pour ne pas se faire entendre de toute la maison. Les deux gladiateurs sont là également, les bras croisés, ils attendent pour accompagner leur maître. Publius est simplement vêtu d'une tunique grise, sans ceinture, mais avec un manteau sur les épaules, il est chaussé de sandales en cuir. Lucius quant à lui est vêtu pour la route : une tunique marron en laine épaisse, un pantalon de laine rouge moulant, copié des braies gauloises, des bottines en cuir et un manteau épais qui l'enveloppe complètement.

— Lucius mon frère, dit Publius d'une voix grave et parlant doucement, prends grand soin de toi, la route peut être dangereuse et je ne voudrais pas qu'il t'arrive malheur.

— Rassure-toi, je vais être prudent, mais promets-moi d'être toi aussi sur tes gardes, tout peut arriver sans prévenir après mon départ.

— Je le sais bien, mais les dieux veillent depuis toujours sur notre glorieuse famille, soit tranquille mon frère, tu seras bientôt de retour.

Dans cette nuit noire sans lune, les cavaliers ne seront pas remarqués, ils peuvent s'en aller sans bruit. Emmitouflé dans son grand manteau, Lucius et ses deux compagnons de route quittent sa maison natale pour une destination encore inconnue de lui, ou plutôt, là où il n'est encore jamais allé. Habitant une grande villa en dehors de Rome, il peut partir en toute discrétion, certain de ne rencontrer âme qui vive à cette heure-ci de la nuit, conforté par cette température encore glaciale. De toute manière, les deux gladiateurs formant son escorte ont pour consigne d'occire le premier qu'ils pourraient rencontrer.

— Vale ! Publius.

— Vale ! Lucius ; salue pour moi Decimus Curtius et garantis-le de mon amitié.

Publius regarde tristement s'éloigner son jeune frère, l'air quelque peu dubitatif sur le bien-fondé de cette séparation rapide, incertain de le revoir un jour. Fraîchement nommé consul au côté de Tiberius Catius Asconius Silius, il sait que l'empereur Néron ne le porte pas particulièrement dans son cœur et qu'il peut le faire exécuter à tout moment. C'est pour cette raison qu'il envoie Lucius chez des amis sûrs, loin d'ici dans la province Narbonnaise. Comme cette province est sénatoriale, les légats qui s'y trouvent sont sous l'influence du sénat et donc, sinon hostiles au prince, au moins ne sont-ils pas des ennemis à craindre.

Lucius et ses deux accompagnateurs vont à Caere, en Étrurie ; cette petite ville fort ancienne située à environ trente mille au nord-ouest de Rome, proche de la mer Tyrrhénienne, sera sa première étape, puis il embarquera à bord d'un bateau de Decimus Curtius qui l'éloignera des turbulences à venir.

Le long du chemin, les hommes se déplacent sans parler, la nuit froide les convie au silence, emmitouflés dans leur manteau de laine. Seul les sabots des chevaux rythment la marche lente du petit groupe.

Dès l'aube, après six heures de marche tranquille des équidés, Lucius et ses amis sont devant la porte de Marcus Acilius, frappant légèrement pour rester discret, la porte s'ouvre immédiatement. Un esclave en poste attendait son arrivée, lui et ses compagnons de route sont introduits à l'intérieur. Marcus Acilius, prévenu de sa présence par l'esclave de garde, arrive avec le sourire aux lèvres, ne lui reprochant pas d'être sorti de son lit à une heure aussi matinale.

— Ave ! Lucius.

— Ave ! Marcus, je suis heureux de te voir en bonne forme alors que le jour n'est pas encore levé ; voici mes deux gardes et amis fidèles qui ont fait le chemin avec moi.

— Ils vont aussi en Gaule ? demande Marcus Acilius étonné de voir trois hommes arriver chez lui.

— Non, je serai seul comme convenu avec mon frère Publius, ils reprennent des forces, puis après s'être réchauffés rentrent tranquillement chez nous.

— Bien bien, c'est parfait. Venez vous mettre à l'aise, nous allons manger et boire un peu.

L'esclave préposé à la porte se trouve maintenant préposé aux cuisines, d'où il revient avec un plateau de fromages frais et du pain croustillant, une carafe de mulsum chaud et sucré au miel, pour réchauffer les voyageurs.

— Ah ! Marcus, rien de tel qu'un bon vin chaud après cette nuit passée dehors, je bois à ta santé.

— À la réussite de ton voyage Lucius, que les dieux veillent sur toi.

— Je ne crains pas ce voyage, les augures sont bons pour moi, Publius va sacrifier un mouton pour cette occasion, sois tranquille.

— Un mouton ? Ha ! pour sûr que les dieux vont veiller sur toi ; demain je prierai les mânes de ma famille pour qu'ils se joignent aux dieux et te protègent également.

— Tu es bien généreux Marcus, je n'oublierai pas ce que je viens d'entendre.

— Je considère comme un devoir de t'aider en ces jours difficiles pour chacun de nous. Sois très prudent tout de même, j'ai entendu dire que Néron a dans l'idée d'envoyer des espions partout dans les provinces gauloises, afin de faire tuer ceux qui comme toi, risquent de rejoindre la coalition qui se forme contre son pouvoir despotique.

— Tu es sûr de cela ?

— C'est ce qui se dit à Rome ; mais sans preuves tangibles, méfie-toi quand même des bruits qui nous parviennent des latrines, ils sont bien souvent fondés sur une réalité.

— Oui, bien sûr.

Après avoir longuement parlé tous ensemble et dès le début du jour, Lucius est discrètement embarqué à bord d'un navire en cours de chargement, à destination d'Arelate[18] en Gaule Narbonnaise. Son propriétaire, Decimus Curtius, habite dans cette lointaine province et échange de nombreux produits avec la capitale de l'empire. Ami de longue date de la Gens Galeria, il offre une place sur son bateau et le séjour chez lui pour Lucius.

Jusqu'au départ le lendemain, Lucius n'est pas autorisé à mettre le nez dehors, pouvant être reconnu, avec la destination du bateau il serait facile de savoir où il se réfugie ; personne ne doit rien savoir de son éloignement de Rome.

Sur le quai, un homme observe discrètement les allées et venues de tous, personne ne lui prête la moindre attention car il passe pour un homme anodin. Un peu plus tard, dans un sombre bureau fourni par l'administration, une courte conversation se fait discrète aux oreilles non autorisées.

— Alors ? Quelles sont les nouvelles ? demande l'homme assis derrière un bureau, à celui qui vient d'entrer.

— Tu avais raison, les Galerii mijotent un mauvais coup.

— Explique-toi plus clairement, demande l'homme derrière le bureau.

— Je viens de voir le jeune Lucius qui a embarqué sur un bateau à destination de la Narbonnaise.

— C'est un peu vague comme destination.

---

18 Arles, Bouches du Rhône.

— Je connais le propriétaire du bateau, il habite dans la ville appelée Arelate, c'est donc là que Lucius Galerius va se rendre. Le bateau doit appareiller demain.

— C'est parfait, nous partons immédiatement, avec un bon bateau on sera là-bas avant lui, il suffira de le suivre pour connaître sa vraie destination. Je suis sûr qu'il trame contre l'empereur et qu'il va rejoindre une bande de comploteurs.

— Eh bien pas de chance, on est là pour veiller au grain.

*

* *

Glanum

idibus Martius DCCCXXI[19]

Bien loin des préoccupations romaines, ici, une vie calme et sans surprise se déroule. Julia embrasse avec vigueur son amoureux de romain, elle ne peut vivre un jour sans sa présence et sans ses baisers. Jeune gauloise, fille d'un artisan appartenant à la race des Salyens, sans être d'origine servile elle ne peut pourtant prétendre à un avenir avec ce garçon de noble famille, mais elle ne peut non plus lui résister tant il est beau à ses yeux, et si prévenant pour elle.

D'une stature plutôt réduite, Julia se présente comme une personne de petite taille ; possédant maintenant les atouts d'une femme, elle conserve encore tous ceux d'une enfant. Son regard coquin et ses sourires espiègles font d'elle une fille chérie du village. Pour ces raisons, à Glanum, tous ceux qui la connaissent respectent à la fois la femme qu'elle est sans doute en passe de devenir, mais aussi l'enfant qu'elle est encore.

Manius Juventius Secundus ne se lasse pas de la serrer contre lui, ses mains enveloppant sa jeune poitrine ferme

---

19 Le 15 mars 68 après J.-C.

et provocante, ses lèvres ne pouvant non plus se séparer de celles de l'élue de son cœur. La robe jaune est un lointain souvenir vieux de presque deux ans, mais pour Manius, l'effet est toujours présent.

— Ma chère Julia tu es un vrai délice, je prie pour que cela dure mille ans.

— Le crois-tu vraiment ? Dans mille ans mes seins traîneront lamentablement à terre.

— Non ! C'est impossible, les dieux sont là pour soutenir toutes nos épreuves. Et puis je suis là, tu es celle que je veux pour faire ma vie.

— Toi aussi Manius tu es celui que je veux, mais les dieux vont-ils être favorables à nos ambitions contraires aux volontés des hommes ?

— Ma petite Julia, rentre chez toi, demain nous serons encore ensemble pour nous aimer.

— Manius… Combien de temps crois-tu que cela va encore durer ? Tu imagines que toute notre vie nous allons ainsi nous défiler du regard des autres ? Bientôt je vais avoir dix-huit ans, tu te rends compte, je devrais être déjà mariée.

— Oui je m'en rends compte, assurément, mais tu dois être patiente, il faut que ma famille adopte la tienne, ensuite nous pourrons nous déclarer.

— Je ne comprends pas toutes ces complications avec nos familles, nous avons juste envie de vivre ensemble.

— Tu as raison, mais tu es issue d'une famille salienne alors que tu portes un illustre nom romain, cette anomalie est comme un barrage entre nous.

— Vale ![20]Manius, à demain si les dieux le veulent bien une fois encore, je préfère ne pas chercher à comprendre l'impossible.

— Ave ! Julia, à demain.

*

Sous le soleil déjà chaud de ce mois de mars, la petite ville de Glanum est en plein repos, excepté pour les esclaves qui n'ont pas droit au répit, ralentir dans leur tâche serait une tolérance à laquelle ils ne peuvent prétendre, mais les maîtres par contre, font une honorable sieste digestive.

La ville est encaissée entre d'assez hautes montagnes formant un étranglement qui, lors des pluies de printemps, déversent des torrents d'eau canalisés, et évacués par un complexe système d'irrigation souterraine. La rue principale est presque entièrement construite sur un canal d'évacuation des eaux, les dalles sur le dessus formant la chaussée. Du côté droit, dans le sens nord sud de la circulation, un caniveau en pierre récupère les eaux usées des maisons qui bordent la rue.

Il y a toujours de l'eau qui coule sous la chaussée, le trop-plein des eaux du viaduc ou les eaux de la fontaine près du forum, des thermes également, qui laissent toujours s'échapper de l'eau des bassins, surtout à cette heure-ci où il n'y a personne, ou si peu. C'est le moment choisi pour renouveler une partie de l'eau souillée du matin.

---

20 Adieu !

Falturnia commence à remarquer les nombreuses sorties de sa fille alors que rien ne l'y oblige. Elle est une jolie femme brune et, comme tous ici, de race salienne. Toujours bien vêtue, quelle que soit sa tenue elle sait être élégante, attirant vers elle le respect et l'amitié. Discrète et dotée d'un bon caractère, très près de sa fille, elle ne manque pas de suivre ses faits et gestes sans avoir l'air d'y prêter attention, mais cette fois sa curiosité l'emporte sur la discrétion. Il est vrai que si au début, Julia rencontrait Manius une ou deux fois par semaine, maintenant ses rendez-vous sont quotidiens, voire matin et après-midi.

— Julia ! Tu sors encore ? lui demande sa mère Falturnia. Nous venons juste de finir notre repas, attends donc un peu avant d'aller te promener.

— J'aime bien sortir en début d'après midi, répond Julia en riant, la ville est calme, tous se reposent et moi je profite de ce moment-là pour marcher tranquillement.

— Tout de même ma fille, n'as-tu rien à me cacher ? Je trouve que tes sorties sont bien régulières, comme si tu avais un rendez-vous.

— Un rendez-vous ? Avec qui veux-tu que j'aie rendez-vous ? Je connais tous les garçons du village et aucun ne me plaît vraiment, alors tu peux être tranquille, dit Julia qui se veut rassurante.

— Oui bon, mais fais attention à toi.

— Bien sûr, je fais attention à moi, ne t'inquiète pas pour une simple promenade.

À de nombreuses reprises Falturnia a tenté de faire parler Sabina, cherchant à l'amadouer avec de douces paroles, mais sans obtenir le moindre renseignement.

Sabina qui a maintenant ses dix-huit ans bien établi, est devenue une femme resplendissante, mais aussi une fidèle à Julia. Vivant ensemble depuis plus de quatre ans, Julia et Sabina sont très éprises l'une de l'autre, comme des sœurs jumelles, aucune ne saurait trahir l'autre sous aucun prétexte.

*

Comme chaque jour, Manius descend les marches de la source sacrée, le lieu privilégié de ses rencontres, mais celle-ci est inattendue. Devant lui, un homme semble très occupé à ne rien faire, plutôt comme s'il attendait quelqu'un.

— Salut à toi noble étranger ! Attends-tu une visite en cet endroit, puis-je te renseigner ? demande Manius à l'inconnu.

— Ave citoyen ! C'est toi que j'attendais, répond l'homme sûr de lui.

— Tu m'attentais ? J'en suis heureux, mais que me veux-tu ? Je n'ai pas le souvenir de te connaître.

— Non en effet, mais moi je sais qui tu es.

— Parfait, alors que veux-tu ? demande Manius en fronçant les sourcils.

— Je viens pour t'arrêter, tu dois me suivre au poste de police, dit l'inconnu en posant une main sur le bras de Manius.

— J'espère que tu plaisantes mon ami, ou bien tu me confonds avec un autre, rétorque Manius en se dégageant.

— Je ne confonds rien et je n'ai pas une tête à faire des plaisanteries sur un sujet aussi grave que celui qui m'amène ici. Je te conseille de me suivre sans discuter.

— Je crois que tu es dans l'erreur mon bon, et je n'ai pas du tout envie de te suivre.

— Tu es un traître à l'empereur et tu dissimules chez toi un autre traître, suis-moi sans discuter ! dit cette fois l'inconnu sur un ton menaçant.

Il n'en faut pas plus pour en venir aux mains, les deux hommes s'empoignent durement et cherchent à se maîtriser. Manius est plus jeune et plus vigoureux que son adversaire qu'il bouscule violemment, alors l'homme déséquilibré part en arrière, tombe lourdement et frappe son crâne sur le bord du bassin.

Il ne bouge plus un cil, le sang commence à couler sur sa joue et tombe dans l'eau. Manius sait qu'il n'a pas une seconde à perdre dans cet endroit, ignorant qui il vient de tuer dans un geste de défense, il doit fuir au plus vite. Remontant prestement les marches qui le conduisent vers l'extérieur, il sort en toute discrétion, sans être vu de personne. Tournant de suite à gauche, il pénètre dans le temple d'Hercule et y trouve un refuge provisoire.

*

Une fois de plus, Falturnia regarde sa fille sortir du logis, sans croire un instant qu'il s'agisse d'une simple promenade dans le village, elle aimerait bien savoir avec qui Julia a ses rendez-vous. Pour elle, la vraie question n'est pas de savoir si Julia rencontre un prétendant, mais plutôt de savoir qui il est ; avec l'affreux sentiment d'être la seule qui ne sache rien. Même la traîtresse Sabina ne dévoile rien, le secret est bien gardé entre les deux filles. Falturnia a bien tenté de multiples fois de la faire parler, mais elle a l'art et la manière de toujours répondre sans livrer la moindre information. Cette esclave est d'une remarquable fidélité envers sa jeune maîtresse, mais pourquoi ?

Comme chaque jour, vêtue d'une tunique en lin de couleur écrue, d'une ceinture qui entoure sa taille fine et de sandales faites de corde et de toile qui protègent ses pieds, Julia se dirige d'un pas léger vers le rempart, mais elle ne va pas aller jusque-là.

Laissant Sabina à ses occupations ménagères, Julia a l'habitude de retrouver son amoureux alors que les autres restent au frais chez eux, personne ne doit rien savoir de leur liaison.

Ses cheveux noirs, nattés et enroulés autour de sa tête avec soin par Sabina, montrent sa position sociale plus élevée que la moyenne des citoyens ordinaires de la petite ville. Sa démarche ne cache pas non plus la gaieté qui est en elle, rien qu'à penser à celui qui comme chaque jour, l'attend sûrement.

Passant discrètement devant les fumoirs à vin de son père, là où les esclaves qui y travaillent la connaissent bien, elle feint l'ignorance, alors que tous savent ses rencontres avec Manius, mais pour eux également, aucun ne parle jamais de ses va-et-vient. Fille toujours aimable, les considérant comme membres de sa famille, elle attire sur elle toute leur sympathie et reste sans histoire. Au passage devant les fumoirs, deux esclaves manipulent de lourdes amphores, Julia leur décoche un sourire discret qu'ils lui retournent de bon cœur.

À sa droite est le temple d'Hercule, de petite dimension,[21] il est adossé à la source sacrée. Julia tourne derrière le temple et emprunte un passage dallé de trois pas[22] de long aboutissant à un escalier. L'endroit est simple, mais toujours très frais, l'escalier formé de trois volées de six marches, tourne deux fois à gauche pour donner accès à une petite pièce, avec un bassin dans lequel s'écoule l'eau toujours fraîche. Cette eau est réservée aux usages religieux ou médicinaux, mais elle n'est pas consommée par les hommes. L'escalier est à ciel ouvert tandis que le bassin est couvert par un toit en pierres, avec une arche marquant son entrée.

Après avoir descendu toutes les marches, Julia s'arrête net pour découvrir avec horreur la paire de pieds d'un homme à demi allongé, adossé contre le mur et prêt à tomber dans le bassin. Son crâne fracassé laisse encore couler un sang foncé qui, d'un côté trempe sa tunique, et de l'autre perle dans l'eau sacrée de la source. Chaque goutte qui tombe sur la surface semble s'affirmer, mais se diluant progressivement en s'enfonçant dans l'eau comme une vie se dilue dans le temps, elle finit par ne plus exister. L'homme est mort depuis peu ; mais qui est celui qu'elle n'avait jamais vu ?

Sans faire un pas de plus, Julia pose ses mains sur sa bouche pour éviter de crier, écarquillant ses yeux noirs qui ne peuvent se détourner du cadavre sanglant. L'indi-

---

21 À peine cinquante mètres, avec une colonne au centre. Son emplacement existe toujours à Glanum.
22 Environ 4,5 mètres.

vidu lui est inconnu, il n'inspire pas la crainte, mais sa morbide position laisse place à l'horreur. Jamais la jeune Julia n'a été confrontée à une telle vision, cet homme mort n'est pas un homme âgé, ruiné par le temps, mais juste un cadavre sans nom.

Son habituel sourire a soudain disparu pour laisser place à un visage inquiet, les questions se bousculant sans trouver de réponses dans son esprit apeuré.

Que peut-elle faire ? Que doit-elle faire ? Julia est un moment indécise, ne sachant s'il faut crier ou bien se taire.

Elle imagine immédiatement que c'est peut-être son amoureux qui a fait une mauvaise rencontre et a occis le client, ce qui peut expliquer pourquoi il n'est pas ici à l'attendre comme chaque jour. Elle ne doit pas non plus traîner en cet endroit au risque d'être elle-même accusée de crime, ou bien de complicité. Remontant avec appréhension les marches qui la séparent de la rue, une fois arrivée au bord de la chaussée, elle regarde si personne n'est là pour l'observer. Son cœur bat plus rapidement que la normale l'exigerait, sa respiration est courte et sa gorge sèche ne trouve pas de salive à avaler. Pourtant, c'est avec légèreté qu'elle descend les deux marches de l'entrée et s'éloigne discrètement vers la droite, en direction de la nouvelle ville.

Se donnant un air d'innocente, elle passe la porte piétonne du rempart, un sas en forme de chicane étroite qui ne laisse passer qu'un seul homme à la fois, quant à la porte aux charrettes, elle est maintenue fermée et gardée par des soldats en armes. Malgré tout ses efforts, son visage blafard, son expression inquiète et sa démarche pressée intriguent sans le tromper un des gardes qui est sur le chemin de ronde du rempart.

— Hé ! Toi là-bas ! Où vas-tu ?

Le sang de Julia se glace dans ses veines et ses poils se dressent sur sa peau, quand le pire de ses craintes se réalise, reconnue comme criminelle, elle doit fuir au plus vite pour ne pas être attrapée et arrêtée. Se sauvant en courant, ses jambes lui paraissent bien lourdes, ses pieds semblant coller au sol en l'empêchant de courir vite. La sensation qu'elle a de s'engluer sur le pavé alors qu'elle devrait détaler comme un lapin est insupportable, comme si les dalles de pierres se transformaient en sable sur son passage.

Le garde intrigué interpelle un de ses collègues en bas du rempart, et qui fait la causette avec un marchant.

— Cours-lui après ! Ne la laisse pas s'enfuir!

Depuis sa cachette, Manius attendait Julia afin de l'interpeller, mais les semelles de corde ne faisant aucun bruit sur le pavé, Julia est passée sous son nez sans même se faire remarquer. Maintenant il est trop tard, les cris des gardes lui disent clairement qu'elle s'est fait repérer, mais ils n'ont de toute façon rien à lui reprocher ? Elle a eu peur du mort, c'est bien naturel pour une si jeune fille, et puis l'autre, il ne dira rien non plus ; en principe et faute de plus amples informations, tout devrait se régler facilement.

Laissant sur à gauche les deux temples jumeaux et à droite la grande fontaine, puis le forum dont elle longe le mur d'enceinte, Julia dévale la rue en légère pente. Des marchands à peine sortis de leur sieste et préparant leur étal adossé au mur du forum, la regardent passer avec des yeux ronds interrogateurs ; après qui court-elle donc ?

Derrière elle, les chaussures à clous la suivent sans perdre de distance, mais sans non plus se rapprocher. Maintenant les choses sont claires pour les marchands qui savent qui court après qui, mais sans savoir le pourquoi de l'affaire. Heureusement qu'elle est très jeune et mince, avec ses sandales de cordes elle court plus facilement que le soldat en armes. La corde présente aussi l'avantage de coller les semelles sur les dalles alors que les clous les rendent glissantes. Malgré son horrible sensation d'enlisement, elle file plus vite que son poursuivant, mais jusqu'où va-t-elle courir ainsi ?

Une fois hors les murs, il n'y aura plus que la campagne sans abri pour se dissimuler aux yeux du gardien qui, sans aucun doute, va l'arrêter et la conduire à son poste, là où elle sera condamnée aux pires supplices pour avouer son crime. Julia en est convaincue, elle ne doit pas se faire prendre, sous aucun prétexte.

Après le forum, passant devant la basilique puis les thermes, la rue serpente à cet endroit et, pour un instant, l'homme qui lui court après, la perd de vue. Sans autre ressource, elle vise à droite une ouverture salutaire.

Apercevant une lucarne de cave entre-ouverte et ne mesurant pas le danger qui peut l'y attendre, elle plonge tête en avant dans l'ouverture. La hauteur est plus importante qu'elle ne l'imaginait, plaçant ses deux mains en avant elle a tout juste le réflexe de faire une roulade pour éviter de se rompre le cou.

Un fracas, des craquements et un nuage de poussière. Étalée sur le dos, sa tunique remontée jusqu'à sa ceinture et les pieds emmêlés dans des paniers d'osier, elle n'ose plus bouger. À côté d'elle, une corbeille qui vient de tomber cherche sa nouvelle place, dérangée dans son sommeil, elle tourne sur elle-même au risque d'en faire chuter d'autres sur la malheureuse fille. Dehors, des bruits de pas et un homme qui grommelle des insanités à son égard la cloue à terre ; même sa respiration s'arrête quand le type passe devant la lucarne, et la corbeille qui n'ose plus tourner sur elle-même, ralentit son mouvement.

Un deuxième homme, lui aussi avec des chaussures à clous s'approche de l'endroit ; Julia se sent rétrécir dans sa tunique. Les gardes qui ont depuis longtemps adopté une tenue proche de celle des légionnaires, chaussent également les fameuses caligae cloutées, faute d'être discrètes, elles ne trompent personne et préviennent de la fonction de leur propriétaire. Une sueur froide mais bien réelle la trempe sur tout le corps. La corbeille, sans doute elle aussi étonnée d'entendre les voix dans la rue, trouve enfin son repos, sans faire de bruit elle cesse sa danse.

— Où est-elle passée ? demande le garde qui vient de rejoindre son collègue.

— Je n'en sais rien, répond l'autre gars essoufflé par sa course, volatilisée la fille, elle s'est envolée d'un coup !

— Tu crois ça qu'elle s'est envolée ? Elle doit être cachée derrière un mur, ou peut être qu'elle court plus vite que toi ! dit le premier garde en ce moquant de celui qui s'est fait semer par une fille.

— Ah la garce ! Tu peux le dire qu'elle court vite, je n'ai rien eu le temps de voir sauf que c'est une fille brune.

— Ben des filles brunes, ce n'est pas ce qui manque à Glanum.

— Oui bon… c'est foutu pour aujourd'hui, on ne la retrouvera pas.

Finalement, le cliquetis des clous s'éloigne, après plusieurs interminables minutes le calme est revenu, les gardes se sont éloignés et la sieste a de nouveau couvert de son voile de silence la petite ville de Glanum. Julia reste sans bouger, paralysée par la peur, ne comprenant pas ce qu'elle vient de vivre d'une manière si inattendue. En cet instant, elle devrait être dans les bras de son amoureux, alors qu'elle est dans une cave couchée sur le dos. Parfois tout va si vite que l'esprit n'a pas le temps de suivre, alors Julia tente de faire le point sur sa situation.

Au bout du compte, elle n'a pas rétréci et sa tunique colle sur sa peau humide, sa respiration aussi est redevenue normale. Prenant maintenant conscience de sa position, affalée sur le dos et ses pieds dirigés vers le plafond, elle pouffe de rire sur elle-même.

Dans l'obscurité depuis peu, ses yeux découvrent progressivement le décor, rien d'intéressant. Des murs de pierres, des toiles d'araignées et de la poussière, des paniers entassés et tout un bric-à-brac. Il est temps maintenant de penser à rentrer chez elle, mais comment repasser le mur d'enceinte sans être repérée par les gardes, voilà bien un fameux problème à résoudre.

— Alors ? On a peur de se faire prendre ? demande une voix derrière elle.

Julia, d'un coup perd son sourire et sursaute, qui vient de lui parler ? L'assassin est lui aussi caché dans cette cave ? Elle n'ose faire un geste quand un homme s'approche d'elle, vêtu d'une tunique sombre, couvert d'un manteau avec une capuche, il est invisible dans la pénombre de cette pièce, sans autre éclairage que celui de la lucarne.

L'homme l'observe un instant, laissant son regard glisser sur les jambes et les cuisses découvertes de Julia, qui à cet instant, se sent dans une désagréable position d'infériorité, face à cet inconnu qui l'observe avec insistance. Que fait-elle là sur le dos, les jambes écartées et les pieds emmêlés dans les paniers ? Il y a un instant elle se trouvait drôle dans cette position, mais elle a soudain un atroce sentiment de ridicule. À quoi ressemble-t-elle devant cet inconnu qui sans nul doute, l'observe depuis un moment déjà ? Seuls ses yeux effarés osent bouger un peu pour tenter de comprendre ce qui se passe dans cette cave. Si l'homme est bien le tueur, pas de doute, elle va passer une mauvaise clepsydre. Doit-elle encore rétrécir dans sa tunique pour lui échapper ? Peine perdue, l'homme est à côté d'elle et il va sûrement l'occire sous peu.

Pourtant, l'inconnu lui tend une main pour l'aider à se relever, la main ferme et le bras puissant d'un homme viril qui la lève sans peine. Julia s'accroche, manque de tomber à cause des paniers qui ne veulent pas lui lâcher les pieds, alors que l'homme la soutient de son autre main. Enfin debout, elle ajuste sa tunique et lisse du plat de la main le tissu afin d'en chasser la poussière et les plis ; manière circonstancielle pour elle de laisser croire qu'elle maîtrise un tant soit peu sa situation.

— Tu as de bien belles jambes, tes cuisses sont fines et ta peau satinée… Qui es-tu jeune fille ? lui demande le tueur présumé.

Julia sent chauffer ses joues, pour sûr qu'elle doit rougir. Comme pratiquement toutes les femmes elle ne porte pas de sous-vêtements, alors ces compliments sur son anatomie la plongent dans une gêne abyssale. Jamais un homme ne lui a dit qu'elle avait des cuisses fines, et puis quoi encore ? Est-elle une esclave exposée aux regards et aux commentaires de tous ? Julia lève le menton et pérore fièrement.

— Je me nomme Julia… Julia Cornelia Pulchra, et toi, quel est ton nom ?

— Je suis Lucius Galerius Minor. Je vois que tu es trempée par la peur, mais tu restes fière comme un coq gaulois. Cela dit, pulchra[23] te va très bien, je confirme l'avis de tes parents.

— C'est toi qui as tué l'homme de la source ? demande Julia à celui qui se nomme Lucius.

— Je n'ai tué personne, ni à la source ni ailleurs non plus, mais toi, pourquoi fuir si vite les soldats ?

— Quand j'ai trouvé le mort près de l'eau, j'ai eu peur et je suis vite repartie en pensant que personne ne m'avait vue, mais un des soldats m'a appelé, alors tu penses bien que je me suis sauvée.

Julia prend soudain conscience de sa bêtise, elle vient d'avouer avoir vu le mort, si elle fait face au tueur, il ne va pas l'épargner maintenant qu'elle a découvert sa cachette. Une fois de plus elle sent son front qui se glace, des gouttes froides qui lui coulent dans le dos et l'obligeant à cambrer ses reins.

— Ma pauvre fille, tu n'as pas la tête d'un assassin, même pas une arme sur toi et pas une goutte de sang sur ton vêtement, il ne fallait pas te sauver, maintenant c'est trop tard et les gardes vont croire que tu es la coupable.

---

23 **Pulchra**, qui signifie en latin : une belle jeune fille.

— Tu vas me dénoncer ? demande Julia inquiète.

— Bien sûr que non… ce serait déjà fait ! lui répond calmement Lucius.

— Ah oui ?

— Mais dis-moi Julia aux belles jambes, qui est cet homme que tu as trouvé mort, tu le connais ?

Cette affirmation sur ses jambes la met encore un instant mal à l'aise, la honte s'empare de son esprit quand elle pense que cet homme était à admirer ses cuisses pendant qu'elle mourait de trouille. Ne voulant rien laisser paraître, elle se récupère bien vite.

— Non ! Pas du tout, je ne l'ai même jamais vu par ici. On dirait un romain de passage, c'est sûr qu'il n'habite pas à Glanum.

— Alors que faisais-tu à la source pendant que tout le monde se repose ?

— J'avais rendez-vous avec mon amoureux, comme tous les jours, mais cette fois il n'était pas là !

— Un rendez-vous amoureux à la source ? Oui, pourquoi pas, mais pour quelle raison dans cet endroit?

—Tu es bien curieux l'étranger, mais puisque tu y tiens, je vais t'expliquer. Je suis la fille de parents libres portant un noble nom, mais ils ne sont que des artisans. Je suis née libre, mais mon amoureux est lui de plus noble naissance, notre amour ne serait sûrement pas bien vu par sa famille.

— Évidemment, mais son absence est un aveu gênant.

— Si comme moi il a trouvé le cadavre, alors il est reparti pour les mêmes raisons.

— En sachant que tu devais venir toi aussi ? demande ironiquement Lucius.

— Heu… Je n'en sais rien, il n'est peut-être pas venu non plus.

— Oui… peut-être… ou bien il a tué l'homme et s'est sauvé en vitesse, sans se préoccuper de toi.

— Et pourquoi pas toi ? Après tout, je ne sais rien de toi qui me poses toutes ces questions, qui regardes mes jambes en restant caché, et qui ne dit rien de sa présence ici.

— Si tu étais un garçon, tu saurais qu'en regardant des jambes comme les tiennes, il est judicieux de ne rien dire.

— Bah ! Dis donc… évidemment que si j'étais un garçon je… et puis tu m'ennuies avec tes questions, dit Julia qui commence à être embarrassée par cette conversation.

— En fait, et pour tout dire, cette maison appartient à des amis de ma famille, je suis hébergé pour quelque temps.

— Hébergé ? Dans une cave ? Ce sont en effet de bons amis.

— Tiens… belles jambes, assieds-toi ici et écoute-moi, je vais te dire les raisons de ma présence ici, comme cela, tu sauras à quoi t'en tenir sur mon compte.

Julia prend place sur un gros panier d'osier avec un couvercle sur le dessus, puis tourne son visage vers l'homme qui doit lui raconter son histoire. Après tout se dit-elle, s'il veut me parler, pendant ce temps il ne me tue pas.

— Connais-tu les chrétiens ? demande Lucius.

— J'en ai entendu parler, mais je n'en connais pas un seul, chez nous les Glaniens[24], il n'y en a pas, pourquoi ?

— Ces gens sont des Juifs qui prétendent qu'un des leurs, nommé Christos, est le messie qu'ils attendaient depuis longtemps, mais il a été crucifié depuis plus de trente-cinq ans, peut-être trente-huit ; alors ils forment une nouvelle religion en son nom. À Rome ils sont recherchés et parfois massacrés, l'empereur leur fait payer toutes ses dettes envers la plèbe ; surtout depuis l'incendie de Rome en huit cent dix-sept[25].

— Je ne comprends pas pourquoi il faut les tuer, ils ne sont pas les premiers à revendiquer la détention d'une vérité ? De toute façon, il suffit de faire construire un temple à ton… comment tu l'appelles ?

— Christos ?

— Oui c'est ça, et voilà, il n'y a plus de problème.

— Tu arranges bien vite les choses à ta manière.

— Je n'ai pas raison ? N'y a-t-il pas assez de place à Rome pour construire un petit temple ?

— De la place, il y en a sûrement, mais ce n'est pas un temple qu'ils veulent, ils souhaitent et annoncent la fin de l'empire, ils insultent la religion de l'état et maudissent tous ceux qui ne sont pas de leur avis.

— Ah là ! Évidemment, je comprends que ton empereur soit mécontent.

— Mon empereur est aussi le tien, mais surtout il est le grand pontife, le maître de la religion romaine, il n'est

---

24 **Glaniens**, les habitants de Glanum.
25 Du 18 au 24 juillet soixante-quatre de notre ère.

donc pas conseillé de le contrarier sur ce terrain-là, surtout quand en plus, cela sert ses intérêts.

— S'ils n'ont que des paroles pour anéantir l'empire, ils vont se lasser bien vite.

— Tu dis certainement vrai, mais ils ont prédit que leur dieu ferait périr dans le feu de l'enfer tous ceux qui ne sont pas convertis à leur religion, tu penses bien que l'incendie de Rome est tombé à point nommé, comme il faut des coupables, ils se sont d'avance désignés par leurs propres propos.

— Tout cela est bien compliqué alors que nous sommes si loin de Rome, mais toi, que fais-tu ici, tu es chrétien et tu as peur ?

— Non, pas du tout, mais j'y compte beaucoup d'amis. J'appartiens à une grande famille patricienne d'ordre sénatorial, et je dois te dire que je suis ici pour fuir le carnage sur notre société. L'empereur a déjà fait éliminer des grands noms parmi les familles qui ont créé Rome, pour voler leur fortune. Comme j'ai des amis chez les chrétiens, le prétexte est suffisant pour m'arrêter et ensuite contre son gré, obliger mon frère à soutenir l'empereur. Mon frère Publius fait de la politique, il est consul et risque sa vie pour sauver nos institutions, moi je préfère sauver notre famille.

— En te réfugiant ici ?

— Toi aussi tu aimes bien poser des questions, mais je viens de te le dire, je ne peux pas prendre le risque de rester à Rome, pour ma famille et pour mon frère. De plus, il y a d'importants mouvements de contestation en Gaule, je vais essayer d'être plus utile ici qu'à Rome.

— Il n'y a pas que ma situation qui est compliquée, mais si tu n'as tué personne, pourquoi te cacher dans cette cave ? À Glanum tu ne crains rien.

— Je ne sais pas encore comment je vais agir, alors je préfère rester discret pour le moment. À cause des troubles en Gaule, l'empereur a dû rentrer de Grèce avant la date prévue, il va être en colère et chercher des ennemis partout. Pour l'instant je ne sais pas qui est de son côté ou pas dans cette ville, je préfère donc rester hors de vue.

— Ah oui ! Mais moi maintenant je sais tout. Si je voulais tout dire aux soldats, que ferais-tu donc ?

— Tu ne vas rien leur dire aux soldats, puisque je vais t'étrangler.

Disant ces mots, Lucius saisit le cou de Julia entre ses puissantes mains et serre légèrement.

— Tu vas pas faire ça ? Je suis gentille moi… mais laisse-moi respirer… un peu… quand même.

Lucius la regarde dans les yeux, attendri par sa candeur, puis il lâche la pression sur le petit gosier qui semble bien apprécier cette heureuse initiative.

— Comme ça, mademoiselle est gentille, mais tu ne faisais plus la maline. Tes yeux étaient si grand ouverts que je pouvais lire dans ton cerveau.

— Tu te moques bien de moi, c'est facile pour un homme aussi fort, mais j'ai quand même eu très peur.

— Rassure-toi, tu ne dois sûrement pas faire partie de ceux qui soutiennent Néron, et puis tu es recherchée par les soldats ; finalement toi aussi tu es obligée de rester ici.

— Oui, mais qu'est-ce que je vais faire avec toi ? demande Julia, soudainement consciente de sa situation.

— Il ne fallait pas plonger tête baissée dans mes beaux paniers, maintenant que nous sommes ensemble, il va falloir s'entendre.

— Et tes amis ?

— Ils vont être heureux de te connaître.

— Vous allez me faire du mal ?

— Bien sûr que non, enfin je ne crois pas, mais tu es très drôle et... je dois dire que tu m'amuses beaucoup. À dire vrai, ces paniers ne sont pas très bavards et grâce à toi, cette cave est soudainement bien plus vivable, dit Lucius, l'air moqueur.

— Je sens bien le mépris dans ta voix, tu te moques de moi car tu es le plus fort, dit Julia, consternée par l'arrogance de l'étranger.

— Rassure-toi sur ce point, je n'ai aucun mépris pour ta petite personne, je suis juste heureux de n'être plus seul dans cette espèce de trou à rats, dit cette fois Lucius, sur un ton plus sérieux.

Julia qui vit ses rendez-vous avec Manius comme une grande histoire d'amour, est sans aucun doute très divertissante pour Lucius, la fraîcheur enfantine de cette petite provinciale le ravit.

Des bruits de pas indiquent la venue de visiteurs ; Julia n'en mène pas large, après tout elle ne sait rien de précis sur celui qui est près d'elle, et encore moins de ses amis. Ayant plongé sans précaution dans la première ouverture qui s'offrait sur son chemin, elle ignore dans quelle maison elle se trouve vraiment. Du haut de ses presque dix-huit ans, elle prend de nouveau conscience de sa situation, enfermée dans une cave avec des inconnus, son sort n'est pas des plus enviables. Il y a quand même un mort à la source sacrée, avec cet homme qui fuit Rome et se défie des soldats. Le bruit d'une clef qui tourne dans la serrure la saisit de peur, qui va-t-elle découvrir ?

*

De son côté, Manius a bien compris qu'il a loupé Julia, elle s'est rendue à la source et les gardes lui courent après. À cet instant, il sait qu'il ne peut rien pour elle, alors du temple d'Hercule, il sort le plus naturellement du monde. Alertées par les cris des gardiens, quelques personnes sont sorties pour voir, les esclaves du fumoir également.

Bien que personne ne sache encore ce qui se passe dans cette rue, Manius feint lui aussi l'étonnement. Parlant à l'un ou l'autre, il parvient tranquillement à franchir le sas de l'enceinte sans attirer l'attention sur lui, personne ne songeant un instant qu'il peut être mêlé à l'incident dont on ignore tout.

Sur la grande place avant le forum, deux gardes expliquent aux autres ce qu'ils savent, un attroupement commence à se former autour des hommes d'armes qui semblent savoir bien des mystères. Manius s'approche pour écouter lui aussi ce que les soldats ont à dire, manquer de curiosité en passant son chemin pourrait être perçu comme une fuite discrète. Finalement, personne ne sait rien, l'un d'eux indique qu'il a couru après une fille brune, sans pouvoir l'identifier, mais que de toute façon il n'avait rien à lui reprocher non plus. Il devait l'appréhender juste parce qu'elle n'avait pas l'air tranquille, rien de plus.

Du coup, Manius a bien fait de s'arrêter pour écouter, il sait maintenant que Julia n'a rien à craindre et que lui-même est hors de cause, puisque personne n'a encore découvert le mort ; sauf Julia, mais elle ne dira rien sur ce sujet. C'est donc bien tranquillement qu'il quitte le petit groupe et se dirige vers sa demeure.

Une grande maison un peu en retrait de la chaussée principale, avec un grand atrium nanti de six belles colonnes corinthiennes faites de marbre blanc. Il entre chez lui, à l'étonnement de son esclave et ami Servius.

— Oh ! Maître, tu es déjà de retour ?

— Oui, il se passe des choses étranges à Glanum, dans un petit moment tu sortiras faire un tour, tu écouteras discrètement comme tu sais si bien le faire quand je reçois du monde chez moi, et tu me rapporteras ce que tu auras entendu.

—Oui Maître, pour toi j'écouterai les bruits de la ville.

Le temps passe lentement et Manius tourne en rond, à l'évidence il n'est pas un homme serein, son impatience est visible par tous. Servius, vieil homme aux cheveux blancs, à la peau tannée par le soleil et ridée par le temps, est un esclave intelligent, qui servait déjà dans cette maison à l'époque du père de Manius ; il connaît parfaitement son jeune maître depuis son enfance, et lui est un fidèle serviteur, discret, toujours présent quand il faut.

— Mon Maître, tu devrais rester calme, Julia ne risque rien de bien mauvais, annonce tranquillement Servius à son maître.

77

— Comment ça Julia ? Pourquoi me parler d'elle ? s'exclame Manius, étonné par le propos de Servius.

— Je sais très bien vers qui tu passes tes rendez-vous chaque jour Maître, mais rassure-toi, je n'en parlerai jamais à personne.

— Je commence à croire que tu me caches bien des choses, mais pour l'heure, vas te renseigner sur ce qui se passe dehors.

— Oui Maître, je cours, affirme Servius en s'éloignant d'un pas incertain, rendu difficile par ses douleurs aux genoux.

Manius reste perplexe, avec l'impression qu'un monde le sépare de Servius. Il croit être discret avec Julia alors que son premier esclave est au courant de tout. Il a soudain le sentiment de vivre dans une maison aux murs transparents, aux fenêtres sans vitres, ouvertes à tous vents et à tous regards.

*

La porte s'ouvre en faisant grincer ses gonds, laissant le regard de Julia se poser sur un homme avec une toge en tissu neuf, assez corpulent et le visage souriant. Près de lui se trouve une femme, vêtue d'une stola également en tissu de belle qualité, ses cheveux teints en blond. Lucius salue ses amis et leur présente Julia. Sans chercher à savoir qui elle est, l'homme qui vient d'ouvrir la porte lui adresse un sourire franc, sa compagne blonde avec la belle robe également.

— Me croirez-vous, dit Lucius aux nouveaux venus, si je vous dis que cette jeune fille est tombée par cette fenêtre, étalée là sous mes yeux surpris ?

— Cherche autre chose Lucius, dit l'homme corpulent, en effet, comment te croire ? Imagines-tu un instant que cette belle créature puisse nous tomber du ciel sans prévenir ?

— Si Monsieur ! Il dit vrai, je suis entrée par cette fenêtre et je me suis étalée sur le sol ; même qu'il regardait mes jambes sans rien dire, profitant honteusement de ma situation désespérée.

Cette réflexion venant du cœur est si spontanée, qu'elle arrache aux deux visiteurs un éclat de rire qu'ils ne peuvent contenir. Lucius passe son bras autour des épaules de Julia et la tire amicalement contre lui.

— Je te l'ai dit, tu es assez drôle, et depuis que tu es tombée du ciel, je me régale de ta présence. Certes tu m'as fait l'honneur de découvrir une importante partie de ton anatomie, mais ton esprit n'est pas en reste. Rien qu'à t'écouter, on est déjà bien heureux de te connaître.

— Oh oui ! C'est facile de se moquer de moi, réplique Julia, l'air vexé d'être prise pour une demeurée, j'aurai peut-être dû aller avec les soldats, eux, ils ne se seraient pas moqués comme tu le fais.

— De quels soldats parles-tu Julia Cornelia ? demande l'homme à la toge en lui tournant un regard interrogateur.

— Mais, tu connais cette fille Decimus ? demande à son tour Lucius.

— Elle ? Pas personnellement, mais son père est un ami de longue date et j'ai vu de loin grandir sa fille. Pas ces dernières années il est vrai, sauf quand elle se promène sur le forum avec sa fidèle esclave Sabina. Je dois avouer que la voyant maintenant de près, Julia est devenue une très belle petite femme. Mais que fait-elle ici ?

— Il lui arrive une drôle d'histoire ; figurez-vous qu'elle vient de trouver un cadavre dans ce qu'elle appelle la source sacrée, et comme elle a eu peur, elle s'est sauvée en courant, avec les gardiens à ses trousses.

— Je comprends pourquoi elle est entrée dans la cave en passant par la fenêtre. dit sérieusement Decimus, sans se départir de son sourire. Mais maintenant, que va-t-on faire d'elle ? demande-t-il à Lucius.

— Pour l'instant rien, elle reste avec nous et on verra après, propose Lucius.

— Oui, tu as raison, il sera toujours temps pour l'étrangler, lui dit Decimus en riant.

— Encore ? Mais vous ne pensez qu'à me serrer le gosier, n'avez-vous donc pas d'autres idées plus intéressantes en tête ? demande Julia, qui commence à prendre peur.

— Ah ! Decimus, s'exclame Lucius en levant les bras au ciel, je crois qu'elle a raison, si comme moi tu avais vu ses jambes, tu penserais qu'il y a sûrement autre chose à faire que de l'éliminer maintenant.

— Ah oui ? Alors jeune fille, montre-nous donc ces belles jambes dont tout le monde parle, que l'on puisse ainsi juger du mérite à te garder en vie... ou bien à t'occire sur le champ.

Julia n'ose obtempérer, mais le sourire de la femme aux cheveux blonds la rassure. Du bout des doigts elle prend courageusement le bas de sa tunique et découvre ses genoux.

80

— Plus haut voyons, ne sois pas si timide, dit Decimus, de plus en plus amusé par la scène qui se déroule devant lui, et la piètre mine de Julia.

Julia monte le tissu jusqu'en haut de ses jambes, le regard baissé, honteuse de ce qui lui arrive, mais n'osant dire non, de peur de se retrouver à la rue, étranglée ou avec un couteau planté dans le cœur.

— Lucius mon ami, tu as raison, cette jeune personne a des cuisses magnifiques, tu n'as pas menti. Mais rassure-toi petite Julia, tout cela n'est fait que pour nous amuser de toi, ici tu n'as rien à craindre et tu peux laisser tomber ta tunique.

Inutile de le répéter, le tissu retrouve sa place en un instant. La femme aux cheveux blonds, nantie de belles rondeurs dévoilant son goût pour les plaisirs de la table, lui tend une main amicale, et enfin consent à lui parler.

— Viens mon enfant, laissons ces hommes qui ne pensent qu'à rire à tes dépens.

— Oui, mais moi j'ai eu très peur, à côté d'eux je ne suis rien d'autre qu'une pauvre cigale qui chante tout l'été, mais là, j'ai pas envie de chanter.

— Lucius a raison de te trouver drôle, où vas-tu chercher tes réflexions ? Allons, viens avec moi.

Les deux femmes sortent en premier, suivies par Lucius et Decimus, heureux de leur plaisanterie. Dans l'atrium, sur une petite table en bois, des provisions de bouche sont apportées par un esclave afin de calmer l'appétit de ses maîtres, puis il s'en retourne pour vaquer à ses occupations ordinaires.

Après avoir avalé son petit en-cas, c'est Decimus Curtius qui parle en premier.

— Mes amis… J'ai réfléchi à notre situation ; toi Julia, il faut que tu me dises ce que tu faisais à la source sacrée à cette heure-ci.

— Ah bon, pourquoi ? Demande Julia l'air étonné.

— Pour une raison fort simple ; si ton père vient à s'inquiéter de ton absence, il peut demander aux gardes s'ils t'ont aperçue… tu vois ce que je veux dire ?

— Oui… Mon père a les deux fumoirs à vin à l'extérieur des remparts et il…

— N'en dis pas plus Julia, je le connais très bien et le vin de cette carafe vient de chez lui ; je veux juste savoir pourquoi tu étais à la source. Il n'est pas l'heure des ablutions médicinales, et je ne pense pas que tu sois qualifiée pour recueillir l'eau sacrée.

— J'avais rendez-vous avec quelqu'un, répond sèchement Julia.

— Qui ? Dis-moi le nom de l'élu de ton cœur, celui qui est mort ? lui demande Decimus.

— Certainement pas !

— De toute façon, et quel qu'il soit, il ne peut rien lui arriver à cause de nous, et les morts ne sont pas très loquaces.

— C'est mon amoureux, Manius Juventius Secundus que je venais retrouver, avoue Julia en baissant son regard, nous avons souvent rendez-vous à cet endroit.

— Manius Juventius ? C'est plutôt un beau parti, au moins tu sais choisir tes amis. Je vais de ce pas voir ton père pour lui dire de ne pas s'inquiéter sur ton sort, je reviens rapidement vous donner les nouvelles. Quant à

Manius, je vais aussi tenter de m'informer sur lui. Pour Sabina, elle était aussi avec toi à la source ?

— Non, jamais l'après-midi, mais je t'en prie Decimus, ne dis rien à mon père, il ne sait pas encore pour moi et Manius.

— C'est trop tard, maintenant il doit savoir, mais rassure-toi, Manius est un homme d'honneur et de noble naissance, tu n'as donc rien à craindre.

— Je le sais bien, mais père dit toujours que je ne dois pas chercher au-dessus de ma condition, tu comprends toi ?

— Oui, sois sans crainte Julia ; mais je te précise que le nom que tu portes est celui de l'illustre Gens romaine Cornelia Sulla, tu dois être fière et non pas inquiète.

— Je ne suis même pas romaine, dit Julia d'un air désabusé, complètement dépassée par ce qu'elle vit en cet instant.

— Que nenni, les histoires de famille sont souvent pleines de surprises. Tu te dis Salienne ? C'est sûrement vrai, mais tu es aussi citoyenne romaine, et ton nom vient bien de quelque part. Demande à Lucius, il va sans aucun doute te confirmer mes propos.

— C'est absolument vrai, à Rome bien des personnes s'inclineraient sur ton passage, juste à cause du nom que tu portes.

— Hé bien, ici personne ne s'incline devant la noble Julia, les romains sont de drôles de gens.

— Decimus, sans abuser de toi, peux-tu également te renseigner sur le mort ? demande Lucius en posant sa main sur le bras de son ami.

— Ne t'inquiète pas Lucius, j'y ai déjà pensé. Occupez-vous de cette noble romaine durant mon absence.

Decimus sort sans précipitation, dehors, la rue est calme et les premiers badauds circulent sans bruit ; des commerçants ouvrent leurs étals ambulants, le long du mur d'enceinte du forum et attendent les clients. Decimus monte la rue et marque un arrêt inévitable devant le forum. À cet endroit se trouve une petite placette ; des arbres, de l'ombre et une grande fontaine. Il y a toujours des gens qui le connaissent et le saluent, la moindre des choses est de leur rendre la politesse en échangeant de banals propos.

Quelques minutes plus tard, passant la porte du rempart, il voit un attroupement devant la source sacrée, sachant évidemment de quoi il retourne, Decimus feint malgré tout d'ignorer le motif de ce rassemblement. Sextus Cornelius Sulla, le père de Julia, est lui aussi présent, ses deux fumoirs étant presque devant la source, il ne pouvait ignorer ce rassemblement de curieux.

Sextus, de part son origine gauloise est plus grand que Decimus d'au moins une tête, c'est un homme robuste aux larges épaules, qui manipule ses amphores à lui seul, alors que les esclaves se mettent souvent à deux pour y parvenir. À l'évidence, Julia n'a pas hérité du physique de son père, mais elle a son caractère vif et décidé. Même lorsqu'elle n'est sûre de rien, elle s'affirme rapidement aux yeux des autres, ne laissant que rarement voir sa détresse. Il faut dire qu'elle est à bonne école avec Sabina, qui elle non plus ne laisse rien paraître de ses sentiments.

*

— Ah ! Mon ami Sextus, que se passe-t-il ici ?

— Ave Decimus ! Je n'en sais rien encore, mais il semble qu'un homme se soit fait occire en bas des escaliers.

Les deux hommes se serrent une chaleureuse poignée de mains et s'accueillent par un sourire mutuel, à l'évidence ils se connaissent fort bien.

— Un homme tué ici ? Par tous les dieux, quelle horreur, il est peut-être simplement tombé dans les escaliers, mais sait-on qui il est ?

— Non, pas encore, un étranger arrivé depuis peu, à ce qu'il paraît.

— Bon… le pauvre homme, c'est bien dommage de venir finir ses jours ici… mais c'est justement toi que je venais voir, tu tombes bien.

— Je parie que tu veux du vin frais, j'ai raison ?

— Exactement, mais nous pourrions aller un peu plus loin pour parler affaire, ici il y a trop d'agitation.

— Allons là-bas, propose Sextus en désignant un endroit près de ses fumoirs à vin.

Decimus et Sextus s'éloignent de quelques pas suffisants pour être tranquilles, là ils peuvent parler sans se faire entendre. De toute façon, les gens sont intéressés par le crime, pas par des discussions de marchand de vin.

— Eh bien Decimus, combien de vin veux-tu cette fois ? La quantité doit être d'importance pour que tu te caches des autres.

— Il ne s'agit pas de vin Sextus, mais je veux te parler de ta fille Julia.

— Julia ? Tu sais des choses sur elle, je suis très inquiet à son sujet justement.

— Rassure-toi bien vite, elle est en sûreté chez moi, mais il ne faut pas en parler pour l'instant… à personne, dit Decimus en baissant la voix.

— Il est déjà trop tard, je suis allé voir Caius Cato au poste de garde pour lui signaler son absence anormale, il va se charger de la retrouver. Mais pourquoi la dis-tu en sûreté chez toi ? Est-elle mêlée à ce crime ?

— Pas vraiment, même sûrement pas du tout, mais elle a vu le cadavre et s'est sauvée quand les gardes l'ont interpellée ; selon qui est mort, sa situation peut être critique.

— Enfin Decimus, tu n'es pas sérieux, imagines-tu ma petite Julia assassiner un étranger ? demande Sextus d'un air accablé par cette nouvelle.

— Bien sûr que non mon ami, mais elle connaît peut-être le coupable, sinon pourquoi fuir les gardes, lui répond Decimus sur un ton se voulant rassurant.

— Oui… tu as raison, pourquoi a-t-elle fui ?

— Elle me l'a dit, tout simplement parce qu'elle a eu peur, mais cela ne l'empêche pas de connaître l'assassin, du moins aux yeux de la police.

— Ah ! Sale affaire, je sens mal cette histoire, dis Sextus en pinçant ses lèvres et en serrant son poing qu'il porte contre sa bouche.

— Pour l'instant sois tranquille, je voulais te rassurer pour Julia, alors voilà qui est fait, pour le reste attendons discrètement la suite à donner à tout cela.

— Nous devons rester discrets, alors pour le vin, on fait quoi ?

— Ah oui ! bien sûr, tu me fais livrer cinq amphores de ton nouveau vin. Viens toi-même ce soir pour suivre la livraison ainsi tu verras ta petite Julia et personne n'en saura rien.

— Tu es un véritable ami Decimus, je n'oublierai pas ce que tu fais pour elle et pour moi.

— Bah, n'en parlons plus, je suis comme toi, cette affaire ne me plaît pas du tout. Demain tout sera fini et nous en parlerons tranquillement.

*

Sur le chemin du retour, Decimus reconnaît Servius le fidèle esclave de Manius, il l'interpelle discrètement.

— Hé bien ! mon bon Servius, tu es déjà dans la rue à cette heure-ci ?

— Oui Maître Decimus, je vais acheter du vin pour mon maître Manius Juventius.

— Décidément, c'est le jour des approvisionnements en vin, c'est sûrement le printemps qui donne soif.

— J'ignore ce que tu veux dire Maître Decimus, il s'agit d'un simple achat bien ordinaire.

— Naturellement Servius, mais afin de t'éviter des dépenses inutiles, tu peux dire à ton maître qu'il y a un mort à la source sacrée. C'est paraît-il un étranger arrivé depuis peu et personne ne sait rien sur celui qui l'a occis.

— C'est incroyable, personne n'a donc rien vu ? demande Servius, feignant l'étonnement.

— Hé non, comme je te le dis, personne n'a rien vu. Même Caius Cato ne sait encore rien, c'est un bien grand mystère qu'il faudra élucider avec une sérieuse enquête.

— Oui assurément Maître Decimus, alors je ne vais peut-être pas acheter de vin aujourd'hui, comme tu me le conseilles, je vais informer mon bon maître du triste sort de cet infortuné voyageur... Quel triste jour, mourir à Glanum sans rien laisser derrière soi, ce n'est pas une vie.

— Tu as le mot juste, ce n'est pas une vie, de mourir à Glanum.

Servius se retient de pouffer de rire, Decimus également, fier de sa plaisanterie.

— Ave Decimus !

— Non ! Attends un peu avant de te sauver, voilà Caius Cato, il va certainement nous en apprendre plus.

Servius se sent soudainement moins à son aise, parler avec Decimus est une chose, mais avec le chef de la police n'est pas dans ses habitudes.

— Ave Caius ! Que se passe-t-il donc aujourd'hui ?

— Ave ! Sénateur Decimus, c'est un bien triste jour. Ave Servius ! toujours à traîner en quête de commérage ? demande Caius Cato, sachant bien la crainte de Servius à lui parler.

— Ave Caius ! répond timidement Servius.

— Alors raconte, que sais-tu d'intéressant sur cette étrange histoire ? demande impatiemment Decimus.

— En vérité, bien peu de chose, sinon qu'un homme est mort au bord du bassin de la source sacrée, mais tu sembles déjà au courant.

— Je viens de chez Sextus pour passer une petite commande, c'est là que j'ai vu un attroupement vers la source, il paraît que c'est un étranger, c'est vrai ?

— Le problème est justement là, bien que je ne tienne pas à voir mourir les gens de Glanum, bien sûr, au moins ils sont au bon endroit. Depuis trois jours j'héberge deux hommes venus de Rome pour mener une enquête sur notre territoire, c'est l'un d'eux qui est mort.

— Mince, c'est bien dommage pour ce brave homme, mais de quelle enquête me parles-tu ? demande Decimus, soudain très intéressé par les propos de Caius Cato.

— Ils sont venus sur ordre du prince pour traquer des traîtres, du moins c'est ce qu'ils prétendent.

— Oh ! Tu penses, quel traître se cacherait-il dans notre bonne ville, et sans que tu ne le saches déjà ?

— C'est ce que j'ai dit, mais maintenant avec le mort, leur hypothèse se confirme.

— Nous voilà dans une drôle d'histoire, as-tu une piste à suivre mon bon Caius ? s'informe Decimus avec un faux air inquiet.

— Pas la moindre, mais je vais bien trouver quelque chose, parce que l'autre ne va pas lâcher l'affaire facilement, c'est un vicieux de première catégorie, crois-moi sénateur, il aurait mieux valu que ce soit lui qui soit mort.

— Bon alors, on verra bien par la suite. Ave Caius !

— Ave ! Sénateur Decimus.

— Mois aussi je te salue sénateur, j'en sais assez pour aujourd'hui, chuchote Servius qui, sans avoir prononcé un mot, n'a rien perdu de la conversation entre les deux hommes.

— Salut à toi Servius, donne le bonjour de ma part à Manius Juventius.

— Je n'y manquerai pas, Maître Decimus.

Decimus regarde Servius s'éloigner d'un bon pas, visiblement satisfait de ce qu'il vient d'apprendre. Ce vieil esclave, depuis fort longtemps au service de la famille des Juventii, est connu dans tout Glanum. Caius Cato n'est pas un imbécile non plus, il va rapidement faire l'analyse de ses observations et peut-être tirer des conclusions fâcheuses pour tous. À n'en pas douter, Decimus commence à se faire une idée sur l'implication de Manius dans cette affaire, son esclave Servius n'est pas sorti par hasard pour se renseigner sur un fait, dont il est supposé ne rien savoir. À vrai dire, Decimus est persuadé que Manius en sait déjà beaucoup, et pour cause. Reste la fuite de Julia Cornelia, c'est bien un problème à résoudre dans l'urgence, Caius ne va pas tarder à faire tous les rapprochements entre les uns, les autres, et le cadavre.

*

Après son retour dans la villa Juventia, Servius explique en détail tout ce qu'il sait, pour le moment, rien n'est à craindre.

— Tu es sûr que Caius ne sait rien ? lui demande Manius l'air soupçonneux.

— C'est ce qu'il prétend Maître, il ne sait rien pour l'instant… juste que Julia Cornelia a disparu de chez elle.

— Comment ça, disparue ? demande Manius en ouvrant grands ses yeux par l'étonnement

— C'est son père Sextus qui en a fait part au Sénateur Decimus, en même temps qu'il exprimait ses craintes sur l'absence de sa fille.

— Cela ne prouve rien.

— Non Maître, mais les gardes ont couru après une fille qui heureusement leur a échappé.

— Mais pour quel motif ? Julia n'a rien à se reprocher.

— Bien sûr Maître, mais, écoute-moi ; un mort étranger, une fille qui disparaît, une autre qui se sauve, Caius n'est pas un imbécile.

— Toi non plus mon brave Servius, je vois que tu fais une rapide analyse des choses, mais peut-être te trompes-tu !

— C'est possible Maître, mais Caius va chercher à savoir, et l'autre étranger aussi, car il a dit que c'était un vicieux.

— Bien, je crois qu'il est temps de voir la réalité en face.

Manius comprend que d'une manière ou d'une autre, tout va finir par se savoir, alors il se prépare pour partir dès la tombée du jour, quand un esclave vient le prévenir d'une visite pour lui.

— Maître, il y a pour toi un visiteur important qui demande à te voir, es-tu présent pour lui ?

— Qui est-il, tu l'as déjà vu ? demande Manius, inquiet.

— Oui Maître, il habite près d'ici et siège au sénat de la ville.

— Que peut-il vouloir, il ne sait sûrement rien de plus lui non plus… fais le entrer !

— Oui Maître.

Quelques mots, et l'homme à la toge entre dans l'atrium, Manius le rejoint.

— Ave Decimus ! Que me vaut l'honneur de ta visite ?

— J'ai une information pour toi, il m'a semblé urgent de te la communiquer, dit Decimus en évitant de parler trop fort.

— Servius m'a dit qu'il t'avait rencontré cet après-midi, mais il ne savait pas grand-chose sur le mort de la source, je t'écoute.

— Je veux te parler de Julia.

— Julia ? Que lui est-il arrivé ?

— Oh ! Rien pour l'instant, du moins rien de grave ; mais elle m'a raconté son histoire et sa rencontre avec un cadavre… tu vois de qui je veux parler.

— J'ai bien une vague idée, mais toi, que sais-tu vraiment de tout cela ?

— Julia nous a dit pour vos rendez-vous à la source, ce n'est pas méchant pour deux jeunes gens comme vous, mais le mort pose problème. Quand elle est tombée sur le gars elle a pris peur et s'est enfuie sous le nez des gardes qui heureusement ne l'ont pas attrapée. Elle est pour le moment en sécurité chez moi. Je suis allé voir son père pour lui dire de ne pas s'inquiéter de son absence, mais il a déjà prévenu les gardes de sa disparition, alors sois sûr qu'ils vont faire le rapprochement entre vous... et l'autre.

— Je suis au courant par Servius, mais personne ne connaît la relation entre moi et Julia, qui peut savoir à part toi ?

— Tu es bien innocent Manius, je suis certain que bon nombre des esclaves de sa maison, vous ont déjà observés tous les deux et crois-moi, sous la torture, ils ne pourront se taire bien longtemps. Je m'occupe de la petite et toi tu dois partir au plus tôt, je vais prévenir Sextus Cornelius pour que ses esclaves ne résistent pas inutilement à la torture, et d'ici là, tu seras toi aussi en sécurité.

— Je suis sur le point de quitter la ville, j'attends la fin du jour et je pars.

— Bien, mais dis-moi, pourquoi as-tu tué cet étranger ? demande Decimus, animé par la curiosité de savoir le fin mot de l'histoire.

— C'est un espion de l'empereur, venu ici pour dénoncer tous ceux qui ont un comportement douteux envers le prince, à commencer par moi et toute ma famille. Il m'a attendu à la source et a émis des menaces sérieuses, que veux-tu que je fasse ?

— Je te comprends, tu as aussi agi pour nous. Le problème vois-tu, c'est qu'il n'était pas seul, alors je vais m'occuper de ta petite fiancée en attendant ton retour. Mais où vas-tu aller maintenant ?

— Je te remercie pour elle Decimus, c'est une fille fragile et il faut en prendre grand soin ; moi je vais rejoindre les troupes de Julius Vindex et combattre Néron. C'est pour cela qu'il y a ces hommes venus de Rome, ils sont là pour condamner tout citoyen qui à leurs yeux, paraît louche, le déclarant ennemi de l'état, et faisant au passage main basse sur ses biens.

— Tu es très courageux mon garçon, prends garde à toi, et que la déesse Fortuna veille sur ta réussite. J'enfouirai dans le sol une pièce d'or afin qu'elle l'offre à son tour à un nécessiteux, qui dès ce jour ne tarira pas d'éloges pour elle.

— Tout est dit, embrasse Julia de ma part car je ne peux pas prendre le risque d'un dernier contact avec elle, surtout dans ta demeure.

— Ave ! Manius Juventius, prends soin de toi également, car ton voyage risque d'être long et dangereux, surtout si tu te lies à Vindex.

— Ave ! Decimus Curtius, mon ami.

Les deux hommes se séparent après une longue poignée de main, mais leurs regards en disent long sur leurs pensées bien pessimistes, aucun n'est dupe sur les dangers présents et à venir qui les menacent tous.

*

De retour vers la source sacrée, Decimus retrouve Sextus Cornelius et l'aborde le plus naturellement du monde. Autour de l'entrée de la source, le groupe des badauds a diminué, mais ceux qui sont encore là, sont plus curieux. Caius parle de l'autre étranger au sujet du cadavre, annonçant que le bougre n'était pas seul. Visiblement, le deuxième homme ne semble pas connaître Manius ni Julia, mais Caius Cato est un homme de qualité qui sait mener une enquête, Decimus entraîne une nouvelle fois Sextus à l'écart. En quelques mots il lui explique la nouvelle situation et le prévient pour ses esclaves, inutile de les laisser torturer car dès demain Manius sera loin, ils pourront dire tout ce qu'ils savent.

— Je préfère comme ça, car je réprouve ces méthodes qui consistent à toujours torturer les esclaves en lieu et place de leurs maîtres. De toute façon, que savent-ils, sinon que ma fille a des rendez-vous galants avec un romain de bonne famille ; vois-tu un mal à cela Decimus ?

— Non, bien sûr que non, mais c'est suffisant pour désigner le coupable du meurtre et pour croire que ta fille est complice. Réussir à faire condamner une Cornelia Sulla doit être un tournant dans une carrière d'espion, et je suis certain que Néron en serait le premier réjoui.

— Ah oui ! Tu as raison, il ne faut pas qu'il la trouve.

— Je veille sur elle, ne la cherche pas. Ave Sextus !

— Ave Decimus ! Je te ferai porter ton vin dès qu'il sera prêt.

— J'y compte bien, merci !

Caius Cato présent sur le lieu du crime, s'approche du sénateur qui faisait tranquillement demi-tour. L'officier s'adresse soudain à Decimus qui a brutalement le sentiment d'être pris en faute.

— Alors Sénateur Decimus, on tue des gens dans la rue et toi tu continues d'acheter ton vin comme si de rien n'était.

— Oh ! Que veux-tu, la vie de ce pauvre homme se termine bien tristement, mais crois-tu que je dois mourir

95

de soif pour autant ? répond Decimus en se donnant l'air le plus innocent possible.

— Tu as raison, mais quand même, si maintenant on n'est plus en sécurité à Glanum, alors où allons-nous vivre ?

— Je n'en sais rien, mais notre sécurité c'est toi, et cela ne doit pas nous couper la soif. Regarde Caius, dit Decimus l'air convaincu par ce qu'il va dire, chaque fois que je sors de chez moi je fais ta rencontre, n'est-ce pas rassurant ? Ave Caius Cato, bonne enquête.

— Ave Decimus !

Rude journée pour Decimus qui maintenant est le mieux informé de toute la ville. Certes, c'est bien la victime qui au final reste la plus secrète, mais l'affaire s'éclaircit et seul le mauvais hasard de cette rencontre est responsable de tout le trouble de la journée. Heureusement qu'il ne mène pas lui-même l'enquête, car tout serait vite réglé au détriment de ses amis. Les dieux leur sont favorables, il peut donc continuer à les aider de son mieux sans prendre le risque de les contrarier.

*

Titus Albus Pictor, le deuxième étranger qui, après avoir rédigé une missive pour Rome, reste avec l'officier Caius Cato, tient à en savoir plus sur la mort de son collègue. Par chance, lui, il ignore encore tout.

— Dis-moi Caius, que penses-tu de cet abominable crime ?

— Je ne sais encore rien de précis, mais rassure-toi, la lumière va être rapidement faite sur toute cette affaire.

— J'y compte bien, l'empereur en personne va être informé de la mort de son fonctionnaire, imagine les représailles si rien n'est fait d'ici là pour trouver la vérité. J'ai vu que des esclaves travaillent ici, ils savent forcément des choses intéressantes pour ton enquête, il faut les torturer dès maintenant.

— Ils ne vont pas se sauver, laissons les finir leur travail, ensuite je les arrête et je les conduis dans ma prison.

— Ah oui ! parfait, quelle bonne idée… Demain on va tout savoir sur ce crime odieux et punir les coupables, comme ils le méritent. dit Titus Albus en se frottant les mains.

— Certainement, certainement oui, confirme Caius Cato, la mine attristée par cette tâche qui l'attend.

Titus Albus, bien au contraire, se réjouit par avance du sort réservé aux esclaves, il adore les séances de tortures qui le ravissent chaque fois. Caius est moins enthousiasmé par cette pensée, mais comment éviter d'abîmer les esclaves de son ami Sextus. Et puis, il les connaît tous, certains même sont des amis également.

— Titus, puisque tu es un fonctionnaire du prince, il m'appartient de te garder sous ma protection, je ne voudrais pas qu'il t'arrive un tel malheur.

— Je parlerai de toi dès mon retour à Rome, sois sûr d'un avancement bien mérité, remercie Titus en se donnant un air de supériorité.

— Je ne le fais pas pour mon avancement, mais je dois veiller sur ta sécurité, tout citoyen romain a droit à ma protection. renchérit Caius, se montrant comme un fidèle serviteur très prévenant pour le fonctionnaire du Prince.

— Tu es un officier efficace et zélé, je ne dirai pas cela de tous les policiers de l'empire. affirme Titus Albus comme s'il était le chef de la police, et en connaissait tous les officiers.

Titus est logé par l'officier Caius, également nourri aux frais de la ville, il ne peut se plaindre de l'accueil qui lui est fait et demain sera un autre jour. Caius est un malin, offrant sa protection à Titus, il se garantit par la même occasion de l'avoir à l'œil et de surveiller tous ses faits et gestes, évitant ainsi qu'il ne fourre son nez là où il n'a rien à y faire. Caius est parfaitement convaincu que Julia Cornelia n'est pour rien dans cette histoire, mais il sait aussi que l'assassin, ou pour le moins le meurtrier, est un homme de sa ville, donc il le connaît forcément.

Quant au cadavre, Caius le considère comme un espion de Rome et ne pleure pas sur son sort, il lui faut donc agir avec prudence pour ne compromettre personne, à moins de trucider le deuxième espion, mais cette hypothèse est un peu dure à envisager pour un officier comme lui. La nuit portant conseil, il est urgent de ne rien faire, demain il sera toujours temps d'y penser et, avec la complaisance des dieux, tout devrait pouvoir rentrer dans l'ordre.

Évidemment, Caius est conscient que le coupable risque de s'enfuir durant la nuit, mais que peut-il faire pour l'en empêcher ? Il ne va quand même pas passer la nuit dehors.

*

Avant de rentrer chez lui, Decimus décide de refaire un passage par le forum, là où toutes les nouvelles se répandent plus vite que portées par le vent. À cette heure-ci, la digestion a fait son travail et de nouveau le monde emplit le forum. Il n'a pas le temps de faire le tour des personnes présentes qu'il est interpellé par la voix vive et forte de Gnaeus Gellius Agricola, autre édile de Glanum, à la forte personnalité.

— Ave Decimus ! Peux-tu venir me parler ?

— Ave Gnaeus ! Bien sûr que je peux venir te parler, aurais-tu des choses importantes à me dire ?

— Oui, approche… dit discrètement Gnaeus en posant sa main sur le bras de Decimus, comme pour le rapprocher de lui. Je viens d'apprendre que Julius Vindex a décidé de se révolter[26] et qu'il met sur pied une formidable armée.

— Comment sais-tu cette information ? demande Decimus, fort étonné par une telle nouvelle.

— Vindex veut confier la direction de sa révolte à Galba, et pour cela lui envoie un messager à Carthagène, je l'ai rencontré, mais on ne sait pas encore ce que Galba va décider, de toute façon, pour Vindex il n'est plus possible de reculer.

— Il faut attendre nous aussi avant de prendre une décision, certains légats vont rester fidèles à Néron, c'est certain.

— Je suis d'accord avec toi Decimus, attendons sagement. Mais quelle est cette histoire à la source, tu es au courant toi ?

---

26 Le 12 mars 68, révolte de C. Julius Vindex, légat de la région lyonnaise.

— Information pour information, je sais qu'un envoyé de Néron a été assassiné aujourd'hui, et qu'un autre est chez Caius Cato, peut-être des espions.

— Alors rentrons chez nous sans tarder. Ave Decimus !

— Ave Gnaeus ! Quelle histoire, c'est peut-être ton messager de Galba qui a occis l'autre espion... quelle histoire !

Sur ce, les deux hommes se séparent, Decimus n'ayant rien appris d'autre qu'il ne sache déjà, excepté la révolte de Julius Vindex, mais cela se passe loin d'ici et n'a rien à voir avec son affaire du jour. Il peut enfin retourner à ses pénates pour retrouver Poppaea, avec Julia et Lucius.

Une fois entré dans l'atrium, Decimus ne parle pas de ce qu'il sait, attendant les réactions de son épouse ou de ses hôtes, pour être assuré que personne d'autre n'est présent, peut être arrivé pendant son absence.

— Hé bien ! Decimus, raconte, lui demande Lucius.

— Mes enfants, les choses se gâtent, j'en ai appris de bonnes.

Tous se regroupent, à la fois inquiets et curieux.

— Je commence par le début, le mort... c'est probablement un espion du prince, mais il en reste un autre qui est chez Caius Cato, demain ils vont interroger les esclaves de Sextus Cornelius et rapidement savoir la liaison entre Julia et Manius. Ils vont à coup sûr vouloir la torturer à son tour pour savoir où se trouve Manius.

— Je ne sais pas où il est moi ! dit Julia, apeurée par l'idée d'être torturée.

— Non Julia, tu ne le sais pas, mais dès qu'il t'aura trouvée, l'autre espion va demander ta torture juste pour son plaisir, ta fuite ne plaidant pas en ta faveur.

— Et ma petite Sabina ? Il ne faut pas lui faire du mal, elle est bien trop gentille et c'est mon amie.

— Ah oui ! Sabina. Bon, il faut aussi que je m'occupe d'elle. Ce soir ton père vient ici, je vais le faire prévenir afin qu'il la prenne avec lui, elle devra rester dans cette maison.

— Merci Decimus, les dieux vont te récompenser pour tout ce que tu fais pour nous.

— Certainement Julia Cornelia, certainement.

— Et Manius, tu sais où il se trouve ? demande Lucius, l'air inquiet.

— Demain il sera loin d'ici, mais j'ignore où, lui répond Decimus.

— Julia ne peut rester ici, c'est trop dangereux pour elle, il faut trouver une solution, dit Lucius inquiet pour la petite provinciale, emportée dans un tourbillon politique qui lui échappe totalement.

— Tu as raison Lucius, mais où veux-tu la mettre en lieu sûr ? Les soldats peuvent fouiller toutes les maisons, il n'y a aucun endroit qui puisse la protéger, en tout cas, je n'en connais pas.

— Alors elle doit partir d'ici, quitter Glanum pour se faire oublier pendant un temps.

— Partir d'ici ? Mais où veux-tu qu'elle puisse aller, bientôt toutes les Gaules vont être en guerre et les soldats auront autre chose à faire que de courir après une fille ; et puis comme elle est faite, tu l'imagines seule sur les routes ?

— Comment ça Decimus... Toutes les Gaules en guerre ? D'où tiens-tu encore une pareille information ? demande Lucius.

— Eh, dis donc Decimus, que veux-tu dire par, comme elle est faite, s'exclame Julia horrifiée, je suis mal faite peut être ? Tout à l'heure j'avais de belles cuisses et maintenant je suis mal fichue ? Vous n'êtes vraiment pas gentils avec moi.

— Excuse-moi Julia, je parlais juste de ta stature, pas de ta beauté, lui répond amicalement Decimus, avant de reprendre sa conversation avec Lucius. Sur le forum, Gnaeus Gellius Agricola, qui siège avec moi à la curie, m'a dit qu'un messager de Julius Vindex allait en direction de l'Hispanie Citérieure[27] pour proposer à Galba de rejoindre son mouvement, cette fois l'affaire est vraiment sérieuse. D'ailleurs je ne sais pas pourquoi Manius a tué le fonctionnaire, mais il est en route pour retrouver l'armée de Vindex.

— Comment sais-tu cela aussi ? Décidément tu es au courant de tout, interroge Lucius étonné.

— Un instant Lucius. Hé ! Toi qui n'as rien à faire, va chez Sextus Cornelius et dis-lui que ce soir, en plus du vin qu'il doit me livrer, je veux que Sabina l'accompagne.

— Oui Maître. répond l'esclave sans chercher à en savoir plus.

---

27 L'Hispanie Citérieure couvre la côte méditerranéenne des Pyrénées à Carthagène. L'administration de la province est installée à Tarragone.

— Revenons à nos affaires, pour Manius c'est très simple, il me l'a lui même annoncé, je l'ai rencontré cet après-midi, mais à cette heure-ci il doit être déjà loin.

À ces mots, Julia aux cuisses fines et aux grands yeux noirs prend part à la conversation.

— Merci pour Sabina, mais Lucius a raison, je ne peux rester ici, je vais partir pour rejoindre Manius, c'est la seule chose que je puisse faire.

— Tu ne peux partir seule sur des routes trop dangereuses pour une fille, je vais venir avec toi, propose Lucius comme s'il était chargé de sa protection.

— Non Lucius, dit Decimus, tu ne l'accompagnes pas non plus, le risque est bien trop grand pour vous deux.

— C'est décidé Decimus, de toute manière ma présence chez toi présente aussi un grand danger, pour toi et ta famille, je vais tenter ma chance avec Julia. Si les dieux nous sont favorables, on retrouvera Manius et l'armée de Vindex.

— C'est de la folie, de la pure folie mes enfants, mais aussi je l'avoue, la seule voie raisonnable à suivre. Il faut préparer votre voyage, vous partirez demain soir.

Julia regarde Lucius et se demande quel avenir se dessine pour elle, ne le connaissant pas vraiment, voire pas du tout, elle devra pourtant lui confier sa vie, n'est-ce pas là un trop grand risque à prendre ? Elle a soudain le sentiment d'avoir encore parlé un peu vite, comme d'habitude sans réfléchir. Bien sûr, l'homme est jeune et beau, fort aussi, mais cela n'est pas un gage de sécurité pour elle. Malgré sa belle éducation, comment va-t-il se comporter quand ils seront seuls dans la nature, loin de tout et de tous, sera-t-il encore un fier romain, ou bien simplement un homme désireux d'une jeune fille ?

Les dés sont jetés, elle ne peut reculer maintenant. Pensant à Sabina dans la même situation, Julia se demande bien comment elle ferait, mais Sabina sait gérer les cas difficiles qui se présentent à elle, alors que Julia est encore ignorante en bien des choses. Il est temps pour elle de réviser ses prières, toute aide sera la bienvenue.

*

A. d. XVII Kalendas Aprilis DCCCXXI[28]

— Servus ! crie Manius Juventius.

— Oui Maître ? répond l'esclave.

— Ah ! Tu es là, j'ai pour toi une mission de la plus haute importance.

— Je suis à ton service Maître.

— Hé bien voilà, demain matin tu iras chez le sénateur Decimus, tu lui donneras en main propre ces documents.

— Oui, il sera fait comme tu le demandes Maître.

— Je te dois quelques explications avant tout. Tu sais évidemment que je vis seul avec ma vieille mère, que j'ai ni frère ou sœur, ni héritiers, et que mes esclaves sont en vérité ma seule famille.

— Oui Maître, je sais tout cela. Mais tu as d'autres membres de ta famille non loin d'ici, des oncles et des tantes, des cousins aussi, tu n'es pas seul.

— Je le sais bien, mais c'est une famille qui me pèse plus qu'elle ne me soutient. Si je ne reviens pas de cette aventure, Julia Cornelia devra hériter de tous mes biens, bâtiments, hommes et bêtes également.

— Je souhaite ton retour Maître, mais dans le cas contraire je serai fier de la servir, elle est une femme très douce.

— Je sais cela aussi, mais tu n'auras pas à le faire car si je meurs, tu deviendras un homme libre. Dans cette liasse, il y a plusieurs documents d'affranchissement pour toi et les plus anciens d'entre vous.

---

28 16 mars 68 de notre ère, an 821 de Rome.

— Ne parle pas de cette façon mon bon Maître, il ne faut pas attirer le malheur sur toi.

— Rassure-toi Servius, le malheur ne peut venir que des hommes. Pour le reste, seuls les dieux ont les moyens de faire plier le sort, mais ils sont aussi les seuls à savoir pourquoi les choses se font.

— Demain j'irai chez le sénateur Decimus lui porter les documents que tu me confies, mais je n'aime pas ce travail.

—Je suis citoyen romain Servus, il m'appartient de prévoir mon avenir. Si les dieux me rappellent à eux, je dois être prêt et mes affaires en bon ordre, il n'y a rien là de bien grave à considérer son avenir, juste une précaution.

*

Dès la tombée de la nuit, Manius s'est en premier dirigé vers Ernaginum pour rejoindre la via Agrippa. De ce carrefour, il montera au nord vers Avenio qui sera sa première étape, puis il passera par Arausio pour continuer sur Lugdunum[29]. Il ne possède que peu de bagages, juste le minimum pour la route et ses armes pour combattre, là où il compte aller il n'a que faire de trop de matériel encombrant.

À Avenio, sa première étape, il trouve facilement une chambre pour cette nuit dans une auberge fort simple, mais où il fait bon se réchauffer au coin du feu, les nuits

---

29 Dans l'ordre les villes de : Saint-Gabriel(située sur le territoire de l'actuelle Tarascon), Avignon, Orange et Lyon.

sont encore très fraîches malgré des journées ensoleillées et chaudes.

— Ave caupona[30] ! As-tu une chambre pour cette nuit ?

— Ave étranger ! Pour une seule nuit ? demande la femme en se frottant les yeux car il est déjà tard.

— Oui, je suis juste de passage par ici.

— J'ai ce qu'il te faut, tu veux manger aussi ?

— Oui !

— Bon, ben mets-toi là, j'envoie quelqu'un.

Manius prend place à table et attend que l'on vienne le servir. Pour le moment, son voyage se passe bien puisque personne ne le cherche ici. Ses pensées sont tournées vers Julia, elle a dû être surprise en tombant sur le cadavre, mais que peut-on reprocher à une jeune fille ? Elle doit maintenant être tranquillement chez ses parents. Tiens, voilà une autre jeune fille, mais elle a les bras chargés de victuailles. Devant Manius, la serveuse dépose un beau pain rond et croustillant, des charcuteries et du fromage, le tout accompagné de bière et de vin au miel. Ici, les aubergistes d'origine gauloise savent que les romains ont un goût prononcé pour le mulsum, vin fumé et sucré au miel.

— Voilà pour toi noble étranger, as-tu besoin d'autre chose ? demande la jolie servante.

— Non merci, je ne pense même pas boire ou manger tout cela.

— Tu n'es pas obligé, bois et mange à ta faim.

_____

30 La tenancière de l'auberge.

La jeune femme s'éloigne et, après avoir plongé son regard dans le profond décolleté de la tunique, Manius regarde avec plaisir son déhanchement, finalement la beauté est partout. Tranquillement, il déguste ses aliments en buvant de petites rasades de bon vin, découvrant ceux qui l'entourent, écoutant leurs discours distrayants. Plus le niveau du vin baisse dans la carafe et plus ses paupières deviennent lourdes, il est temps de passer à autre chose. L'heure est venue de rejoindre son lit et dormir pour se préparer à une autre dure journée de marche ; Manius, conduit par une servante, ne tarde pas à quitter ses vêtements de route pour s'allonger sur un lit assez tendre.

Un temps certain s'est écoulé, mais seuls les dieux sont capables de l'évaluer, quand plusieurs coups frappés à la porte sortent Manius de son premier sommeil.

— Je peux entrer ? demande une petite voix féminine que Manius reconnaît immédiatement.

— Oui… si tu veux, lui répond sans conviction Manius, qui commençait à s'endormir.

La porte s'ouvre doucement, laissant entrer la serveuse au bon décolleté, souriante et montrant ses belles dents blanches. Les yeux un peu vitreux, Manius reconnaît tout de même celle qui lui servait son repas dans la pièce du rez-de-chaussée.

—Ah ! C'est toi, dit-il faussement étonné.

— Oui Maître, je crois que tu es triste et que tu as bien besoin d'une compagnie.

— Triste ? Tu as raison, mais qui peut donc me tenir compagnie dans de tels moments d'errances ?

— Moi ! Je crois que je peux rester avec toi sans te faire plus de peine, laisse-moi venir vers toi et oublie un peu tes problèmes.

— Ce ne sont pas des problèmes qui me tourmentent, mais l'amour que j'éprouve pour une jeune femme.

— L'amour ? Bien sûr l'amour… mais rassure-toi, je ne viens pas t'en priver, au contraire je viens t'en offrir un peu plus.

Serena, puisque c'est son non, s'assied près de Manius et passe son bras autour de son cou, puis pose sa tête contre sa tempe. La brunette a du tempérament, bien décidé à rester ici en compagnie du jeune voyageur dont elle va combler le manque d'affection. Âgée de seize ou dix-sept ans, la jeune fille a déjà bien des années d'expérience à son actif, il ne fait donc aucun doute que Manius va être endormi dans les meilleures conditions que l'on puisse souhaiter à un voyageur.

— Pour vingt sesterces je te garantis une nuit sereine en compagnie de Vénus, es-tu prêt à la partager avec moi ?

Manius hésite un instant, cette sympathique fille qu'il ne connaît pas est fort jolie, alors pourquoi pas, il vient de perdre celle qui est dans son cœur et ne croit pas la revoir un jour. Oui, pourquoi refuser l'amour que la déesse lui offre avec cette fille, elle est peut-être la dernière femme qu'il aura dans ses bras. L'alcool aidant sans doute à sa décision, il ne réfléchit pas plus.

— Vingt sesterces dis-tu ?

— Oui !

Manius fait glisser la tunique sur les épaules et les bras de la belle brune, découvrant une généreuse poitrine sur laquelle il pose ses mains un peu hésitantes, puis il se laisse tomber en arrière entraînant Serena avec lui, demain il fera jour.

La jeune femme voit en Manius un homme en détresse, alcoolisé, mais surtout fatigué par les soucis. Loin de chercher à lui soutirer ce qu'il n'a pas vraiment envie de céder, elle se montre d'une grande douceur, caressante, respectueuse de celui qui n'est pas un simple client à qui il convient de faire payer le maximum pour ses généreux services.

Vaincue elle aussi pas la fatigue, elle dort plusieurs heures contre Manius puis, s'éveillant de nouveau, retrouve ses esprits et d'une main agile, caresse une fois encore la très douce peau de l'homme bien entretenu qui dort près d'elle.

Manius ouvre un œil, dévisage celle qu'il prend un instant pour Julia, puis se laissant guider par la douceur des mains expertes, cède aux attraits de la belle brune. Vénus lui a accordé un moment de répit, mais il est temps maintenant d'accomplir la tâche divine pour laquelle elle lui a confié la jeune esclave aux beaux cheveux bruns, servante dans cette maison.

*

Chez Decimus, l'heure n'est pas aux réjouissances, Sextus embrasse sa fille en la recommandant vivement à Lucius, alors que Sabina effondrée, ne peut retenir ses chaudes larmes. Remarquant la jeune esclave embrassant sa fille en l'appelant par son prénom, Sextus découvre et comprend la grande intimité entre elles deux, rougissant au souvenir de la demande de Julia, de ne plus la saillir comme une jument. Se jurant bien de veiller sur elle comme sur sa deuxième fille, il la prend par les épaules et la tire affectueusement contre lui. Parlant doucement à son oreille, il se veut rassurant.

Julia, attendrie elle aussi, embrasse une dernière fois son père, puis caressant le visage de Sabina, lui dépose un baiser sur les lèvres.

— Ne pleure pas Sabina chérie, je vais revenir bientôt, comme avant tu m'aideras pour ma toilette et me donneras tes précieux conseils… Je te jure de revenir.

Les larmes aux yeux, Sextus resserre son étreinte sur les jeunes épaules de Sabina qui, s'abandonnant contre la puissante poitrine de son maître ne tente pas de résister. Pour la première fois elle se love là sans y être contrainte, mais parce qu'elle se sent en sécurité. Elle sait que son maître a tenu sa parole donnée à Julia, et qu'il ne manquera pas de la protéger sans rien exiger d'elle, autre qu'un travail ordinaire.

Lucius et Julia sont prêts à partir avec un minimum de bagages, pas question de s'encombrer. Julia est vêtue d'une tunique sous laquelle elle a enfilé une braie épaisse, un chaud manteau de laine jeté sur ses épaules pour la couvrir, une paire de chaussures en cuir montantes et fourrées. Emportant avec elle des vêtements donnés par Poppaea, l'épouse de Decimus : une stola de rechange et, en cas de besoin, une campestria[31] et un fascia pectoralis[32] à utiliser avec la stola décolletée.

---

31 **Campestria**, sorte de culotte, déjà mentionnée par les auteurs du temps d'Auguste, mais datant d'une époque sûrement plus ancienne.

32 **Fascia pectoralis**, bandage pectoral servant à soutenir la poitrine des femmes, ancêtre du soutien-gorge.

Lucius n'est pas mieux loti, mais sur la mule qui porte les bagages il a quand même ajouté son uniforme d'officier de la légion ainsi que ses armes, matériel de base qui ne le quitte jamais. Tenant une corde fixée à la mâchoire de l'animal, il marche du côté droit alors que Julia est du côté gauche. Aucun ne parle, conscient de partir pour une aventure sans but précis et peut-être sans retour.

Alors que Julia pleure de laisser ses parents derrière elle après les avoir embrassés une dernière fois, Decimus les regarde s'enfoncer dans la nuit en direction de la nécropole de la ville. Bientôt ils disparaissent et le silence prend leur place. Avec un pincement au cœur il reste un moment là, à ne plus rien voir, puis finalement rentre chez lui.

*

* *

La poursuite

Les premières heures de marche n'ont été qu'une formalité, mais la nuit est maintenant installée depuis un bon moment, la fatigue et le froid se font sentir.

— Julia, nous allons faire une halte, avec la nuit nous n'avançons plus assez vite et il fait vraiment froid, qu'en penses-tu ?

— Oui, je suis gelée moi aussi. répond Julia toute grelottante.

Lucius attache sa mule à une branche, étale une couverture sur le sol et invite Julia à y prendre place. D'une sacoche il extrait un morceau de pain et du fromage sec, ainsi qu'une carafe de mulsum.

— Nous devons manger un peu pour passer cette nuit, le vin nous tiendra chaud, dit Lucius en tendant la carafe à Julia.

— Merci, je crois que cela ne sera pas trop, je suis gelée.

Le léger en-cas emporté dans leur bagage est vite avalé, mais tout de même le bienvenu.

— Je suis désolé Julia, mais tu dois venir contre moi, en dehors des auberges où nous pourrons faire halte, nous devrons partager cette seule couverture durant tout notre voyage.

Julia sait bien qu'elle n'a d'autre choix pour passer la nuit, alors elle se couche à côté de Lucius puis, saisissant la couverture, se roule contre lui en s'enroulant dans le tissu, posant sa tête sur son épaule. Lucius la serre contre lui et enroule la couverture de son côté également, ainsi enveloppés, leur chaleur va rester conservée entre eux et la laine.

C'est la première fois que Julia est couchée avec un homme pour toute une nuit, elle est tendue car peu rassurée. Lucius est un romain de bonne famille, il parle bien et reste prévenant pour elle. Jusqu'à présent, il s'est toujours montré correct. Ici, elle est à sa portée, en pleine nature personne ne peut venir à son aide si elle crie son désespoir. Mais après tout, n'est-elle pas en train de s'inventer des histoires ? Comme Lucius ne se manifeste pas, la confiance remplace la crainte et Sommeil vient en compagnie de Songe, la conduire dans les bras de Morphée.

*

a. d. XVI Kalendas Aprilis DCCCXXI[33]

Dès les premiers rayons du soleil sur Glanum, Titus Albus Pictor est déjà prêt, il veut faire parler les esclaves de Servius le plus tôt possible, afin de mettre la main sur le, ou les coupables du meurtre de son collègue.

— Alors Caius ! Je suis prêt pour l'interrogatoire, qu'as-tu à traîner les pieds de la sorte, dit Titus l'air joyeux.

— Je ne traîne pas Titus, les esclaves sont déjà enchaînés dans la prison, répond Caius beaucoup moins enthousiaste que Titus.

— Combien sont-ils ?

— Quatre !

— Ah bien, on peut faire mourir le premier assez vite, cela va délier les langues des autres. Je ne vois que des hommes, n'y a-t-il pas au moins une femme parmi eux ?

— Nous ne sommes pas à Rome, ici les esclaves sont plus rares et plus chers, je ne tiens pas à les tuer s'ils veulent parler. Quant à avoir une femme, je ne la vois pas soulever de lourdes amphores de vin, à quoi pourrait-elle donc servir ?

— La nommée Julia n'a pas de servante ? demande Titus Albus d'un ton inquisiteur.

— Je viens de te le dire, ici les esclaves sont très chers, seuls des riches peuvent se permettre d'avoir des serviteurs pour les tâches quotidiennes.

---

33 Le 17 mars 68.

— Hum… quel triste pays, comment peux-tu vivre ici ?

Caius Cato ne répond pas, Sextus Cornelius l'a prévenu que ses esclaves ont pour consigne de parler, dire ce qu'ils savent sans rien lui cacher. Pour faire bonne mesure, le fouet est quand même utilisé, mais sans risquer de tuer un homme. Quant à Sabina, Caius n'ignore rien de son existence, mais depuis longtemps sensible à son charme, il n'en parle pas.

Comme entrée en matière, plusieurs coups sont assénés au premier d'entre eux, les lanières de cuir pénètrent la chair qui laisse échapper un filet de sang ; Titus Albus jubile, ses yeux noirs pervers brillent malgré la faible clarté des lampes à huile. Caius Cato commence sans tarder son interrogatoire, puisqu'il sait que les esclaves vont lui répondre sans retenue.

— As-tu vu une fille entrer dans la source ? demande Caius Cato au premier des hommes.

— Oui, c'est la fille du maître, la petite Julia. répond sans hésitation l'homme soumis au fouet.

— Tu en es sûr ? insiste Caius.

— Oui c'est vrai, nous la connaissons tous très bien, confirme un autre esclave qui ne tient pas à être soumis au fouet.

— Bon… et l'homme qui a tué l'étranger, vous l'avez vu aussi ?

— Nous avons seulement vu Manius Juventius entrer et sortir de la source, avant Maîtresse Julia, mais nous ne savons pas s'il a tué un homme. L'autre, on l'avait jamais vu.

Titus Albus est satisfait de ce qu'il apprend, mais ces aveux lui semblent bien rapides.

— Tu devrais en brûler un avec ce fer rouge, propose-t-il alors à Caius, je crois que ces chiens nous cachent la vérité. Ne trouves-tu pas étrange que ces hommes dénoncent la fille de leur maître sans attendre de souffrir pour parler ?

— À quoi bon souffrir s'ils doivent parler de toute façon, et puis Servius leur a donné l'ordre de dire ce qu'ils savent, dit Caius désireux d'en finir avec cet interrogatoire.

— Même de dénoncer leur maîtresse ? demande Titus soupçonneux.

— Eh bien oui, tu le vois par toi-même, Servius ignore tout de ce qui c'est passé, il n'a donc aucune raison de craindre par avance pour sa fille.

— En tout cas, maintenant elle est coupable avec l'autre, le… comment tu dis ?

— Manius ? Oui c'est possible, mais elle n'a fait qu'entrer et sortir, cela ne fait pas d'elle une criminelle.

— Au moins une complice, j'en suis sûr. Tu vas l'arrêter et moi je vais la torturer, tu vas voir mes méthodes, avec ce fer rouge entre les cuisses elle va être plus bavarde qu'une pie. Je te promets qu'elle avouera tout ce qu'elle sait.

— Ce qu'elle ne sait pas également, dit Caius, énervé par l'insistance de Titus à vouloir torturer des gens qu'il respecte, et qu'il tient pour innocents, mais comme tu le demandes, je vais l'arrêter, pour la torture on verra après.

Caius Cato comprend que le fonctionnaire de Rome se régale à faire souffrir des gens, peu lui importe de savoir qui ils sont, mais lui Caius Cato, il connaît tout le monde à Glanum et ne tient pas à faire du mal à la petite Julia. Posant son regard sur le fer plongé dans les braises, il l'imagine monter le long des cuisses de Julia, pénétrer son intimité dans un grésillement de chair brûlée et une épouvantable odeur de roussi ; sans parler des hurlements de douleur de la pauvre enfant. Il sent ses poils se dresser sur sa peau et une sueur froide envahir son front. Pour ne pas être accusé lui aussi de complicité, il va arrêter Julia et prévenir les édiles de la ville, elle sera conduite au tribunal, interrogée selon les règles et aura un avocat, pas question dans ce cas de la torturer, en public ou en privé. Elle est née libre et est citoyenne romaine, elle a donc droit à une justice et une défense correcte. Par la suite, les juges qui sont aussi les sénateurs de la ville siégeront à la basilique pour délibérer en toute tranquillité du sort de Julia. Caius est sûr qu'ils seront cléments pour elle, qu'ils ne la condamneront pas pour des faits sans preuve.

Tous les notables de la ville sont discrètement avertis qu'une visite inopinée va être conduite, et que leurs domiciles seront visités d'une manière inattendue. Le côté inattendu est une condition absolue, l'effet de surprise est évident, Caius Cato se charge d'en convaincre Titus Albus.

De son côté, Titus croit qu'ici comme à Rome, dans cette immense ville où les gens du nord ne savent pas qu'il existe des gens au sud, il est facile de faire sa loi ; mais à Glanum, tous les gens se connaissent, se parlent et s'appellent par leur nom, comment dans ce cas espérer une trahison par l'un d'eux ? Même si le culte à l'empereur prend doucement le pas sur la religion locale, tous ici sont de confession Glanique, le dieu est là à les observer et à les juger, ils ne peuvent manquer à leur devoir de protection envers l'une de ses filles. Qui plus est, ils sont plus près du sénat romain que de l'empereur qu'ils détestent depuis trop longtemps pour servir un de ses sbires.

Reste à savoir où elle est, car elle n'est pas chez son père et Manius a disparu lui aussi. Il faut fouiller toutes les maisons de Glanum, sans exception, même celles des plus hauts dignitaires afin de ne pas éveiller des soupçons infondés à leur encontre.

C'est ainsi que dès le lendemain matin, une fouille méthodique est entreprise du nord au sud du village, des soldats placés dans les rues surveillent que personne ne puisse en cachette passer d'une maison à l'autre. Les fouilles des premières maisons ne donnent aucun résultat, pas plus que celles du marché et des thermes. Chaque habitant prévenu la veille, feint aux yeux de Titus Albus Pictor une parfaite surprise. Arrive la demeure de Decimus.

— Ave Decimus ! dit fortement Caius, comme s'il était en colère de ne pas voir aboutir ses recherches.

— Ave Caius ! Alors chez moi aussi tu viens mettre ton nez ? s'exclame l'air parfaitement surpris, un Decimus meilleur comédien que ceux d'une pièce de théâtre.

— Pardonne-moi Decimus, mais je ne peux soustraire ta maison plutôt qu'une autre, Titus exige une enquête rigoureuse et inopinée afin de connaître la vérité, je me plie à ses ordres.

— Ah oui ? Qui est-il pour avoir une telle exigence ?

— Il est mandaté par Rome pour trouver toute personne complotant contre le prince, mais son collègue a été assassiné à la source sacrée, c'est bien là une preuve qu'un traître est caché ici.

— Un assassin, un traître à l'empire ? Ici à Glanum, et dans ma propre maison, ne crois-tu pas exagérer mon bon Cato ? clame Decimus, toujours bon comédien.

— Je ne fais qu'obéir, laisse-moi passer et tout ira bien, répond Caius en faisant semblant de vouloir forcer le passage.

— Alors entre chez moi comme un intrus et cherche le traître, mais je crains que tu sois déçu.

— Merci Decimus, tu me facilites la tâche… Vous ! dit Caius en s'adressant à ses hommes, regardez dans toutes les pièces et faites attention à ne rien briser !

Decimus et Caius croisent leurs regards d'une manière entendue, la mise en scène est parfaite. Les hommes de Caius qui eux croient intervenir sous l'effet de la surprise, commencent leur recherche, quand ils aperçoivent Popina en petite tenue. Sur elle, une robe de soie si fine que l'on découvre le contour de son corps aux formes avantageuses, et bien plus encore. Son esclave pour l'occasion, la brune Sabina, officie sur une difficile coiffure, trompant les hommes qui se sentent soudain fort mal à l'aise, à épier cette femme dans l'intimité de sa propre demeure. En effet, si un étranger était caché ici, elle ne saurait être dans une telle tenue. Seul Caius reconnaît la jolie Sabina, servante de Julia, mais il aime cette fille et ne dit rien qui puisse troubler l'ordre. Sans doute aimerait-il lui parler afin de montrer qu'il n'est pas dupe, mais cela risquerait d'attirer l'attention de Titus sur Sabina, une horreur à éviter. La visite est rapidement écourtée et les hommes de Caius sortent bredouilles de la maison de Decimus.

— Ave Decimus, nous poursuivons plus loin notre enquête, excuse-moi pour tout ce dérangement., dit Caius en sortant, soulagé du bon déroulement de cette fouille qui n'a rien donné.

— Ave Caius, bonne chance ! lui répond un Decimus goguenard.

Au bout du compte, Decimus n'est pas fâché que Lucius soit parti en emmenant Julia, il est ainsi certain que Caius et le Romain ne mettront pas la main sur elle. Reste à savoir ce qu'ils vont devenir sur une route à la destination encore inconnue ?

— Oh ! Popina, il ne me plaît pas de savoir que ces hommes t'ont vu nue, l'as-tu fait exprès ? demande Decimus à son épouse.

— Oui, bien sûr, ils peuvent bien me voir sans rien sur moi, que veux-tu que cela me fasse ? Crois-tu que j'ai seulement perdu un poil ? réplique Popina toute joyeuse.

— Décidément cette journée est à noter dans les anales. On fouille ma maison, et le plus naturellement du monde ma femme se présente pratiquement sans vêtements au regard des policiers, quelle vie !

— Sois sans crainte Decimus, j'ai montré mes fesses aux hommes de Caius, mais ils n'ont pas poursuivi leur enquête chez nous. Et puis d'abord, nous n'étions au courant de rien concernant leur visite, je n'ai pas eu le temps de me préparer, voilà tout.

— Bon, je reconnais cette efficacité… Au moins ils sont vite repartis ; mais tout de même, puisque nous n'avons rien à nous reprocher tu aurais pu éviter de te montrer comme ça.

— Ah oui... tu as raison Decimus, mais je me suis bien amusée, tu aurais dû voir leurs têtes. Et puis, ne trouves-tu pas que Sabina m'a fait une belle coiffure ?

— J'ai surtout vu la tête de Cato, il te tournait des yeux ronds comme pour te dévorer.

— Voilà donc un homme de bon goût, je croyais ce policier fermé aux charmes féminins, mais peut-être regardait-il Sabina, bien plus belle et plus jeune que moi.

— Apparemment les femmes ne le rebutent pas, et pour Sabina, il n'a pas dit un mot alors qu'il sait très bien à qui elle appartient. Je dois admettre qu'il vient de monter dans mon estime. Ce jeune homme doit avoir une trentaine d'années, tout au plus, jusqu'ici je le croyais plutôt fourbe et prétentieux, mais je découvre un homme fiable et fort astucieux.

Pour ce qui est de la tenue de son épouse, Decimus préfère ne pas insister, si Popina s'en amuse, alors que dire de plus ? De son côté, Sabina n'a rien laissé paraître elle non plus, se comportant comme si elle était de cette maison et montrant un visage aussi surpris que celui de ses prétendus maîtres.

*

Le jour pointe tout juste à l'horizon quand Lucius commence à se dérouler, oubliant la pauvre Julia encore perdue dans ses rêves. Elle ouvre un œil, puis l'autre, s'asseyant sur ses fesses, aussi surprise qu'une poule qui découvre un couteau.

— Ave Julia, je te souhaite bien le bonjour.

— Ave Lucius, je me demandais ce que je faisais ici, je me croyais dans mon lit.

— Tu disposes d'un bien grand lit, mais un peu frais pour mon goût.

— Tu as raison, je suis gelée. En plus de ça le matelas est trop dur.

— C'est vrai, j'ai également le dos un peu raide, mais cela va passer en marchant. Nous allons partager un peu de pain et quelques produits séchés, ensuite nous repartirons et cela nous réchauffera.

Julia se frotte les bras, les cuisses et le reste du corps afin d'avoir moins froid, puis cède à la nourriture que lui propose Lucius. Le réveil est difficile, les articulations raidies et la cervelle engourdie, mais la jeunesse reprend vite le dessus et peu de temps plus tard, ils sont de nouveau sur la route en direction d'Avenio, qu'ils atteindront dans la soirée.

Dans un des nombreux mutationes[34] que les voyageurs rencontrent au bord des routes, ils se restaurent régulièrement et font des pauses avant de reprendre leur pérégrination. Pour les gens qui ne les connaissent pas, ils sont simplement perçus comme un couple ordinaire et personne n'y prête une attention particulière.

Lucius interroge discrètement les tenanciers au sujet d'un autre voyageur qui les précéderait, faisant passer

---

34 Relais où les hommes peuvent se restaurer et changer leurs montures, environ tous les 40 à 50 km.

Manius pour son frère à lui, mais personne n'a vu un homme seul se dirigeant vers le nord.

— Tu sais Julia, je crois bien que Manius a déjà beaucoup d'avance sur nous et que nous ne le rattraperons certainement pas, mais nous savons où il veut se rendre, c'est là-bas qu'on va le retrouver.

— Si on marchait plus vite, c'est possible non ? demande Julia.

— De marcher plus vite, oui c'est possible, mais c'est un homme seul et qui a des provisions de bouche, je ne pense pas malgré tout que nous puissions le rejoindre.

— Tu dis cela vraiment ? Ou c'est parce que tu es bien en ma compagnie et que tu veux arrêter là notre voyage ?

— Ta compagnie m'est fort agréable, j'en conviens, et tu m'amuses beaucoup, mais sur ce sujet je suis sérieux, Manius se déplace sûrement plus vite que nous, faisant des étapes plus longues.

— C'est à cause de moi, tu veux dire que je suis trop lente et que je retarde ta marche ?

— Oui et non, mais c'est un homme seul, il marche forcément plus vite que toi, pire encore, je pense qu'il est capable de parcourir de plus longues traites que nous. Ce n'est pas vraiment de ta faute, mais il est plus rapide et plus performant, c'est tout.

— Ah bon… Alors on va le trouver comme tu dis, quand il aura rejoint l'armée de Julius Vindex, dit Julia, l'air déçu de les retarder.

— C'est cela, il aura fini d'avancer, alors nous le rejoindrons forcément, conclut Lucius, voyant là une issue à cette conversation qui n'a d'autre effet que celui de culpabiliser Julia.

Lucius passe son bras autour du cou de Julia et la regarde, à la fois attendri et amusé par sa candeur. Elle imagine voir son ami Manius parmi des dizaines de milliers de soldats, tous prêts pour la guerre. Comme cela, juste en arrivant il lui suffira de dire « Je suis ici ! C'est moi ta Julia ! », mais il ne veut pas la décevoir, la pauvre fille n'a aucune idée de ce que représente une armée formée pour le combat.

La marche est dure, Julia fait une partie du chemin sur le dos de la mule car elle n'a pas l'endurance pour de si longues marches répétées chaque jour, ses pieds sont en souffrance, ses mollets et ses cuisses sont raides, mais elle tient bon. Finalement parvenus à Valentia, les premiers échos qui les intéressent leur parviennent lors d'un repas.

*

La via Agrippa traverse la ville selon un axe nord sud et passe le long du forum, c'est là qu'ils trouvent une caupona digne de ce nom, un établissement véritablement fait pour les voyageurs qui parcourent la grande route. Julia et Lucius sont invités à prendre un bain dans les thermes privés de la maison, des esclaves soignent leurs corps fatigués par la route et les parfument avec adresse. Lucius et Julia se trouvent nus face à face, pour la première fois, mais puisqu'ils sont supposés être en couple, ils ne peuvent montrer une moindre gêne. Lucius, sans faire abstraction de son admiration pour la nudité de Julia, est un habitué des thermes de Rome. Là-bas des centaines, ou plusieurs milliers d'hommes et de femmes fréquentent les lieux publics où ils pratiquent ensemble le sport, la détente, prennent des bains et se font masser le corps par des esclaves. Quand ils ne discutent pas en petits groupes, les hommes pratiquent souvent la lutte alors que ces dames jouent au ballon. Dans ses conditions il est vrai qu'elles portent une tenue à deux pièces, formée d'une campestria et d'un fascia pectoralis[35].

Deux femmes sont à leur disposition et pratiquent sur eux tous les soins qu'ils peuvent espérer, bien trop au goût de Lucius. Si Julia est sereine, il n'en va pas de même pour lui, les mains caressantes de l'esclave et la vue de Julia ne le laissent pas indifférent ; triste sort de celui qui ne peut cacher ses sentiments en exprimant sans continence sa virilité aux yeux de toutes.

De son côté, Julia est plus à l'aise, elle ne peut non plus détourner son regard du corps viril de Lucius, mais elle tente de se faire discrète, elle non plus n'est pas insensible aux mains caressantes, mais cela ne se voit pas, si ce n'est ses tétons durcis qui pointent glorieusement, poussés par le désir. La dextérité de ces esclaves n'a d'égale que la douceur de leurs gestes ; bien qu'elles aient peu d'espoir avec un jeune couple, c'est par habitude qu'elles tentent tout de même de faire sombrer leur âme dans les bras de Vénus.

Des tuniques leur sont proposées et c'est dans un linge agréablement propre qu'ils peuvent se détendre en se restaurant et en buvant en toute tranquillité. Près de leur table, deux hommes parlent assez fort pour qu'ils

---

35 Très exactement, ce qui plus tard sera appelé un bikini.

puissent suivre leur conversation sans avoir l'air d'y prêter attention.

— Tu es sûr de ce que tu me dis là ? dit l'un des clients.

— Oui ! Parfaitement que j'en suis sûr, c'est un gars qui vient de Lugdunum qui me l'a raconté. Là-bas ils disent que Vindex est monté en direction de Vesontio[36] et qu'il va rencontrer les légions venues de Germanie.

— Les légions du nord vont se joindre à lui ?

— Non, sûrement pas, le légat de Germanie supérieur, Verginius Rufus reste fidèle à Néron, je pense qu'il vient plutôt rejoindre les cohortes de Lugdunum pour lui faire barrage.

— Tu parles d'une affaire, je crains que tout cela ne finisse mal.

— Il m'a aussi raconté que la Colonia Julia Vienna[37] lève une légion, paraît-il la Legio Allobrogica pour assiéger Lugdunum, c'est sûrement pour ça que les légions du nord descendent, mais Vindex est sur leur route.

*

La main de Lucius s'approche de celle de Julia, puis au fil de la conversation, leurs doigts finissent par se toucher et s'enlacer. Lucius sent la tiédeur de la petite main qui s'abandonne dans la sienne, il entend les cris de son cœur qui se lamente d'un temps si long. Caressant doucement la main de Julia, il la libère en douceur.

---

36 Besançon, dans le département du Doubs, à 190 km au nord de Lyon (Lugdunum).
37 La future ville de Vienne dans le département de l'Isère.

— Finissons de manger et allons nous reposer, je crois que nous n'apprendrons rien de plus ce soir.

— Oui Lucius, j'en ai marre d'être ici.

Lucius en a suffisamment entendu pour savoir où Manius se dirige, demain ils devront accélérer leur marche s'ils veulent le retrouver avant que la guerre éclate entre Julius Vindex et Verginius Rufus. Prenant délicatement Julia par le bras, il l'invite à quitter la pièce. Un esclave les précède jusqu'à l'étage où ils doivent trouver leur chambre, alors qu'une ombre furtive les suit en toute discrétion ; sans toutefois échapper au regard de Lucius, qui feint l'ignorance.

C'est une chambre au premier étage qui les attend pour cette nuit, une bonne nuit dans un vrai lit avec un vrai toit sur la tête. Ce cubiculum est plutôt bien équipé : une table et des ustensiles pour la toilette, deux sièges imitant des sièges curules[38], une trapèze[39]... mais un seul lit.

Sur la trapèze, un pichet de mulsum et une carafe d'eau pour le couper, deux timbales en bronze et une serviette pour s'essuyer la bouche. Une assiette contenant des olives marinées, une autre avec du fromage et du pain. Cet endroit serait des plus confortable si ce n'était le problème du lit unique. Julia a tout de suite remarqué cet important détail, faisant semblant de visiter la pièce, elle attend que Lucius prenne les devants. Elle ne se voit pas dormir sur le carrelage froid et n'imagine pas plus l'exiger de son compagnon de route.

De son côté Lucius l'observe et comprend naturellement la gêne de la jeune fille, dormir à la belle étoile est

---

38 **Siège curule**, siège avec les pieds incurvés formant un X large, sans dossier ni accoudoirs.
39 **Trapèze**, petite table basse rectangulaire.

une chose, mais dans le même lit en est une autre. Jusque-là, et quand c'était possible, ils ont toujours réussi à trouver des chambres doubles, mais ici le gérant les a pris pour un vrai couple uni, et Lucius ne veut pas attirer l'attention sur eux, alors qu'il pense être suivi par un inconnu. C'est peut-être un espion du prince qui les talonne depuis leur départ.

— Ma chère Julia, je comprends ton angoisse à voir ce lit un peu étroit, mais sois sans crainte, il ne va rien t'arriver de fâcheux ; nous allons occuper chacun un côté du matelas et demain tu seras toujours pucelle.

Julia sent immédiatement ses joues rougir en entendant parler Lucius, il semble si tranquille sur ce sujet que cela lui paraît bien naturel d'en parler simplement. Peut-être que Lucius aime les hommes et se moque bien d'elle, c'est une bonne explication, mais comment lui poser une telle question sans risquer de le vexer ? Tout à l'heure, au bain, il n'y avait que des femmes et Lucius semblait bien réagir à leurs caresses, Julia devra attendre pour savoir, pour le moment elle se contente de cette hypothèse rassurante.

Ce que Julia ne sait pas, c'est que Lucius est de sept ans son aîné et qu'à Rome, les garçons sont ouverts à la sexualité dès la puberté. A seize ans, lorsqu'ils abandonnent leur boula pour entrer dans le monde des adolescents, ils sont souvent initiés à l'amour avec une fille peu farouche et payée pour cela, tandis que les filles sont astreintes à une chasteté parfaite jusqu'au mariage. Il est certain que si Julia est une jolie petite pucelle, Lucius lui, bien au contraire, a déjà de l'expérience dans ce domaine. Certes, ce n'est pas un gage de sécurité, mais au moins il connaît les usages et peut contenir ses désirs.

— Je peux vraiment avoir confiance en toi Lucius ?

— Absolument ! Viens t'allonger vers moi.

Lucius a pris sa place et lui tient le drap levé pour qu'elle se glisse en dessous, ce qu'elle fait après hésitation.

— Je te souhaite une très bonne nuit Julia Cornelia.

— Bonne nuit à toi également, Lucius Galerius.

Tourné chacun de son côté, comme couché dans la nature, Julia sombre finalement assez vite dans un sommeil réparateur. Pour autant Lucius n'est pas serein, il est persuadé d'être suivi par un inconnu qu'il a observé tout à l'heure. Pour l'instant il n'a rien dit à Julia afin de ne pas l'affoler inutilement, mais il faudra bien lui en parler pour ne pas prendre de risque.

Sous le drap, la douce chaleur du corps endormi de Julia vient jusqu'à lui, il la regarde dormir et sans que ses pensées ne le quittent, dépose un léger baiser sur son épaule découverte. Cette fille, quoiqu'un peu craintive, lui fait don d'une grande confiance, à lui de la mériter jusqu'au bout.

À Rome, les relations sexuelles ne sont pas un problème entre deux personnes, de sexes opposés ou non, mais toujours en respectant une hiérarchie descendante, le plus fort dominant toujours le plus faible. Ici Julia se présente comme une femme libre, donc de la même caste que lui, et s'il appartient à une famille d'ordre sénatorial, cela ne lui permet pas d'en disposer à son gré comme si elle était une esclave. Autant le père de Julia est en droit de faire ce qu'il veut avec Sabina sans qu'elle n'ait un mot à dire, autant et pour le bien de Julia, la bonne éducation romaine trouve là toute sa valeur.

En effet, si elle n'avait pas cette position de femme libre, elle ne représenterait rien d'autre qu'un instrument sexuel au service d'un maître.

*

C'est au chant du coq qu'ensemble ils se découvrent, Lucius est allongé sur le dos, prenant toute la place, alors que couchée sur le ventre, Julia est collée tout contre lui et le tient par le cou. Leurs regards se croisent dès le premier instant où ils ouvrent les yeux. Julia qui sur le moment veut se dégager, se ressaisit tout de suite et ne cherche pas à quitter le contact avec Lucius.

Après tout, il ne lui a pas manqué de respect et c'est elle qui est venue se coucher presque sur lui, sa jambe gauche passée sur celle de Lucius sent le chatouillement des poils de l'homme viril, la chaleur émanant de son torse puissant est fort agréable.

— Bonjour Julia, as-tu bien dormi, suis-je pour toi un bon matelas ?

— Oui merci, j'ai très bien dormi. répond Julia avec un sourire de satisfaction.

En disant ces mots, Julia veut se relever, mais Lucius passe une main autour de sa taille et la tient contre lui.

— Allons Julia, tu viens de dormir pratiquement couchée sur moi et tu n'as pas eu peur, pourquoi fuir maintenant ? Est-ce le jour qui change ta confiance en moi ?

— Pardonne-moi, mais cette nuit je ne me suis pas rendu compte de ma position, tandis que là, c'est différent.

Oui, c'est bien différent en effet, cette nuit tu n'as rien vu, tandis que maintenant tu dois me faire confiance, c'est pour cela que tu veux me fuir.

— Non je t'en prie, ne parle pas comme ça, je ne veux pas te fuir et tu m'as prouvé que je peux te faire confiance, mais je ne veux pas non plus devenir un objet de souffrance pour toi.

— Alors debout ! Une rude journée de marche nous attend. Il nous faut nous préparer et prendre un bon repas du matin, ensuite on part vers Lugdunum.

Julia passe à quatre pattes par-dessus Lucius et met un pied à terre, laissant au passage, par le décolleté de sa tunique, sa jeune poitrine s'offrir au regard de Lucius. Comme une caresse glissant sur son corps, elle sent le regard de l'homme la flattant avec douceur. Elle ne tente pas de se dissimuler, se sentant même coupable d'aimer cette étrange sensation de plaisir à montrer sa nudité à Lucius. Un instant même, elle pense se laisser choir pour s'empaler sur son amant, mais elle reprend ses esprits et n'en fait rien.

Pourquoi ce changement si radical ? Hier soir, parce que trop peu vêtue, elle craignait de s'allonger sur la même couche que lui, et là, elle a envie de quitter sa tunique et de se promener nue devant son compagnon de voyage. Elle sent son ventre qui la tenaille et la démange d'une manière encore inconnue, quelle étrange sensation est en elle ? Un diabolique lutin a du la pénétrer durant son sommeil, et maintenant il se joue de ses sens.

Quelqu'un frappe à la porte, Lucius l'ouvre et une jeune esclave lui fait face. Une petite brune dont les seins n'ont pas encore poussé, tend ses bras chargés sur lesquels il y a leurs vêtements lavés et soigneusement pliés.

Sans dire un mot, son regard aux yeux marron semble même ne pas les voir, elle attend comme ça, en silence.

— Ah très bien, Julia ! Nous pouvons de nouveau porter nos vêtements pour la route, tiens, prends les tiens et habillons-nous vite.

Alors que l'esclave ne sait de qui s'occuper en premier, Lucius laisse tomber sa tunique de nuit sur le carrelage. La fille lui présente son vêtement de voyage propre, qu'il enfile simplement, sous le regard de Julia qui contemple cet homme nu et beau qui lui tourne le dos. Après un frisson elle fait comme lui, mais sans se tourner. La fille lui donne sa tunique également propre ; elle l'enfile et Lucius ne se retourne pas pour lui parler, préférant sans doute ne pas voir Julia dans le plus simple appareil dès le matin.

— Nous allons acheter un autre mulet pour continuer notre route, sinon on ne rattrapera jamais ton ami Manius, dit Lucius, comme s'il voulait rompre cette ambiance devenue trop lourde, une ambiance où l'amour cherche à l'emporter sur le devoir.

— Oui, c'est une bonne décision, on ira plus vite, lui répond Julia, elle aussi soulagée par ce changement d'idée.

Sentant sa présence devenue inutile, l'enfant les regarde un instant encore, puis finalement fait demi-tour et ferme la porte sans bruit. Julia s'approche de Lucius et par-derrière, le prend aux épaules.

— Je te remercie pour cette nuit.

— Cette nuit ? Mais il ne s'est rien passé ! dit Lucius l'air étonné, et qui cette fois se retourne.

Oui, justement, c'est pour cela que je veux te remercier.

— Julia… Tu es une très belle fille, tu ne manques pas d'attrait pour un homme, sois en sûre, mais une parole donnée est une parole sacrée. Si par la force j'avais pénétré ton ventre, il ne me resterait plus que le suicide pour racheter mon honneur.

— À ce point, et tu pourrais mourir pour ça ?

— Pour ça ! Que tu dis ? Ton ventre est le centre de la création divine, le violer c'est comme violer l'entrée d'un temple interdit, une offense aux dieux qui ne connaissent aucun pardon.

Julia sent les larmes lui monter aux yeux, elle comprend dès cet instant que Lucius appartient à la très haute société romaine et que son éducation ne tolère pas les imperfections. Elle est vraiment entre les mains d'un homme sûr, elle peut s'abandonner à lui sans prendre de risque.

— Et si Vénus m'offrait à toi ? demande-t-elle en se serrant doucement contre son protecteur.

— C'est dans ce cas différent, mais Vénus n'offre pas une vierge pour un viol, elle tisse d'abords les liens de l'amour qui sont pour elle indispensables à une union prolifique.

— Oui, mais tu n'as pas connu que des femmes amoureuses de toi ?

— Évidemment non, mais les prostituées, les affranchies ou les esclaves, sont là pour satisfaire aux besoins des hommes. Toi tu es une femme libre, l'amour avant le mariage t'est proscrit.

— Pourtant j'appartiens à la race des Salyens, je ne suis pas une vraie romaine.

— Ma petite Julia, salienne ou romaine tu es une femme libre et honorable, je dois te respecter comme telle, c'est un devoir, pas une restriction.

Julia ose se blottir plus étroitement, posant sa tête contre la poitrine de Lucius, elle se serre fort contre lui. Pour des raisons encore obscures elle se sent en sécurité, l'impression que rien ne peut lui arriver quand elle est dans ses bras. Elle sait que Lucius est son garant, s'il lui faisait des avances, son ventre troublé ne saurait dire non. Vénus commencerait-elle à tisser son ouvrage ?

Lucius a de bons principes et une bonne éducation aussi, mais il ne faut pas non plus forcer la dose, Julia est très désirable ainsi lovée dans ses bras. Lui aussi ressent le petit diablotin qui lui chatouille les entrailles et cherche à les pousser à la faute, alors il faut faire diversion et oublier pour un temps les formes et la douce chaleur du corps de Julia.

— Nous sommes fin prêts Julia, je crois qu'il ne faut plus perdre de temps dans cet endroit.

— Tu as raison, allons-y, la route est encore longue.

Le charme est rompu, la réalité reprend sa place sur le devant de la scène, Amour est provisoirement écarté.

*

Au rez-de-chaussée, quoique copieuse, la collation du matin est vite prise, les mules sont prêtes et leurs maigres bagages chargés. Partants pour continuer leur aventure,

Lucius garde un œil ouvert derrière eux pour vérifier si son espion est toujours là. Pour l'instant, il semble que personne ne les suive. Il sait que le plus grand danger sera à Lugdunum, là-bas ils seront dans une cité fidèle à Néron et un espion pourra facilement les dénoncer.

— Ave général ! Tu pars de bien bonne heure.

— Ave aubergiste ! Oui, j'ai un long voyage à faire encore, et je ne dois pas perdre mon temps à dormir.

— Je te trouve bien pressé, j'ai honte de t'avoir si mal reçu chez moi.

— Rassure-toi, j'ai été très bien accueilli dans ta maison, mais le chemin m'attend.

Julia, ignorante de ce qui se passe derrière elle, continue au côté de sa mule, Lucius va bien la rejoindre.

— Quand même, tu devrais venir manger un vrai repas avant de prendre ta route, il n'est pas bon de partir le ventre vide.

— Oui, tu as sans doute raison, mais j'ai bien mangé ce matin. dit Lucius qui tient à rester courtois.

— Suis mois, je vais te régaler encore plus, insiste l'aubergiste.

Là, Lucius commence à douter de la sincérité de l'homme, Julia est partie devant et il ne la perçoit plus sur le chemin. Cette insistance à le retenir lui paraît soudain étrange, si l'homme tentait de l'éloigner volontairement de celle qui est considérée comme son épouse ? Lucius sent une sueur froide sur son front, l'horrible sensation d'avoir bêtement fauté par négligence.

— Bien, je suis en retard alors excuse moi, mais je ne peux m'attarder plus encore.

— Ave général, que ton chemin soit agréable.

Sans répondre à l'aubergiste, Lucius saisit la longe de sa mule et part d'un pas assuré. Après plusieurs tournants du chemin, une ligne droite s'offre à son regard, mais pas de Julia, pas de mule non plus. Une fois de plus la sueur froide couvre son front, la peur s'empare de lui et ses yeux cherchent jusqu'à l'horizon sans voir le moindre mouvement.

Où est-elle donc passée ? Elle n'a pas fait un si long chemin seulement quand il parlait avec l'aubergiste ; Lucius presse encore plus le pas, au grand dam de sa mule qui trouve cette allure forcée, un peu matinale.

L'endroit est assez vallonné, ici le chemin monte en pente douce, Lucius pense que Julia est peut-être sur l'autre versant, dans la pente descendante ; vite, il faut qu'il la voit pour se rassurer. Après un effort soutenu il parvient au point le plus haut, et comme prévu, son chemin décline en pente douce. Mais toujours pas de Julia, avec tous ces tournants et ces bosquets qui lui cachent partiellement la vue, elle est peut-être juste devant lui.

Plus que quelques pas et la mule de Julia est enfin visible, paisiblement à attendre au bord du chemin en broutant l'herbe fraîche, encore mouillée par la rosée du matin. Julia a dû faire une halte pour qu'il puisse la rejoindre, ou bien pour répondre à un besoin naturel, oui, c'est sûrement cela. Lucius se sent soudain soulagé, mais il continue de presser le pas, tant qu'il ne la verra pas il ne sera pas tranquille. Peut-être est-ce une erreur, mais son instinct lui conseille de ne pas faiblir et de maintenir une bonne allure. Plus il approche de la mule de Julia, plus il presse la sienne d'avancer plus vite.

Arrivé près de l'animal, il l'observe un instant, croyant voir surgir Julia, mais seul le silence est là pour lui tenir compagnie. Par prudence, Lucius saisit la poignée de son glaive qui est accroché sur sa mule, puis il l'extrait de son fourreau. Fébrile, mais d'un pas assuré il saute le fossé qui borde le chemin et s'approche des buissons.

Tendant l'oreille, il ne perçoit aucun bruit qui puisse le rassurer. Les buissons ne sont que de simples coupe-vent qui bordent les champs de cultures, derrière, la terre plate à perte de vue ne montre pas le moindre signe de vie. Mais où est donc passée Julia ? Elle ne s'est pas volatilisée en un instant ; Lucius sent son esprit dépassé par ce qui lui arrive.

Baissant tristement son regard, il perçoit soudain des traces fraîches de pas, des pas de différentes tailles. Là, il en est certain, ce sont les petits pieds de Julia, mais autour, ce sont des pas d'hommes, plusieurs à son avis. Les traces sont trop nombreuses pour correspondre à un seul individu, certaines sont enfoncées dans la terre meuble, montrant qu'un effort a porté à cet endroit.

Lucius commence à suivre les traces qui se perdent vite dans l'herbe bordant la haie de buissons, mais de temps à autre, une empreinte encore fraîche lui montre le bon chemin à suivre. Avant de poursuivre plus avant, il récupère ses deux mules et leurs bagages, puis il reprend sa filature en suivant la piste laissée par les pieds des hommes, car il ne voit plus aucunes traces des pas de Julia. Parmi ces empreintes, l'une d'elles est nettement plus marquée, alors soit l'homme est plus lourd, soit il porte une charge ; comme Julia sur ses épaules.

Au bout du champ, les traces se perdent, doit-il tourner à droite pour suivre encore le bord de la terre cultivée, ou bien doit-il pénétrer dans le petit sous-bois qui lui fait obstacle ? Si les brigands avaient tourné à droite pour suivre la terre cultivée, Lucius les aurait vus, même du chemin lorsqu'il marchait à pas rapides.

Ils ont dû pénétrer dans le sous-bois pour rester discrets, Lucius va les suivre dans cette direction. En réalité, il ne s'agit pas d'un réel sous-bois, mais d'une zone de seulement quelques dizaines de pas d'un fourré bien épais et non entretenu. Lucius observe minutieusement le sol pour y trouver un indice. Mais là, la terre est sèche, couverte par de vieilles feuilles jaunies et des branches mortes accumulées par le temps.

Pourtant, un détail ne lui échappe pas, une petite branche cassée net, la couleur du bois montre que cela, s'est probablement produit depuis fort peu de temps, et là, un caillou à côté d'une marque humide, montrant qu'il vient d'être déplacé par un pied qui l'aura effleuré. Lucius pose un genou à terre et observe un moment. Les feuilles écrasées laissent entrevoir la forme discrète d'un pied, c'est un pied humain qui a brisé la branche. Maintenant son regard se forme à son environnement, d'autres brindilles sont également brisées, d'autres traces de pas deviennent soudainement visibles et Lucius lit sur le sol comme sur un livre.

Revigoré par sa découverte, il empoigne les longes des mules et avance avec assurance dans ce qui est pour lui la bonne direction, s'il n'en est pas sûr, il doit au moins s'en convaincre. De l'autre côté, quand une nouvelle terre labourée s'offre à sa vue, il découvre un peu plus loin une masure isolée au milieu de nulle part.

Il n'y a plus à réfléchir, c'est là-bas qu'il faut aller chercher Julia, elle ne peut-être que dans cet endroit perdu. Lucius presse le pas, les mules aussi, mais sans savoir pourquoi une telle précipitation dès le matin. À chaque pas la distance avec la maison diminue, mais l'anxiété augmente d'autant. Lucius sent son cœur accélérer et son souffle court lui brûler la gorge, convaincu de découvrir une vérité qu'il n'ose imaginer, il se tasse sur lui-même et ralentit ses pas. Peu avant d'être arrivé à la chaumière, Lucius enfile sa tenue d'officier, non pas pour épater ceux qu'il va rencontrer, mais pour se protéger contre un comportement belliqueux.

Maintenant devant la porte de la chaumière, il ajuste machinalement la position de son glaive sur son côté gauche, puis frappant vigoureusement du poing pour se faire entendre, il attend une réaction venant de l'intérieur.

*

Julia est au désespoir, que fait-elle dans cet endroit sordide, sale et puant les odeurs animales mélangées à celles des hommes ? Ses souvenirs sont troubles, son esprit peine à faire surface.

Elle se rappelle pourtant bien avoir quitté le chemin pour passer derrière la haie qui le borde, pour satisfaire un petit besoin naturel à chacun de nous. À peine était-elle relevée, que des mains fortes la saisissaient par les bras, cherchant à l'entraîner dans une direction où elle ne désirait pas aller. Elle résistait de son mieux, se débattait et se tortillait en tous sens, jusqu'à ce coup sur le crâne, où elle cessa toutes velléités.

Plus tard, ayant retrouvé ses esprits, elle tentera de se défendre, mais sans autre succès, les mains qui la tiennent alors sont trop puissantes, elle est condamnée à suivre sans offrir une résistance valable. Tout juste entrée dans une maison qu'elle ne connaît pas, ses poings sont liés, puis sans ménagement elle est jetée à terre et frappée de plusieurs coups sur son corps.

De nouveau à terre, elle est à moitié évanouie quand des doigts sales lui tirent les lèvres comme on relève les babines d'un animal. Elle sent à cet instant, un goût acide dans sa bouche, celui de la sueur des doigts crasseux.

— Regardez les gars ! dit Félix, vous avez vu ses dents ?

— Ben quoi ? demande Magnus, c'est des dents, et alors ?

— Dis donc, comme elles sont blanches, j'en avais jamais vu des comme ça.

— C'est sûr, c'est pas comme les tiennes, et pi ôte tes doigts tous noirs, tu vas lui fiche la maladie.

— J'suis pas malade moi !

— Forcément, t'es tellement pourri que quand tu rencontres la maladie, c'est elle qui meurt.

— Ah ! C'est malin.

— Bon, vous avez fini tous les deux, s'exclame Viliosus.

Après cette inspection dentaire, Julia est conduite dans une sorte d'étable jouxtant l'unique pièce de cette maison, puis attachée à un poteau. Elle a bien cru que les trois hommes allaient poursuivre leurs investigations sur son anatomie, lui faisant pressentir que le pire était encore à venir. Heureusement pour elle, il n'en est rien pour le moment, les hommes lui ont paru soudainement pressés. Elle est juste laissée là, près d'une vache qui lui tourne un regard perplexe, complètement dénuée du moindre sentiment à son égard et qui n'a que ses gros naseaux à lui montrer.

Julia n'est pas au mieux, habituellement elle se délecte volontiers du lait de ces gros animaux, du fromage que l'on fait aussi avec ce même lait, mais le regard placide de la bête ne lui inspire aucune confiance. Si elle lui donnait un coup de sabot, voire même un coup de corne, qui dans ce cas serait là pour la secourir ?

La bête pourtant continue de ruminer, mâchant inlassablement une paille de piètre qualité, détournant son regard de la pauvre fille qui est près d'elle.

*

Lorsque la porte s'ouvre enfin, Lucius découvre un homme aux cheveux longs non coiffés, une vilaine barbe mal taillée et une chemise sale débraillée sur un torse poilu et frisé. L'homme qui se fait nommer Magnus, l'aîné d'une fratrie de trois brigands, observe un instant celui qui est devant sa porte, puis.

— Qu'est-ce qui veut le romain ?

— Je cherche mon épouse, une jeune femme brune.

— Et il croit qu'elle est là, sa femme ?

— J'en suis sûr, rendez-moi mon épouse et il n'y aura pas d'histoire.

La porte s'ouvre plus grande encore sur un autre homme qui se présente derrière le premier, le nommé Félix, c'est le numéro deux, aussi sale et aussi mal vêtu que le premier.

— Entre chez nous romain, vois par toi-même qu'elle n'est pas là, lui dit Magnus.

Lucius entre dans la chaumière et découvre un troisième homme qui se tient un peu à l'écart, c'est Viliosus, devant une porte basse en bois. Près de lui il y a une femme dont les vêtements en guenilles ne permettent pas de juger son âge, est-elle une épouse ou bien une sœur, impossible à savoir, mais les deux mioches crasseux qui l'entourent font pencher pour la première solution.

Lorsque derrière Lucius la porte claque, Magnus lui fait face en montrant une dangereuse épée, Lucius sort immédiatement son glaive de son fourreau, prêt à lutter pour sortir de ce piège qu'il sent se refermer sur lui.

— À ta place le romain, je ne tenterai rien, ici tu n'es pas en position de force. Donnes nous ton or et file au plus vite.

— Il est hors de question que je m'échappe lâchement sans combattre.

Disant ces mots, Lucius lève son arme et frappe l'homme devant lui, ce dernier parant le coup avec son épée à longue lame. Plusieurs autres coups sont échangés sans résultat, puis soudain, un violent choc sur le crâne stop net le geste de Lucius qui s'affale sur le sol en terre battue.

— Hé bien, il est tordu celui-là, lance Viliosus, il veut rien comprendre. Qu'est-ce qu'on en fait maintenant, on le tue et on le jette à la rivière ?

— Vu sa cuirasse, répond Félix, c'est un officier de la légion, et t'as entendu, la gamine est sa femme, c'est une double prise que l'on va pouvoir négocier un bon prix.

— Bon, il voulait sa femme ? Alors qu'il la retrouve, ensuite on s'occupe de la rançon.

Lucius est rapidement ligoté, puis par la porte basse en bois, est poussé sans ménagement.

Julia reste pétrifiée, elle avait bien perçu des voix d'hommes qui ne semblaient pas d'accord entre eux, puis le bruit des armes également, jusqu'au silence qui a précédé l'ouverture de la porte.

Attachée à son poteau, elle regarde Lucius couché sur le sol, du sang coulant de sa tête.

— Lucius ! Lucius, c'est moi, Julia.

Lucius ne répond pas, il semble sans vie. Julia est trop éloignée pour pouvoir le toucher et ses mots restent sans effet. Se laissant glisser sur le dos, puis en se contorsionnant, elle s'étire le plus possible pour toucher Lucius du bout du pied. Elle n'est pas très grande, mais une fois allongée et les bras tendus, elle peut enfin lui pousser une épaule, le secouant pour le faire réagir. C'est seulement après plusieurs essais que Lucius retrouve ses esprits, levant son regard encore brouillé, il découvre Julia couchée sur le dos et le poussant du pied.

La vue de Julia le ramène vite à la réalité, les trois hommes, la bagarre et le coup sur la tête qui lui laisse une affreuse douleur bien présente. Étant juste ligoté dans le dos et oubliant son mal au crâne, il s'approche d'elle. Tant bien que mal, Julia réussit également à se rapprocher du poteau qui la retient, puis elle s'accroupit près de lui.

— Que s'est-il passé Lucius, je ne comprends rien à tout cela.

— Tu as été enlevée par des hommes de mauvaise foi, j'ai suivi votre piste et tenté de négocier pour te récupérer, mais cela s'est plutôt mal terminé.

— Que vont-ils faire de nous, ils vont nous tuer ?

— Je ne pense pas, ce serait déjà fait ; ils doivent réfléchir comment se débarrasser de nous en tirant le meilleur profit.

— Alors quoi ?

— Ils vont demander une rançon contre notre liberté.

— Où veulent-ils que l'on trouve une rançon, puisque nous n'habitons pas dans cette région.

— Nous sommes dans une bien mauvaise situation ma petite Julia.

— Moi, je commence à avoir des crampes dans cette mauvaise position, mais ils ont fait une erreur.

— De quelle erreur parles-tu ?

— Je suis jeune et mes dents sont aussi aiguisées que celles d'un lapin. Tourne-toi Lucius, place tes poignets vers ma bouche et je vais couper la corde qui te tient.

— Tu peux faire ça ?

— Oui, approche-toi.

Lucius tourne le dos à Julia et approche les liens de sa bouche, comme elle lui a demandé. Aussitôt, Julia se met à l'ouvrage, d'abord elle détrempe la corde avec sa salive, puis elle attaque les brins par petites quantités. Cherchant d'abord à en séparer quelques-uns avec ses canines pointues, puis elle les coupe avec ses incisives.

145

Vouloir couper la corde en une seule fois est illusoire, mais brin par brin, la tâche est possible. Lucius est conscient que par sa position d'officier de la légion, il présente un handicap aux brigands qui ne peuvent le faire disparaître sans prendre quelques précautions, mais il est aussi très conscient de la valeur marchande de Julia. Certes il ne peut lui avouer une telle perspective. De sentir ses lèvres chaudes et humides sur ses mains, ses petites dents qui rongent ses liens, la rage monte en lui, il ne va pas la céder sans agir. Dans ce moment de dangereuse solitude, il se rend compte de la place que Julia tient maintenant dans son cœur.

*

— Mes frères, s'exclame Magnus, je crois bien que nous avons gagné notre journée, pas besoin de rançonner les romains. Il a pas mal de pièces avec lui, mais en plus il nous a livré à domicile, deux belles mules et leur chargement.

— Tu veux les tuer maintenant ? demande Viliosus.

— Qui ? Les mules ? interroge Magnus.

— Non ! Les romains, répond Viliosus.

— Attendons encore un peu pour savoir s'ils sont recherchés, rien ne presse, mais d'ici demain on se débarrasse de l'homme, on joue avec la fille et on la vend comme esclave.

— Et pourquoi pas se faire la fille tout de suite au lieu d'attendre demain ? demande Viliosus.

— Il faut d'abord interroger l'homme pour savoir qui ils sont exactement, s'agit pas de trucider le premier venu sans précaution, ils peuvent être recherchés par des amis à eux, restés dans la caupona et qui peuvent s'inquiéter de ne pas les trouver sur leur chemin.

— Oui ben justement, faut le tuer tout de suite propose Felix.

— Capturer un officier pour demander une rançon, c'est pas bien, mais ça se fait. Le tuer c'est pas la même chose, on est sûr de finir bouffés par les bêtes ou découpés en morceaux par des gladiateurs en manque d'entraînement.

— Bon alors, qu'est-ce qu'on fait ? demande Viliosus.

— On les laisse mijoter dans l'étable et on se renseigne à l'auberge pour savoir s'ils étaient justes tous les deux, dit Magnus d'un air sûr de lui. Ce soir on verra ce qu'on fait avec eux.

— C'est comme tu dis, lâche Felix sans grande conviction, c'est toi l'aîné, c'est toi qui commandes.

— Oui c'est moi le chef, et si tu veux te taper une femme, tu prends celle-là ! affirme Magnus en désignant la femme restée sans dire un mot.

— Encore ? s'exclame Felix. Une femme pour trois c'est pas assez, on devrait garder la romaine, ça en ferait deux.

— Elle est encore très jeune, on peut en tirer un bon prix, sinon elle va nous pondre des marmots, encore des bouches à nourrir, moi j'y tiens pas du tout.

— Ouais, t'as raison, pas de mioches en plus, déjà qu'on sait pas à qui sont ceux-là, ajoute Viliosus.

— Le plus bête te ressemble, lui répond Magnus, ça doit être à toi. Alors au lieu de causer pour rien, rentre donc les mules.

— Je vais les mettre dans l'étable, c'est pas la peine qu'on nous demande d'où qu'elles viennent.

Quelques coups résonnent une fois encore sur la vieille porte, arrêtant tout net la conversation des trois frères.

— Mince, qui qu'c'est encore ? s'inquiète Viliosus.

— Comment savoir, t'as qu'a ouvrir et on verra bien, lui dit Magnus.

Viliosus se lève de son tabouret et se dirige vers la porte, après une hésitation, tire le loquet et ouvre douce-ment le vantail. Devant lui, un homme tout de noir vêtu se tient droit, les regards se croisent rapidement et l'in-trus prend la parole avant que toute question ne soit po-sée.

— Je m'appelle Spurius, je viens pour les deux ro-mains que vous cachez ici.

— Rentre, mais nous, on cache personne, dit Viliosus.

— Il est inutile de me raconter des histoires, je les suis depuis longtemps, je sais qu'ils ont quitté la caupona ce matin et leurs mules sont devant votre masure.

Bon, l'homme semble bien au courant de tout, il entre dans la pièce sans même montrer la moindre crainte aux trois frères présents. C'est Magnus qui parle en premier.

— Alors, qu'est-ce que tu veux l'étranger ? Nous, on n'a rien pour toi.

— Mais si, vous avez capturé deux citoyens romains, je sais qu'ils sont ici, à moins que vous les ayez déjà occis.

— Il y a bien un gars qui nous a agressés, je sais pas si c'est celui dont tu parles, dit Magnus.

— Celui dont je parle est un général de Rome, il n'est pas du genre à agresser des types comme vous. Quant à son épouse, une très jeune femme de bonne famille, je ne la vois pas non plus vous sauter dessus arme à la main. Dites-moi où ils sont, cela vous évitera bien des ennuis.

— Félix ! Tu montres les deux prisonniers à notre visiteur, c'est peut-être ceux dont il parle, dit vigoureusement Magnus, soudain conscient qu'il se trame un avenir dont il n'avait pas prévu l'issue.

*

Alors que les liens de Lucius sont sur le point de rompre, un bruit significatif de verrou indique que de la visite se prépare à entrer dans la pièce. Lucius se laisse choir sur le sol, à genou, il s'appuie contre Julia qui reste la bouche ouverte, prête à grignoter encore les brins de la corde qui vient soudain de lui échapper.

L'homme jeune nommé Félix entre en premier, suivi par un autre que Julia n'avait encore jamais vu. Ils sont stupéfaits par ce qu'ils voient, une jeune femme qui se délecte du sang d'un homme. Cette situation les laisse un moment perplexe, comprenant mal ce qui se déroule sous leurs yeux.

Julia à l'esprit rapide, a bien compris que sa bouche dégoulinante de salive pouvait attirer l'attention des visiteurs sur son activité, elle a donc sans aucune hésitation, entrepris de lécher le sang qui a séché dans le cou de Lucius, feignant ainsi une toilette animale, ou bien une dégustation primitive. Dans tous les cas, elle détourne l'attention des intrus.

— Regarde cette femme, dit Félix l'air apeuré, elle lèche le sang comme une lupa avide, c'est un monstre envoyé par les dieux des enfers pour nous porter malheur, il faut la tuer maintenant.

— Calme-toi mon garçon, dit le visiteur inconnu, elle ne fait que laver son compagnon, cette petite pucelle n'est pas un être sorti du néant, prête à nous vaincre par de simples coups de langue.

— N'empêche, moi j'aime pas ça !

Et vlan, accompagnant ses mots, Félix assène un violent coup de pied à Julia qui part à la renverse, mais retenue par ses liens elle fait une grimace de douleur. Magnus intervient lui aussi.

— Fallait y penser avant, maintenant c'est trop tard. De toute façon il est à moitié occis et elle bien ficelée, demain il faudra se débarrasser d'eux avec précaution, sans bruit et sans attirer la moindre attention sur nous. En attendant, c'est pas la peine de la frapper comme une chienne, elle ne fait que s'occuper de son mari.

Spurius fait un signe de la tête, invitant Félix et son frère aîné à sortir de cet endroit puant les odeurs animales. La porte se referme, le verrou claque, le silence tombe sur l'étable.

— J'ai bien aimé ta langue tiède dans mon cou, dit doucement Lucius, pourquoi as-tu fait cela ?

— Ils n'ont même pas remarqué que tes liens sont presque coupés, dans une seconde tu seras libre.

Lucius tire par réflexe sur la corde qui lie ses bras, elle cède sans résistance. Enfin libre, il frotte ses poignets puis, sans prévenir, se saisit des lèvres humides de Julia qu'il embrasse avec ferveur sans qu'elle résiste ou tente de le faire.

— Il faut que je te libère à ton tour et filer au plus vite.

— Et par où comptes-tu partir, tu crois qu'ils vont nous laisser faire ?

— C'est par cette porte que l'on se sauve, les animaux passent par là, alors nous aussi.

— Excuse-moi, je n'avais même pas pensé à la porte de l'étable, elle est pourtant bien assez grande.

— Suis-moi Julia, il ne faut pas faire de bruit.

Dans un grincement de douleur, la porte s'ouvre doucement, juste assez pour laisser le passage d'une personne. Une fois dehors, Lucius prend la main de Julia et l'entraîne à sa suite, marchant doucement pour ne pas tomber bêtement sur un des horribles mauvais hommes. La chance est avec eux, les deux mules sont devant la masure, toujours chargées de leur matériel de voyage. Sans savoir pourquoi ils l'ont fait, Lucius constate que les brigands ont replacé son glaive dans son fourreau, une vraie bonne idée.

— Bouge pas, je récupère les bêtes et nous filons rapidement.

— Oui Lucius, je passe devant en silence.

Une minute plus tard, Julia et Lucius sont sur le chemin de terre les conduisant vers leur liberté. Dès que possible ils traversent les fourrés et se trouvent sur la route principale, enfin un vent frais les accueille et les pousse dans la bonne direction.

— Il faut courir un moment, s'éloigner de cet endroit malsain, propose Lucius.

Inutile de le redire, Julia trottine d'un pas léger, tenant sa mule par la corde et l'obligeant à presser le pas. Ils vont ainsi continuer durant plus d'une clepsydre[40], puis retrouver une allure normale, la distance est maintenant suffisante pour être tranquille.

— Dis-moi Lucius, je les ai entendus dire que tu avais beaucoup d'argent, alors comment allons-nous faire maintenant ?

— Comme tout légionnaire je ne garde pas sur moi toute ma fortune si je sais qu'il y a un risque, la plus grosse part se trouve sous la selle de ma bête.

— Tu avais prévu ce qui s'est passé ? demande Julia fort étonnée.

— Non, mais je suis méfiant. Dans la légion, juste avant un engagement, les hommes ont pour habitude de cacher leur fortune dans un endroit sûr afin de ne pas être gêné par une lourde bourse, j'ai juste copié le geste d'un simple soldat.

— Tu as remarqué l'autre homme, celui en noir, il ne semblait pas faire partie du groupe.

— Non, tu as raison, j'ai remarqué sa tenue. Mais à dire vrai, je crois bien l'avoir déjà aperçu plusieurs fois,

---

40 Environ 20 minutes.

152

hier soir aussi. Peu après que nous soyons arrivés à l'auberge, et lors de notre repas, il nous observait discrètement.

— Tu es sûr de l'avoir déjà vu ? demande Julia en ouvrant de grands yeux.

— Certain, mais j'ignore qui il est.

— C'est peut-être lui qui leur a dit de m'attraper, pour te tendre un piège.

— Possible, mais je n'y crois guère, il ne semblait pas de connivence avec eux. Je dirais plutôt que c'est un espion à la solde de l'empereur.

— Ils sont donc partout alors ? s'étonne Julia.

— Oh oui, ils sont plus nombreux que tu ne le penses, lui répond Lucius d'un ton affirmatif.

*

— Où vas-tu Viliosus ? demande Magnus.

— Je vérifie les deux autres.

— Fous leur la paix, lui, il est en train de crever.

— Et sa femme lèche son sang, c'est dégouttant ces gens-là, mais si le gars est occis moi je me tape la fille. J'vais la coucher sur la table, et par-derrière j'vais la défoncer.

— Tu la laisses tranquille aussi, faut d'abord voir ce qu'on en fait.

— Ben si le général est parti chez ses ancêtres, elle va nous embarrasser plutôt qu'autre chose, moi je dis qu'il faudra aussi l'éliminer.

— Hé bien moi je pense que vous êtes déjà dans les ennuis, sans avoir besoin de tuer la fille en plus, dit soudain Spurius le visiteur.

— Pourquoi tu dis ça toi, l'étranger ? demande Magnus.

— Parce que les gens de Lugdunum ne vont pas apprécier ce que vous venez de faire.

— Pourquoi parles-tu de Lugdunum, personne ne nous connaît là-bas.

— Je vais leur dire ce qui s'est passé ici. Soit le général est un ennemi de l'empereur, alors il fallait le garder prisonnier, mais vous l'avez laissé mourir, soit il est à son service, et vous l'avez occis pour le voler. Dans les deux cas vous êtes cuits, mais vous pouvez quand même vous en sortir à bon compte, je vous les achète un bon prix.

— Pourquoi tu veux les acheter ? demande Magnus l'air soupçonneux.

— C'est mon affaire, je suis un représentant de l'état et il m'appartient de les faire condamner s'ils sont des traîtres.

— Pauvre imbécile !

L'épée de Magnus transperce sans peine Spurius qui tombe d'un coup, le nez dans la poussière.

— Mince Magnus, t'as trucidé le type, dit Felix d'un air aussi bête qu'étonné.

— Il ne dira plus rien à personne, tu te doutes bien qu'il aurait tout raconté à d'autres, ben comme ça, on est tranquille.

— C'est sûr, mais les deux autres, si c'est des gens de son côté, ils vont tout raconter et ils vont débarquer ici.

— Toi aussi tu es un imbécile Viliosus ; s'ils étaient de ses amis il nous aurait demandé de les libérer, pas de payer pour les faire juger.

— Tu as peut-être raison, mais cet homme ne m'inspire tout de même pas confiance.

— On s'en fiche, il est mort. Je crois que c'est un sale espion de Rome ; de toute façon, cette nuit on le jette à la rivière et on l'oublie très vite.

— C'est une bonne idée, dit Felix, on va faire ça.

— Ouais, alors fouille-le, il parlait de les acheter, il doit avoir de l'argent ou de l'or sur lui.

*

Côte à côte, Julia et Lucius continuent d'un pas tranquille leur route en direction de Lugdunum, mais cette fois marchant l'un près de l'autre et les mules de chaque côté. Julia prend la main de Lucius entre ses doigts fins et serre doucement, Lucius lui tourne un regard à la fois amical et surpris.

— J'ai eu si peur Lucius, tiens ma main pour me rassurer.

— Avec plaisir Julia, je ne te lâche plus désormais, c'est trop dangereux que tu sois seule même pour un instant.

Leurs doigts se croisent avec bonheur et la via Agrippa se déroule sous leurs pieds joyeux. Même les mules semblent heureuses de marcher sur cette voie couverte de terre, en compagnie des deux jeunes amoureux, qui tentent encore d'ignorer leur passion l'un pour l'autre.

La très attentionnée déesse Vénus prend un soin particulier à enlacer les fils des nœuds de l'amour, impossibles à défaire par tout mortel, ou divinité inférieure à sa condition. Les fils de vie de Julia et Lucius ne pourront désormais se séparer. À chaque fois que Vénus serre un nœud, Julia et Lucius crispent leurs doigts rendus glissants par la sueur, à chaque fois, les cœurs accélèrent leur rythme jusqu'à rompre sous l'effort, pourtant délicieux.

L'expérience qu'ils viennent de vivre, quoique très pénible, est pour eux salutaire ; ils savent que désormais ils ne doivent plus se quitter sans prendre de précaution, le risque est partout présent et à chaque instant Fortuna peut leur tourner le dos, alors que le chemin est encore long. Ici vivent de nombreuses races de gens peu civilisés, isolés du monde romain et ignorant de certaines règles de savoir vivre. Il y a aussi des légionnaires souvent croisés en marche, avec des auxiliarii d'origine germaine, tous des hommes brutaux et sans scrupule, qui pourraient s'en prendre à Julia de la même manière que les trois frères de la chaumière.

*

a. d. X Kalendas Aprilis DCCCXXI[41]

La cavale aux pieds de bronze frappe le pavé sans modération et personne n'y prête attention ; sinon quelques curieux qui lèvent à peine la tête sur son passage. Dans les rues de Carthagène, un cavalier parcourt avec grand bruit le sol pavé de pierres ; le messager de Vindex se présente au palais de Galba, qui le reçoit dans l'urgence.

Ici, le décor est tout à la fois simple et riche, l'agencement dans l'ensemble dénudé, laisse paraître l'or, partout le regard rencontre cette étonnante couleur inaltérable qui aime tant scintiller au soleil. Le messager admire autour de lui cette belle demeure quand un homme se présente, marchant d'un pas ralenti par l'âge.

— Je suis Galba[42], que me veux-tu ?

— Ave Servius Sulpicius Galba ! J'ai pour toi un message de Gaius Julius Vindex.

— Salut à toi rapide messager. Parle, je t'écoute.

— Gaius Julius Vindex a entrepris de se révolter contre l'empereur Néron, depuis le début du mois de mars, il lève une armée d'au moins cent mille hommes et te propose de prendre la direction des opérations, mais aussi de le supporter dans son effort.

— En effet, j'ai entendu parler de cette histoire, mais pourquoi Vindex fait-il tout cela pour moi ? Quel est donc son intérêt dans cette affaire ?

---

41 Le 23 mars 68, an 821 de Rome.
42 **Servius Galba** (24 décembre 3 av. J.-C. - 15 janvier 69 ap. J.-C.) est un empereur romain, qui régna de juin 68 jusqu'à sa mort. Sixième empereur depuis Auguste, il fut aussi le premier de l'année des quatre empereurs.

— Julius ne supporte plus les conditions que Néron impose aux provinces par toutes ses extravagances, il a aussi des raisons personnelles pour lui en vouloir, mais il est trop âgé pour prétendre le renverser seul, il a besoin de toi.

— Demain je reçois Salvius Othon[43], le légat de Lusitanie, je lui parlerai de cette affaire et je prendrai ma décision. Je suis moi-même un homme âgé, Vindex le sait bien.

— Sa situation est difficile et dangereuse, peut-être voit-il en toi une sécurité pour la suite de son entreprise au cas où les choses tourneraient mal pour lui. Je dois aussi te dire qu'à Rome, beaucoup de sénateurs sont hostiles au prince et que le moment est décisif pour mener une campagne contre lui, avec leur soutien.

— Oh ! Le soutien des sénateurs, ils se rangent toujours du côté du vainqueur, je n'ai rien à attendre d'eux.

— Je te transmets le message de Gaius Julius Vindex, c'est tout. Mais je crois quand même que pour cette fois tu peux faire confiance aux sénateurs, ils sont eux aussi très concernés dans cette affaire.

— Oui, très bien, vas te reposer et demain, tu auras ma réponse pour ton maître.

Le cavalier se retire, pas fâché de pouvoir prétendre à un peu de repos. Après sa longue route sur des chemins souvent poussiéreux, conduit dans un espace réservé aux hommes de main de Galba, il peut enfin profiter d'un bon bain tiède suivi d'un repas de qualité. Pour la suite, il y

---

43 **Marcus Salvius Otho**, né le 28 avril 32 à Ferentium, en Étrurie, mort à Bedriacum le 16 avril 69, septième empereur romain, après avoir succédé à Servius Galba.

158

aura toujours une prostituée ou une esclave pour satisfaire ses besoins.

Galba est perplexe, il veut bien croire le messager, mais il a lui même soixante treize ans, un âge avancé pour tenter l'aventure. Homme riche et en bonne santé, il peut ici finir sa vie dans les meilleures conditions, pourquoi tenter la réprobation des dieux sans y être invité par eux-mêmes ? À moins que le messager soit sous leur protection, il vient en effet de traverser un grand territoire sans rencontrer de difficultés, le divin message est peut-être là. Il faut aussi avouer que la tentation est grande de devenir le maître de Rome et le prince de l'empire, l'homme le plus puissant du monde, juste après les dieux, bien sûr.

*

Le lendemain, ce n'est pas un seul cavalier qui entre en ville, mais un véritable détachement militaire, fait d'hommes en armes et de toute l'intendance qui s'y rattache. Comme attendu depuis la veille, le convoi arrive en ville et Othon rejoint rapidement Galba.

C'est un homme jeune et bien portant, avec un caractère à différentes facettes, ex-ami intime de Néron, voire même très intime. Peu recommandable et disposé à tout pour parvenir à ses fins ; le bruit court encore qu'il lui aurait autrefois rendu de grands services, comme d'inviter Néron à un repas pour lui servir d'alibi le soir de l'assassinat d'Agrippine – la mère de Néron –, ou bien épouser Poppaea Sabina, toujours pour plaire à Néron.

Le sort a voulu que si Poppaea n'était pas connue pour être une lumière intellectuelle, sa douceur et sa beauté ne faisaient aucun doute, et Othon en était réellement tombé amoureux. Par la suite, Néron avait demandé à récupérer Poppaea pour en faire son épouse, ce qui provoqua leur discorde et l'exil d'Othon pour dix ans en Lusitanie, où il officie comme ancien questeur avec une modération et un désintéressement exceptionnels. Après son mariage avec Poppaea, Néron l'a tuée à coups de pied dans le ventre, alors que la pauvre était enceinte, Othon a donc de bonnes raisons d'en vouloir à l'empereur, d'où sa présence aux côtés de Galba.

Servius Galba est un homme déjà âgé, sévère et bénéficiant d'une réputation méritée pour ses compétences militaires et son impartialité. Ayant appris l'intention de Néron de le faire tuer, il a lui aussi une bonne raison au moins pour se soulever contre l'empereur. La révolte de Julius Vindex, quel qu'en soit le dénouement, a lancé un processus irréversible de la conquête du pouvoir.

— Salut à toi Marcus !

— Salut à toi Servius Galba !

Les deux hommes ont une discussion vive, mais de courte durée, ils savent d'avance ce qu'ils veulent et comment y parvenir, les dés sont jetés et les décisions irrévocables sont prises. Galba fait rédiger un courrier et l'expédie à Rome pour signifier sa défection à l'empereur, Othon s'engage à faire ultérieurement la même chose.

Par la suite et pour soutenir le mouvement, Othon apportera beaucoup d'or et fera frapper des pièces en Espagne à l'effigie de Galba. La révolte est en route et seul le sang versé désignera le perdant, mais aussi le vainqueur, rien ne peut plus arrêter le mouvement initié en Gaule par Julius Vindex.

La puissance réunie des deux hommes est impressionnante, leur fortune également. Cette fois Néron va avoir fort à faire s'il veut gagner la partie qui s'engage dès ce jour.

*

Ad XVII Kalendas Maius DCCCXXI[44]

Le cavalier traverse les jardins du Palatin et, sans avoir le temps de stopper sa monture est déjà à terre.

— Vite, il faut que je voie le prince de toute urgence !

— Qui es-tu ?

— Je suis au service du prince et je viens d'Espagne, j'ai des nouvelles pour lui.

— Suis-moi !

Les deux hommes entrent dans l'atrium et, tandis que le cavalier récupère son souffle, le prétorien court prévenir l'empereur Néron de son arrivée. Ce dernier ne tarde pas à se montrer, l'air étonné que l'on vienne le déranger de si bon matin.

— Eh bien ? as-tu de quoi justifier de me faire sortir de mon lit de si bonne heure ? J'espère que oui, sinon mon garçon, tu vas avoir à faire avec moi.

Le messager reste un instant sur sa surprise, il attendait un homme puissant, un Auguste, un Tibère. Mais non, il a devant lui un être maquillé comme une femme et qui se déplace de la même manière, faisant des petits pas en se contorsionnant comme une sainte-nitouche de seconde classe, évidemment rien à voir avec le vieux Galba.

— Je viens d'Espagne seigneur, je suis porteur d'une très mauvaise nouvelle.

---

44 Le 15 avril 68, an 821 de Rome.

— Parle ! ne joue pas avec mes nerfs ! déjà je suffoque.

— Pardonne-moi divin prince, mais je t'apporte la défection de Servius Galba, il ne te reconnaît plus comme son souverain et fait alliance avec Julius Vindex pour se révolter contre ton autorité.

— Ah ! les lâches ; oh ! les traîtres ! puisqu'ils veulent la guerre... Eh bien ils vont l'avoir. Par tous les dieux, que l'on aille chercher mon secrétaire, j'ai un message urgent à écrire. Je veux sur le champ un messager prêt à partir avec deux chevaux, non trois... Même plus encore s'il le faut.

Les ordres sont rapidement exécutés et le secrétaire arrive en même temps que le messager.

— Toi ! écris ce que je vais te dire. C'est une missive pour C. Petronius Sabinus et Rubrius Gallus. Ils doivent revenir à Rome avec leurs cinq légions[45], alors écris ça comme tu veux. Toi tu vas porter ce message le plus vite possible, Sabinus et Gallus sont en route pour les portes Caspiennes[46], ils doivent faire demi-tour... Immédiatement !

Le message écrit sur un rouleau de papyrus est confié au courrier du prince qui n'a pas une minute à perdre pour remettre en mains propres son ordre à C. Petronius Sabinus ou bien à Rubrius Gallus.

— Maître, le message dit aussi qu'avec Galba, il y a Othon et toutes les Espagnes qui se détachent de ta personne.

---

45 VIII Augusta de Mésie, XI Claudia de Dalmatie, XIII Gémina, XV Primigeria et XIV Gémina de Pannonie.

46 **Portes Caspiennes**, situées vers l'actuelle ville de Téhéran, en Iran.

Cette fois Néron s'évanouit, à demi-mort, puis quand il reprend ses esprits, déchire ses vêtements et se frappe la tête avec force.

— Ah ! C'en est fait de moi, tous m'abandonnent en me laissant dans la douleur. Qui se soucie maintenant de ma pauvre personne, moi qui ai tant fait pour tous ces ingrats.

Ses nourrices Eglogé et Alexandra, venues à son secours, tentent en vain de le rassurer, lui rappelant que de pareils malheurs étaient arrivés à d'autres princes.

— Mon malheur à moi est bien plus grand que tous les leurs réunis, de mon vivant je perds le pouvoir suprême et l'on me traite de mauvais citharède, moi ? le plus grand artiste de son siècle.

*

Cet après-midi au sénat, Néron est fort nerveux, enragé par la défection de Galba qu'il présente comme haute trahison envers son illustre personne, dans une moindre mesure, pour l'empire également. Les sénateurs, contraints pour la plupart d'entre eux, votent la formation de la légion I Adjutrix, formée par des marins affranchis de la flotte de Misène. Quand à Galba, il est déclaré ennemi public et ses biens sont confisqués, sa tête est mise à prix. Icelius, son agent à Rome, est arrêté et enfermé au Tullianum[47].

Le consul Publius Galerius Trachalus, le frère de Lucius, envoie quant à lui un messager pour prévenir

---

47 **Tullianum**, prison d'état au pied du Capitole, à côté du forum romain.

Galba des conditions qui règnent ici, lui précisant qu'à cause de sa défection à Néron, il ne peut rentrer à Rome que comme mort ou vainqueur, et que ses biens lui ont été confisqués par un sénatus-consulte. La prudence reste de mise, mais son action trouve de nombreux partisans à Rome et sûrement dans tout l'empire.

Le pauvre messager, bride abattue, va au plus vite, vingt jours[48] sont suffisants pour atteindre l'Espagne de Galba, de poste en poste il change sa monture et repart aussi vite qu'il est possible de le faire. À son arrivée au palais de Galba, le messager trouve une ville en état de guerre ; des soldats partout, des troupes nombreuses qui se préparent au combat vont en tous sens.

— Ave Servius Galba ! Je suis envoyé par le consul Publius Galerius Trachalus afin de te remettre ce rouleau et de te donner par ma voix les dernières nouvelles de Rome.

— Salut à toi messager, parle, je t'écoute.

— L'empereur est précipitamment rentré de Grèce à la demande du sénat.

— Oui, ça, je le sais déjà, n'as-tu rien de mieux à m'apprendre ?

— Si ! Quand il a appris la révolte de Julius Vindex, il était alors à Naples, cela ne l'a pas dérangé, du moins en apparence ; mais quand il a su pour toi, alors il est entré dans une forte colère et a ordonné la levée d'une nouvelle légion et le retour de C. Petronius Sabinus et Rubrius Gallus. Il se prépare à te faire la guerre.

---

48 Soit près de 100 km chaque jour, alors que le *cursus publicus* (le service de poste impérial) faisait 70 kilomètres par jour (avec 4 changements de cheval).

— Alors il faut agir vite. Je vais mettre en vente les domaines impériaux et lever de nouvelles troupes. Puisque Néron veut la guerre, il va être servi.

Au moins, tout le monde est d'accord sur le principe.

*

a. d. VII Kalendas Maius DCCCXXI[49]

De nouveau Néron convoque en urgence le sénat.

— Pères conscrits, la situation est grave, des lâches nous trahissent de toutes parts et l'empire est en grand danger. Moi, fils du divin Apollon, je peux seul vous sauver tous d'une horrible fin. J'ai donc décidé la destitution des consuls Publius Galerius Trachalus et Tiberius Catius Italicus. Poète et citharède par la volonté des dieux, j'assumerai seul le consulat, pour le bien de tous. Moi qui joue et chante pour l'amour des hommes, me voilà obligé à la guerre. Ah ! quelle triste vie est la mienne.

Depuis bien des années le sénat est aux ordres du tyran, car Néron règne sans partage et impose sa folie à tous, sous peine de mort subite. Néron n'aime pas la caste des sénateurs, celle des chevaliers non plus il ne la porte pas dans son cœur. Leur préférant les petites gens ou bien les affranchis, cet homme est fou. Jusqu'à faire descendre dans l'arène plusieurs centaines d'entre eux, les forçant à combattre comme des gladiateurs ou les utiliser pour l'entretien, en lieu et place des esclaves. Certes, il n'a pas exigé que les duels soient mortels, mais la blessure infligée à leur honneur est indélébile, aucun de ceux qui ont eu à supporter cet affront ne l'oubliera jamais, pas plus que ceux qui ont assisté sans pouvoir rien dire ; ces jours-là, l'empereur s'est fait beaucoup d'ennemis.

De son côté, avec l'or d'Othon et le produit des ventes des domaines impériaux, Galba lève en Espagne la VII Legio Galbana, puis renforce la VI Legio Vitrix de deux ailes de cavaleries et trois cohortes de troupes légères.

---

49 25 avril 68, an 821 de Rome.

La grande politique se met en place, qui peut donc maintenant arrêter la folie meurtrière des hommes qui, faute de désirer la paix, veulent le pouvoir.

*

Loin de toutes ces tracasseries de palais, Julia et Lucius arrivent enfin à Lugdunum, mais attention, cette cité est fidèle à Néron, alors ils doivent rester très prudents.

— Cette fois Julia, quoi qu'il puisse arriver tu es mon épouse aux yeux de tous. Personne ne doit soupçonner que nous sommes en fuite.

— Je veux bien être ton épouse, mais qu'est-ce que cela change ? Ici personne ne nous connaît.

— Nous ignorons quels sont nos amis, et surtout qui sont nos ennemis, un officier qui se déplace avec sa femme est bien naturel, sinon qui es-tu ? une esclave, mon aide de camps ou bien mon garde du corps ?

— Je crois que tu as raison, pour tous je suis ton épouse.

— C'est parfait, à partir de maintenant nous devons rester sur nos gardes. Quand les soldats à l'entrée de la ville vont nous questionner, tu ne devras rien dire, laisse moi parler et n'ouvre pas la bouche.

— Je compte donc si peu pour toi que je ne puisse parler ?

— Bien sûr que si, que tu comptes pour moi, mais au risque de se vexer il est préférable qu'un seul parle et que l'autre écoute.

— Ah oui ! je comprends bien, mais alors pourquoi ne pas dire que je suis ton esclave puisque tu me réduis à ce niveau si bas que la parole m'est retirée ?

Lucius se tourne vers Julia et la serre dans ses bras, geste inhabituel de sa part, mais qui vient du fond du cœur.

— Ma petite Julia, tu es vraiment une adorable fille, je ne tiens pas à faire de toi mon esclave, mais comprends aussi qu'il est parfois préférable de se taire. Je ne mets pas en doute ton intelligence, mais… disons plutôt ta spontanéité. Il va falloir mentir aux gens d'ici sans savoir d'avance les questions qui nous seront posées, alors un seul interlocuteur est moins risqué, pour nous deux, tu comprends ?

— Oui je comprends, les romains parlent mieux que les Salyens Glaniques, pour toi je ne suis qu'une pauvre fille sans ressource et que tes dieux méprisent pour sa folie.

—Puisque, aux yeux de tous, tu es l'épouse d'un général, tu dois aussi adopter un comportement digne d'une telle position sociale. Cela implique que tu ne prennes pas la parole pour répondre à la place de ton mari, tu as un devoir de réserve qui t'impose un respectueux silence en public. Cela ne te prive pas de liberté, mais la hiérarchie doit être respectée elle aussi.

— La hiérarchie, c'est bien ce que je disais, je ne compte pour rien.

— À Rome, il y a les hommes, les femmes, les enfants, les affranchis et les esclaves. Tu vois comme c'est simple, mais en public seulement, en privé on fait ce que l'on veut.

Lucius ne peut s'empêcher de la serrer plus fort, puis il embrasse ses lèvres ; Julia ne dit pas non et ne cherche pas non plus à se dégager, comme si elle acceptait avec plaisir ce geste poussé par l'instinct et que la conscience ne sait pas retenir. Depuis la tentative de viol heureusement échouée, elle s'est rapprochée de Lucius, sa confiance en lui ne fait plus de doute. Malgré ce rapprochement évident, il n'a pas varié sa conduite et s'est montré très digne en toutes circonstances, sans jamais tenter de profiter de la situation qui pourtant lui est souvent favorable.

— Là Lucius, tu te montres très convaincant, je suis ton épouse, et pour que je comprenne bien qu'il me faut garder le silence, tu emprisonnes ma bouche entre tes lèvres.

— Excuse-moi Julia, je regrette de m'être laissé emporter, maintenant je ferai plus attention.

— Tu regrettes ? dommage, mois je ne regrette rien, je pensais seulement que tu étais devenu mon ami… un peu amoureux.

— Sacrée fille que tu es, mais d'où sors-tu pour me torturer de telle manière ? Si depuis notre départ je n'étais pas ton ami, comment aurais-je pu te résister et te respecter ? Je n'oublie pas que nous allons retrouver Manius et que dans cette affaire je ne suis que ton guide.

— Pardonne-moi de n'être qu'une fille qui aiguillonne tes sens, mais depuis de nombreux jours j'ai compris quel ami tu peux être. Toutes ces nuits passées à la belle étoile présentaient déjà un risque pour moi, dans les auberges aussi, et jusqu'à cette nuit où nous avons dû partager le même lit. Comprends bien que sous mon air d'innocente pucelle, j'ai parfaitement senti l'homme viril qui dormait contre moi.

— Tu me mets mal à l'aise Julia, j'ai l'air de quoi maintenant ?

— Tu as l'air de celui qui s'est vêtu sous mon regard et qui ne pouvait cacher ses désirs, mais ton comportement d'homme responsable m'a convaincue de ta générosité et de la confiance que je pouvais avoir envers toi. Cette nuit-là, j'ai caressé ton corps d'homme, j'ai eu plaisir à me lover contre toi pour te voler ta chaleur, et je me suis sentie vraiment en sécurité. Ai-je eu tort ?

— Non ! En effet, tu n'as pas eu tort. Depuis le début de ce voyage j'ai cru accompagner une jeune fille d'à peine dix-huit ans, ce qui est vrai, mais je découvre qu'en fait je suis en compagnie d'une femme réfléchie, intelligente et forte, j'ai beaucoup d'honneur à te servir.

— Alors nous avons tout dit, je suis ton épouse réfléchie et intelligente ; je me tais quand tu parles. Je résume bien la situation ?

— Parfaitement, il en va de notre sécurité à tous les deux, et crois-moi bien, la partie n'est pas encore gagnée. Maintenant respirons un bon coup et allons-y, notre avenir passe par Lugdunum.

Les liens entre nos deux amis viennent soudainement de se resserrer – Vénus a dû tirer fort sur ses fils –, chacun semblant découvrir l'autre sous un angle nouveau. Lucius croyait que Julia était une petite gourde qui n'avait rien vu en dehors de son village, mais il doit se rendre à l'évidence qu'elle cache bien son jeu. Il ne connaît pas vraiment les formes de son corps et non plus la douceur de sa peau, tandis qu'elle semble en savoir déjà beaucoup sur ses formes à lui. Profitant de son profond sommeil elle n'a pas hésité à le découvrir avec ses petites mains aussi curieuses que délicates.

Quand il pense à ces moments-là, Lucius sent monter en lui une sorte de honte qui lui chauffe les joues ; quel imbécile, de songer aux doigts fins glissants sur son ventre pour en découvrir tous les secrets, il se sent piégé par sa crédulité et par l'audace de sa jeune compagne. Le fait qu'elle lui ait si simplement tout avoué laisse encore une place à l'innocence, à moins que cela soit encore une subtile arme féminine faite pour le déstabiliser, mais tout de même, il s'est bien fait avoir.

Repensant à ce qu'il vient d'apprendre, il lui semble que les mains de Julia sont encore sous sa tunique, il les sent glisser sur sa peau, provocant en lui une vive réaction impossible à contrôler. En ce moment, où son esprit conscient demande de la tenue et du sérieux, son corps lui, réclame de l'amour, est-ce bien le moment ?

*

La porte sud de la ville s'offre à leur regard sous un soleil de bon augure, ils marchent côte à côte en tenant chacun sa monture par la bride. Cette entrée ne ressemble pas à celle de Glanum, ici il ne s'agit pas d'une simple ouverture dans un rempart, mais d'une vraie et colossale porte fortifiée.

Au milieu, il y a une arche assez large pour permettre le passage de deux véhicules, sur chaque côté, un passage plus étroit pour les piétons. Un côté pour les entrants, l'autre pour les sortants. Visiblement la sortie est sans histoire, tandis que les gardes interrogent tous ceux qui entrent dans la cité, Julia se dit que finalement, il est préférable de ne rien avoir à répondre et que Lucius a eu la bonne idée de la prévenir avant d'être ici.

Le gardien reconnaît sans difficulté le rang de Lucius, quoi qu'il n'ait pas endossé sa cuirasse, celle-ci est visible sur la croupe de sa mule, mais c'est surtout sa ceinture à ptéruges[50] qui ne laisse pas de doute sur sa qualité d'officier. Rien ne dit ce qu'il vient faire à Lugdunum, ni de quel bord il est, mais son grade oblige le garde à une conduite respectueuse envers ce visiteur.

— Salut à toi ! Que viens-tu faire dans cette ville ?

— Ave ! Je suis le général Lucius Galerius Trachalus, je viens avec mon épouse porter des nouvelles de Rome et je désire rencontrer le légat de Lugdunum.

— Bien… Renseigne-toi sur le forum, tu trouveras là-bas à qui parler de tes affaires, je vous souhaite un bon séjour. Ave général !

— Ave !

Notre couple de circonstance pénètre finalement sans difficulté dans la grande ville, cette fois, ils ne doivent pas commettre la moindre erreur car leurs vies en dépendent. Cette cité restée fidèle à l'empereur ne leur laissera aucune chance si l'on découvre leurs intentions. Il n'est pas question pour eux de rester ici pour rencontrer les édiles de la ville, mais juste de se reposer cette nuit et

---

50 Ceinture à double rangée de lambrequins richement décorés. Tous les légionnaires portent une telle ceinture plus ou moins riche selon leur rang et leur grade dans l'armée.

se ravitailler pour continuer leur pérégrination plus au nord.

Aujourd'hui, Lucius choisit une auberge de qualité, son statut social visible et reconnu ne lui permet pas un endroit trop discret, ils doivent se montrer sans gêne aux yeux de tous, comme des voyageurs sans crainte. Il serait en effet suspicieux qu'un général au service du prince éprouve le besoin de se dissimuler, lui et son épouse.

— Dis-moi Lucius, cette maison semble réservée aux gens riches, nous pourrions peut-être choisir un autre endroit plus simple.

— Nous devons respecter notre rang si l'on veut rester anonyme dans la foule.

— Quel rang ? moi je suis une fille pauvre.

— Pauvre ? Ah non, pas du tout, tu es la femme d'un riche romain, un militaire de haut rang, justement, et frère d'un consul en activité à Rome.

— Tu sais bien que nous ne sommes pas mariés.

— Oui, je le sais, mais pas les autres.

— Forcément, ça change tout. Je crois que je vais devoir m'habituer à me taire, depuis que je suis ton épouse, même pour faire semblant, je ne comprends plus rien à ma vie.

— Julia, il va surtout te falloir un peu d'imagination et de sang-froid ; à partir de maintenant tu vas être une vraie romaine, avec tout ce que cela comporte. Il y a bien sûr beaucoup de bonnes choses à être une romaine argentée, mais pour toi qui viens d'une petite ville, tu vas sûrement avoir des surprises.

— Qu'est-ce que je dois comprendre ?

— Rien, mais en aucun cas tu ne dois être étonnée de ce qui va t'arriver, tout doit être normal à tes yeux habitués à tout voir ; ceux qui vont te servir savent ce qu'il convient de faire, laisse-toi porter par l'insouciance.

— Je ne suis plus trop rassurée de ce que tu me dis, où me mènes-tu ?

— Une fois encore, ne dis plus rien. Sache simplement, et retiens le bien, qu'à partir de maintenant ton corps sera perçu comme un objet sexuel, cherchant tous les plaisirs que ta position sociale peut t'apporter. Plaisir du sexe, plaisir des caresses, plaisir aussi des bons aliments et des bonnes boissons. Tout ce qui peut pour toi apporter un plaisir physique est souhaitable.

— Alors ça ! C'est pas vrai du tout.

— Si, je viens de te le dire. Considère que je te l'ordonne sans te demander ton consentement.

— Depuis que nous sommes dans cette grande ville, tu ne m'aimes plus, de ton épouse je deviens ton esclave.

— Oh ! Julia, ne rends pas les choses plus difficiles qu'elles le sont déjà par leur seule nature, fais un effort, fais-moi confiance.

— Oui, je veux bien moi, te faire confiance, mais ce sont tes histoires de plaisirs sexuels qui me troublent.

— Je n'exige pas de toi de devenir une prostituée, mais simplement de prendre le plaisir qui s'offrira à toi sans paraître troublée. Une riche romaine est en droit de jouir de tout, mais elle garde toujours la faculté de refuser.

— Ah ! donc je peux encore parler pour dire non.

— Naturellement, mais tu vas voir que tu n'auras rien à dire pour que tout te soit proposé. Dans ce genre d'endroit, des gens sont là pour ton plaisir, et fouettés si tu te plains de leurs services. Tu pourras refuser les offres, mais ne montre jamais aucune colère contre tes serviteurs, au risque de les condamner au supplice.

*

Cet endroit est d'un grand luxe pour Julia qui n'a jamais connu un tel établissement. Une fois déposés leurs bagages, ils sont conduits dans les bains privés de la maison puis, dévêtus, ils sont lavés avec soin par deux filles, esclaves habituées à caresser les corps de leurs clients, ce qui n'est pas non plus dans les mœurs de Julia. Elle ne peut rien faire d'autre, sinon feindre d'être coutumière du fait, puisque Lucius l'avait avertie par avance. De se trouver une fois encore nue devant Lucius qui n'est pas plus à l'aise qu'elle, est une nouvelle épreuve pour eux deux, mais qu'ils ne doivent pas laisser paraître aux esclaves aux mains agiles.

Tout juste sortis du bain puis séchés, c'est une séance de massage doux qui leur est imposée par des mains cette fois très expertes en la matière. Julia apprécie à sa juste valeur les caresses de la jeune esclave, cette fille aux cheveux blonds et à la peau si blanche, possède des doigts d'une grande finesse qu'elle passe sur elle avec un savoir bien appris. Sous prétexte d'oindre sa cliente d'une huile délicatement parfumée, elle masse doucement la belle poitrine tendue de Julia, glisse sur son petit ventre plat et entre ses cuisses qui n'osent, ou ne veulent pas se resserrer.

Voilà ce dont Lucius l'avait prévenue, rien de bien grave en effet, mais il faut savoir oublier une honte mal placée et profiter de chaque moment. Il avait raison aussi de la prévenir que les esclaves savent ce qu'il convient à leurs clients, elle n'aurait jamais osé demander une pareille chose, pourtant si agréable.

Ensuite ils sont habillés d'une tunique propre prêtée par l'établissement, pour prendre un repas réparateur que les estomacs attendent avec impatience. Bien que se sentant en pleine forme et en appétit, chacun d'eux a l'impression de sentir bouillir son sang dans ses veines et d'avoir les nerfs à fleur de peau.

Attablés dans une salle à manger spacieuse et propre, ils cèdent à un copieux repas. Il y a des tables de différentes longueurs, avec un banc de chaque côté. Partout des hommes surtout, mais aussi des femmes, se délectent en racontant des blagues, ou bien en parlant de sujets plus sérieux, mais ceux-là ne rient pas. À certaines tables, des hommes et des femmes s'adonnent aux plaisirs coupables, s'embrassant et se tripotant sans se préoccuper de leurs voisins qui continuent simplement leur repas. Lucius avait raison, il ne faudra s'étonner de rien.

Tout leur est servi avec soin, des tas de produits qu'elle ne connaît pas sont apportés à la suite les uns des autres : des charcuteries aux extraordinaires variétés de goûts et de parfums, des fromages si nombreux qu'elle ne sait lequel choisir, avec du pain croustillant et doré à point. Le tout arrosé de délicieux mulsum parfumé au miel, provenant de plusieurs propriétés, voilà bien un heureux repas.

Les viandes découpées par un esclave n'attendent plus que d'être avalées. Julia meurt d'envie de saisir à pleine main les morceaux juteux de bœuf rôti, mais imitant Lucius, elle se sert du bout des doigts. Alors qu'elle s'apprête à les sucer, elle découvre qu'il lui suffit de lever sa main pour qu'un esclave lave ses doigts avec un tissu humide et parfumé, tout lui est donné comme si elle était une déesse. Julia commence à comprendre ce que veut dire être une vraie romaine, mais son plaisir reste partagé entre certaines choses qu'elle apprécie avec plaisir, et d'autres qui la dégouttent.

Ils ont pris le temps de manger sans précipitation, répondant aux questions et discutant simplement avec leurs voisins de table, mais maintenant, ils sont ensemble dans leur cubiculum qui a été préparé pour eux. C'est Julia, en laissant tomber à terre sa tunique, qui prend l'initiative de rompre le silence qui les accompagne.

— Lucius… Je m'offre non seulement à ton regard mais… cette nuit je veux être à toi.

— Que t'arrive-t-il ? Crois-tu être obligée de céder maintenant alors que nous avons fait tout ce chemin sans faiblir ? Est-ce le bon vin sucré qui te donne de telles envies ?

— Je ne cède rien Lucius, j'ai envie de toi, je m'offre pour mon plaisir autant que pour le tien, je crois que le moment est venu d'unir nos corps sous l'égide de Vénus.

Lucius serre Julia contre lui. Embrassant son cou il en hume le doux parfum et passe ses doigts dans son épaisse chevelure. Le désir monte en lui quand il glisse ses mains sur son dos à la peau lisse et douce comme une soie de Chine, et rien maintenant, ne pourra plus le dissuader d'honorer celle qu'il aime depuis le premier jour de leur rencontre.

Jour après jour, Vénus a tissé de solides liens entre eux et c'est ici, dans la capitale des gaules qu'elle décide de leur union en serrant si fort le dernier nœud. Pourquoi choisir cette ville ennemie oh combien dangereuse pour concrétiser son œuvre, elle seule peut y répondre. Dans cette ville restée fidèle à un empereur bientôt déchu, elle veut sans doute que l'amour l'emporte sur la haine, oubliant peut-être un peu vite Manius qui lui, est prêt pour la guerre. Mais cela n'est pas de son ressort, Minerve a cette tâche.

*

Tôt ce matin, suivant les prescriptions de Lucius, un jeune esclave leur apporte de quoi se restaurer avant de prendre la route mais, constatant des traces de sang séché sur les draps et sur les cuisses de Julia, il se munit d'une éponge et d'un récipient d'eau tiède. Avec une infinie douceur il lui fait une toilette des plus intimes, sans même sembler y prêter la moindre attention, comme s'il faisait cela chaque matin. Julia est simplement paralysée par l'étonnement, alors elle ne dit mot. Lucius lui, s'habille comme s'il ne se passait rien dans cette chambre. Julia, pour se donner bonne conscience, se dit qu'elle se comporte simplement en riche romaine. Après l'avoir lavée et séchée, le jeune garçon l'aide à se vêtir, lui passant sa tunique pour la route puis lui enfilant ses chaussures bien nettoyées elles aussi.

— Maîtresse, tu es prête pour reprendre ton chemin, je te souhaite un bon voyage.

— Merci, tu peux te retirer.

Le jeune garçon sort de la pièce sans un mot, finissant un travail, il passe à un autre.

— Lucius, tu te rends compte que ce garçon m'a touché comme si je n'étais qu'un objet, sans que je ne dise rien. Je n'ai rien su faire d'autre que d'écarter mes jambes pour me laisser laver, j'y ai même trouvé un certain plaisir. Crois-tu que je devienne une mauvaise femme ?

— Non Julia, tu ne deviens pas une mauvaise femme, tu découvres juste ce que l'argent peut te procurer comme futile plaisir ; pour le garçon en revanche, crois bien qu'il a dû souffrir de faire ce travail, il aurait mieux valu que ce soit une fille.

— J'ai honte maintenant de tout ce qui m'arrive. Pourquoi suis-je ici avec toi à céder aux plaisirs de la chair, je vais bientôt mourir ?

— Ne dis pas de bêtise, tu as commencé ton voyage comme une jeune fille, tu le poursuis comme une jeune femme, dois-tu mourir pour cela ?

— Je ne sais pas, je ne sais plus ce que je dois penser.

Lucius observe chez Julia des changements à son encontre et se demande bien si elle tient encore à retrouver Manius, mais au point où ils en sont, il est trop tard pour faire demi-tour. Cette ville ne présentant pas une sécurité suffisante pour eux, il leur faut au plus vite reprendre la route vers le nord afin de se joindre aux troupes de Julius Vindex. Bien reposés, ainsi que leurs bêtes, ils s'apprêtent à sortir de l'établissement quand un homme leur fait face.

— Ave ! Général ; où comptez-vous aller de si bonne heure ?

— Ave ! noble étranger, en quoi cela te concerne-t-il ?

— Je suis Paulus Decius, fonctionnaire du prince, accompagné par des prétoriens et je veux juste te poser quelques questions.

— Suis-je obligé de te répondre ?

— Je te le conseille vivement.

— Nous n'avons rien à te cacher, tu peux poser ta question.

— Il s'agit d'un collègue qui aurait dû arriver en même temps que vous, hier soir ; alors que je ne l'ai pas encore vu.

— Qui puis-je ? je ne suis pas astreint à surveiller les fonctionnaires de l'état, surtout si je ne les connais pas.

— Tu aurais pu le rencontrer car il fait la même route que vous deux ; en fait, il vous suit depuis votre départ d'Avenio et a sûrement fait les mêmes étapes que vous.

— Cet homme ne me dit rien, mais j'ai pour toi une information peut-être utile.

— Parle, j'écoute ce que tu as à me dire.

— Il y a deux jours avant notre arrivée à Lugdunum, mon épouse a été agressée par de mauvais individus qui en voulaient à notre bourse, mais également à nos vies. Grâce à l'aide des dieux nous avons réussi à nous échapper de cette mauvaise situation, et lors de notre fuite, j'ai remarqué un cheval sellé devant la porte où nous étions retenus prisonniers ; mais les gens rencontrés dans cette affaire ne sont pas du genre à posséder un tel animal harnaché aux couleurs impériales. C'est peut-être celui de l'homme que tu cherches.

— Où est cet endroit ?

— Tu suis la via Agrippa sur quinze, ou peut-être vingt milles, et tu trouveras une chaumière sur ta gauche. Il y a trois hommes, des frères sans doute, ainsi qu'une femme et deux enfants.

— Je vais envoyer une troupe de prétoriens pour vérifier tes dires, mais en attendant, vous êtes assujettis à rester ici.

— Nous n'avons pas prévu de rester dans cette ville plusieurs jours encore ; comme tu le constates, nous sommes sur le départ.

— Je vois, mais votre programme est changé. Ton épouse et toi-même êtes consignés dans cette ville, et sous bonne garde. Vous n'êtes pas considérés comme des prisonniers et vous pouvez aller à vos occupations, mais vous ne pouvez pas partir sans mon autorisation.

— Et tu dis que nous ne sommes pas prisonniers ?

— Exact, juste consignés à résidence, un militaire comme toi sait très bien faire la différence.

— Bien, nous allons donc visiter cette bonne ville, et puis, avec les prétoriens dans notre dos nous ne risquerons pas d'être de nouveau agressés.

—Dans trois jours au plus je serai de retour, si tu as dit vrai vous serez libres de partir, sinon, tu devras te justifier.

— Rassure-toi, je n'aurai rien à te justifier car je t'ai dit la vérité, mais je ne peux pas te garantir que ton homme est encore là-bas.

— Nous verrons, je te laisse sous bonne garde défaire tes paquets et louer un cubiculum pour trois jours supplémentaires, aux frais de l'état, si tu as dit vrai.

*

Trois jours de promenades pour découvrir la grande Lugdunum et tous ses beaux monuments. Chaque repas est un festin de goûts et de saveurs nouvelles, chaque nuit, Julia et Lucius s'offrent à l'amour enragé sous le regard heureux de Vénus.

Ce matin du troisième jour, tout juste vêtus pour prendre leur premier repas, on frappe à la porte.

— Tu peux entrer, répond Lucius d'une voix ferme.

— Ave ! Général, je te salue, ainsi que ta noble épouse.

— Ave ! Paulus Decius, je suis heureux de te revoir. As-tu trouvé les réponses à tes questions ?

— Parfaitement, tout ce que tu as dit est vrai, même l'histoire concernant l'enlèvement de ton épouse. J'ai arrêté les trois hommes, le premier est mort, sûrement de honte pour avoir avoué ses forfaits, les deux autres vont finir dans l'amphithéâtre.

— Nous sommes donc libres de continuer notre route ?

— Comme promis, vous pouvez partir et je prends à ma charge l'ensemble de vos dépenses dans cette auberge.

— Alors adieu Paulus, j'ai rencontré un fonctionnaire zélé au service de son prince, je saurai le dire au sénat de Rome.

— Te souviendras-tu de mon nom ?

— Sans aucun doute, j'ai une très bonne mémoire pour ces choses-là.

Tellement heureux de lui, Paulus, à l'aide d'un sauf-conduit signé de sa main, leur ouvre une route pavée d'or et d'argent, personne maintenant ne s'opposera à leur déplacement.

Escortés par quatre prétoriens de la treizième cohorte, ils quittent enfin la ville par sa porte nord et empruntent la via Agrippa pour rejoindre Cabillonum[51], là, ils pensent retrouver la trace de Manius. Leur première étape est pour Asa Paulini[52], petite ville de garnison à vingt milles de Lugdunum où ils trouvent refuge dans une caupona en bordure de route. Certes l'endroit est moins luxueux qu'à Lugdunum, mais le service y est très correct. Dès leur arrivée le gérant les accueille avec le large sourire de celui qui ne voit pas souvent des couples en déplacement s'arrêter chez lui.

— Salut à toi ! Veux-tu un cubiculum pour deux ?

— Crois-tu que ma femme va dormir dehors ?

— Non, bien sûr que non, c'est juste une façon de parler.

— Alors va pour un cubiculum pour deux.

— Je vous fais préparer une table et un délicieux repas, un esclave va s'occuper de ta femme, ici nous avons un bain toujours tiède pour nos visiteurs de marque, tu ne seras pas déçu.

Une fois encore, Julia n'a pas son mot à dire qu'elle est entraînée par un homme d'une trentaine d'années qui,

---

51 **Cabillonum**, en Gaule lyonnaise, territoire des Éduens, aujourd'hui **Chalon-sur-Saône**, à 127 km de Lyon.
52 **Anse**, au nord de Lyon, environ 30 km.

sans se soucier d'elle, lui retire sa tunique, laissant tomber le vêtement au sol. D'une main délicate, il saisit son poignet droit et la conduit dans le bassin peu profond qui contient l'eau toujours tiède. Avec une éponge et un savon parfumé il lave son corps poussiéreux. Elle reste sans réaction, entre les mains de l'homme elle n'est une fois encore qu'un objet à entretenir, mais son ventre crie au désir et l'esclave se rend compte de sa nervosité à vouloir rester calme.

— Maîtresse, veux-tu que je calme tes envies ?

— Tu n'y penses pas ! Quelle honte de me faire une telle proposition.

— N'en parlons plus, cela fait partie du service, mais tu n'es pas obligée d'accepter.

— Bien sûr que non que je n'accepte pas ; me prends-tu pour une prostituée ?

— Je regrette si je t'ai vexée Maîtresse, je te propose simplement mes services. Comprends que dans le cas contraire, ma situation est tout aussi délicate, je pourrais être sévèrement puni de ne l'avoir pas fait.

— Ah oui ? Finissons-en, je n'en peux plus de cette situation, je veux être habillée au plus vite.

— Je te comprends Maîtresse, tu vas donc demander le fouet pour moi et me punir pour t'avoir juste proposé un peu de plaisir, alors si tu le veux bien, sois généreuse de ne pas exiger de trop nombreux coups.

Julia a le sentiment de vivre dans un autre monde, pourquoi devrait-elle faire battre cet homme qui somme toute, ne fait que son travail. Elle repense au jeune esclave de Lugdunum qui a fait sa toilette et pour qui, Lucius lui a dit qu'elle découvrait le luxe d'être considérée comme une riche romaine. Ici, parce qu'ils croient tous qu'elle est la femme d'un officier elle a droit à tout, se faire prendre par un esclave ou bien le faire fouetter sans motif. Elle se souvient aussi que Lucius l'avait prévenue qu'elle pouvait faire fouetter un homme pour ne pas lui avoir proposé ses services, mais ici elle peut aussi le faire fouetter pour la raison exactement opposée. Peu à peu elle prend conscience de son pouvoir sur les esclaves, alors elle repense à Sabina, et comprend pourquoi elle endurait sans un mot ce que son père lui faisait subir.

Dans sa petite ville natale de Glanum, son père a bien quelques esclaves, mais uniquement pour le travail, jamais ils ne sont utilisés à de telles fins. Comment aurait-elle pu imaginer sur son corps les mains rugueuses de ces hommes dures au travail, ou pire, une saillie improvisée juste pour un court moment de plaisir inavouable. Son esprit tourne à l'écoute de toutes ces questions et au constat de sa terrible force. Se reprenant enfin en main, elle sent près d'elle ce pauvre garçon qui ne sait plus comment agir.

— Rassure-toi, je ne veux pas de toi dans mon ventre, mais je ne vais pas non plus demander que tu sois puni. Sèche-moi et donne-moi ma tunique, j'ai faim maintenant.

— Oui Maîtresse.

Sans aucun doute, l'esclave est peut-être déçu par le refus de Julia, mais d'un autre côté, si elle ne le fait pas battre, il s'en tire plutôt bien. Après avoir avec une grande douceur, essuyé le corps de Julia, il lui passe un peu d'huile parfumée en évitant de s'arrêter sur des zones trop sensibles, puis il lui propose une tunique propre pour la nuit ; la sienne sera nettoyée et séchée pour demain matin.

Julia est maintenant fort bien, son corps propre sent bon et elle ne désire rien d'autre que de manger un peu.

— Je me sens toute fraîche, je sens bon et ma peau est très douce, je te plais comme ça ?

— Maîtresse, je ne peux te répondre.

— Quelle horreur ! Dans quelle condition vis-tu ici ? Emmène-moi vers mon époux, et apporte-nous de quoi manger.

— Oui Maîtresse.

Une fois à table avec Lucius, elle lui raconte son aventure avec l'esclave de la maison, précisant bien sa grande honnêteté. Lucius lui fait comprendre qu'elle découvre un autre côté de la vie de certaines personnes. Ici, dans cet oppidum[53] il n'y a que des soldats, parfois des commerçants, rarement des voyageurs de leur qualité. Tous ces soldats prêts à mourir d'un jour à l'autre n'ont que faire de sentiments envers des esclaves qu'ils considèrent comme des objets sans valeur.

— Tu comprends bien que les esclaves n'ont pas droit à la parole, ou juste le strict nécessaire, et cela vaut mieux pour eux.

— Ah bon ? Toi aussi tu trouves bien qu'ils ne puissent pas parler ?

— Je ne dis pas que je trouve ça bien, mais tu lui demandes si tu lui plais ainsi toilettée et parfumée. Comment peut-il répondre sans prendre un risque ?

---

53 Place forte militaire.

— Je ne vois pas quel risque, je ne vais tout de même pas le frapper.

— S'il répond que tu lui plais, tu peux être outragée qu'un esclave ose te le dire, et s'il te dit le contraire c'est encore pire. Dans les deux cas il risque une injuste punition seulement pour ton plaisir, il y a des gens que cela amuse, il le sait et ne te connaît pas.

— C'est affreux, chez moi je parle avec les esclaves de mon père, ils sont des amis fidèles.

— Ici tu n'es pas chez ton père, mais dans un lieu dominé par l'armée, de la discipline et pas de sentiments.

— C'est ce que j'ai dit, affreux, il n'y a pas d'autres mots.

Cette réalité que Julia découvre, la laisse maintenant sans voix. Elle termine son repas sans dire un mot de plus et Lucius respecte son silence. L'esclave est revenu à plusieurs reprises vers leur table pour les servir, très aux petits soins pour Julia qui, de son regard d'agneau échangeait avec lui des sourires de tendresse et de compassion.

Rien n'a échappé à Lucius, Julia est une fille douce, bien élevée et sans méchanceté, aux antipodes de ce que l'on peut rencontrer à Rome. La petite Salienne n'a pas encore tout vu, Lucius est convaincu qu'elle sortira grandie de ce long voyage qui n'en finit pas.

Le cubiculum n'a qu'un seul lit, mais maintenant notre couple a pris ses marques, cela n'est qu'un détail à ne pas observer. Julia arrive à se déshabiller la première et à se coucher nue en attendant son compagnon. Quel chemin déjà parcouru pour eux deux.

*

La rencontre de Vesontio

L'air frais du matin commence à fuir devant la puissance d'Apollon qui chauffe avec vigueur la plaine de Vesontio. Avec une légère escorte, Julius Vindex se rend au campement de Verginius Rufus, ne craignant pas un mauvais coup de la part d'un homme qu'il connaît comme sûr et honnête. Dès l'entrée du campement, des gardes fortement armés leur barrent le passage. Le groupe de Vindex met pied à terre.

— Halte, n'allez pas plus avant, que venez-vous faire ici ?

— Calme-toi soldat, je viens voir ton chef, Verginius Rufus.

— Bien, alors suivez-moi.

Le groupe de Julius suit l'homme de Verginius et s'enfonce dans le campement, sous les regards intrigués des soldats. Qui sont ces officiers qui n'appartiennent pas à

---

54 Le 7 mai 68, an 821 de Rome.

leur légion ? Peut-être des renforts, mais contre quels ennemis devront-ils s'affronter pour être si nombreux, surtout si loin de toutes frontières.

Maintenant que plus aucune retraite salutaire n'est possible, la fiabilité de Verginius est leur seul garant. Arrivés au centre du campement, Julius Vindex et son escorte sont invités sur l'aire du prætorium[55], puis attendent devant sa tente. Confiant leurs montures aux soldats, seul Julius pénètre sous l'épaisse tente faite de cuir. Verginius est assis derrière une longue table sur laquelle sont étalées des cartes de la région. Voyant son collègue, il se lève et avance vers lui.

— Ave Julius ! Je suis honoré de te recevoir ici. Je vois que tu n'as qu'une petite troupe avec toi, tu n'as pas peur des risques en venant ici.

— Ave Verginius ! J'ai ta parole d'être reçu en hôte, je te confie ma vie et celle de mes hommes.

— J'admire ton courage et apprécie ta confiance, venez, approchez de ma table et buvons à cette rencontre.

Julius avance vers la table sur laquelle sont effectivement posées des timbales en bronze et un pichet de vin. Verginius interpelle les hommes de l'escorte de Julius et les invite à leur tour à se joindre à lui. Les hommes de Julius laissent là les soldats avec lesquels ils bavardaient tranquillement, puis entrent eux aussi sous la tente. Une amicale réunion entre futurs ennemis, monde étrange où les hommes se serrent la main avant de se fendre le crâne.

---

55 **Prætorium,** carré de 60 m de côté au centre d'un camp romain, où se trouve la tente du général commandant la légion, et où peut être rendue la justice. Il est situé au croisement des deux voies principales, la *via principalis* et la *via decumanus*.

Après avoir échangé diverses formules de politesses, Julius prend la parole pour cette fois, entrer dans le vif du sujet.

— Eh bien Verginius, pourquoi es-tu venu jusqu'ici avec ton armée ? Tu pouvais attendre tranquillement que les affaires se règlent loin de tes contrées.

— Je suis serviteur et soldat du prince, je ne peux me soustraire à mon devoir.

— Oui, certes, mais tu n'es pas obligé de te jeter dans une guerre inutile.

— Inutile ? alors pourquoi es-tu là ?

— Notre empereur mène Rome à sa perte, il tue le sénat et dilapide le trésor de l'empire, cette situation doit cesser, le peuple de Rome le demande.

— Ah ! Le peuple le demande... cette bande de vauriens n'a d'autre ambition que de réclamer sa pitance quotidienne, et surtout ne rien faire pour la mériter.

— Il ne m'appartient pas d'en juger, nous devons rétablir les lois de la république et redonner au sénat sa raison d'être. Sans le sénat il n'y a plus de lois, plus de règles de vie, Rome disparaît pour laisser place à un pays de barbares, c'est ce qu'il faut éviter à tout prix.

— Je te comprends mais...

Les palabres vont ainsi continuer plusieurs heures, une collation sera même apportée pour tous, chacun des deux chefs campe sur ses positions et aucun ne veut rien céder à l'autre. Avant la fin du jour, les deux hommes se séparent en se saluant amicalement.

— Ave Julius, que les dieux te protègent !

191

— Ave Verginius ! Demain les dieux décideront de notre sort.

*

Situé en territoire Séquanes, l'oppidum de Vesontio est une montagne située à l'intérieur d'un méandre du Doubs, formant presque un cercle parfait. Tout autour un rempart en assure la défense et la seule issue terrestre est de faible largeur. Au centre du passage la partie haute est dotée d'une citadelle fortifiée, difficile à prendre par un assaut et qui bénéficie de réserves naturelles si importantes qu'un siège peut durer fort longtemps. Jules César a noté dans son récit de la guerre des Gaules la grande qualité de cet emplacement, aucun des deux hommes ne peut ignorer ces détails.

Les légions de Verginius sont placées sur le seul passage donnant accès à l'oppidum. Il sait que si Vindex vient à entrer dans la citadelle rien ni personne ne pourra plus l'en faire sortir, il lui appartient donc de faire barrage coûte que coûte. Le soleil se lève tout juste sur l'horizon, les troupes de Julius Vindex sont à courte distance et bien plus nombreuses, face à celles de Verginius Rufus, qui elles, sont plus aguerries.

Julius Vindex encercle Verginius qui est adossé à l'oppidum. Pris dans un étau il n'a d'autre choix que de vaincre Julius Vindex pour ne pas se faire écraser, sans échappatoire possible, sauf à s'enfermer lui-même dans la place fortifiée, mais cela n'est pas dans ses projets.

L'objectif de Verginius est simple, assiéger la ville pour empêcher Vindex de s'en emparer, l'obligeant à venir au secours de ses habitants et ainsi déclencher une guerre immédiate. Juste prévision, Julius donne l'ordre du combat sans plus attendre et la journée est un carnage entre ses vingt mille hommes armés, contre les légionnaires de Verginius.

Julius Vindex a su réunir autour de lui une troupe de près de cent mille hommes, mais seulement un sur cinq possède un équipement de soldat, les autres sont plus là pour faire présence, mais ne présentent aucun véritable danger. Du côté de Verginius, la troupe est nettement inférieure en nombre, mais il n'a que des soldats de métier, des vrais légionnaires habitués à en découdre avec l'ennemi germain, des hommes autrement plus dangereux que les soldats sans formation de Vindex. Le déséquilibre militaire est considérable, d'un côté le nombre, de l'autre l'expérience.

*

Lucius et Julia sont arrivés le jour même de la rencontre des deux chefs d'armées, ils ont en vain cherché à retrouver Manius et cherchent encore depuis ce matin. Sans y être préparés, ils se trouvent au beau milieu de l'engagement.

L'affrontement à un arrière-goût de guerre civile, opiniâtre, aucun des belligérants ne voulant céder à l'autre. Lucius et Julia n'ont pas eu le temps de trouver Manius qu'ils sont pris par le tourbillon de la guerre, impossible de résister, il faut fuir au plus vite et affronter l'adversaire sans chercher à comprendre. Lucius frappe en tous sens pour se frayer un passage, Julia, armée d'un glaive tombé là dans sa main sans qu'elle ne sache comment, frappe elle aussi du mieux qu'elle peut.

Il y a trop de cris, trop de sang, il faut s'échapper si par la volonté des dieux cela est encore possible. Lucius veut sauver Julia du pire avenir qu'elle peut rencontrer, la tenant par la main il la tire avec force pour l'éloigner du carnage. Heureusement qu'ils n'étaient pas trop enfoncés dans les rangs ennemis, pas non plus au cœur de la bataille, ce qui leur a permis de se sortir assez vite de cet endroit à hauts risques.

Sur la fin du jour, les combats cessent enfin, l'épuisement et la raréfaction des ennemis calment doucement les ardeurs, le silence remplace progressivement le chahut de la rencontre. L'armée de Julius Vindex est anéantie par les soldats de Verginius qui ne courent pas après les survivants, les laissant fuir là où ils le peuvent encore.

Devant leurs yeux effarés, Julia et Lucius contemplent l'étendue du désastre. Le soleil se couche doucement sur la plaine ensanglantée d'où les odeurs de tripes épandues envahissent tous les environs. Julia ne peut se retenir et vomit ses entrailles sur le bas-côté, découvrant à sa vraie grandeur l'horreur de la guerre. Lucius la tient contre lui et la console comme il peut, témoin lui aussi de la terrible défaite. À n'en pas douter, le destin de Manius est relégué au passé, les dieux ont décidé de son sort et Julia ne le verra probablement plus.

Que va-t-il se passer maintenant ? Un grand nettoyage va sûrement être opéré par Néron et tous ses opposants vont être massacrés sans la moindre pitié. Ils ne doivent pas rester ici, leur avenir en dépend lourdement.

— Viens Julia, partons pendant qu'il en est encore temps.

— Je veux retrouver Manius, il n'est peut-être pas mort, juste blessé quelque part et nous pouvons le sauver.

— Faire cela n'est pas sans risque, nous sommes du côté des vaincus et notre sort dépendra uniquement de la bonne volonté de ceux que nous allons rencontrer ici.

— Tes dieux n'ont-ils pas un plus grand pouvoir que celui des hommes ?

Lucius se laisse convaincre, Julia ne lui apparaît plus comme la petite fille de Glanum et sa détermination l'impressionne.

— Comme tu veux Julia, cherchons ensemble ton ami Manius.

— Manius est un officier, il a donc une cuirasse comme la tienne, qui brille au soleil, c'est un repère important.

Après deux bonnes heures de recherches infructueuses, ils sont accostés par des soldats de Verginius.

— Hé ! vous deux, que faites-vous ici ?

— Nous cherchons un mort ou un blessé qui était dans le groupe des officiers de Vindex.

— Ah oui ? Suivez-nous sans faire d'histoire.

Cette fois Julia et Lucius sont prisonniers, il est impossible pour eux de fuir et toute lutte est inutile, ils doivent donc se résoudre à suivre les légionnaires. Rapidement conduit sous la tente de Verginius, ce dernier les reçoit eux aussi avec courtoisie. C'est maintenant que la bonne volonté du vainqueur et la puissance des dieux peuvent se manifester.

— Salut à toi ! Qui est tu ?

— Je me nomme Lucius Galerius Minor, frère du consul Publius Galerius Trachalus, je te présente mon épouse, Julia Cornelia Sulla Pulchra.

— Je suis Verginius Rufus, commandant de cette légion et vainqueur en ce glorieux jour. Que faites-vous ici ?

— Nous cherchons un ami, Manius Juventius Secundus, officier près de Julius Vindex.

— Vous venez chercher votre ami ici, en territoire ennemi, n'est-ce pas suicidaire ?

— Nous ne sommes pas directement concernés par cet engagement, et mon épouse a insisté, qu'aurais-tu fait à ma place ?

— Lucius a raison général, j'ai vivement insisté, c'est vrai, mais nous ne sommes pas venus ici pour te faire la guerre, simplement pour retrouver un ami d'enfance et tenter de le dissuader de prendre part au combat. Nous sommes arrivés trop tard, mais il n'est peut-être pas mort. Devant ce désastre pour Julius Vindex, je me suis dit qu'un homme de ta valeur ne saurait s'en prendre à un couple qui a déjà tout perdu, nous ne présentons aucun danger pour toi. Ai-je eu tort ?

— Hum… non… Julius Vindex a réussi à fuir avec certains de ses officiers, vous pourrez les trouver non loin d'ici.

— Tu connais la retraite de Vindex et tu le laisses en paix, dit Lucius étonné, j'ai du mal à comprendre.

— Julius Vindex est un ami de longue date et je ne tiens pas à le faire mourir, je crois qu'il sait ce qu'il doit faire.

— Peux-tu être plus précis ?

— Deux légionnaires vont vous conduire, cet endroit n'est pas fait pour une si jeune femme. Partez maintenant.

— Salut à toi noble Verginius, je te remercie pour mon épouse et ton nom va rester dans ma mémoire comme celui d'un homme d'honneur.

— Ave Lucius Galerius, partez sans tarder.

Sortis de la tente, Julia et Lucius suivent deux légionnaires qui en effet, les conduisent non loin de leur campement. L'un d'eux désigne de la main un camp de fortune et les informe que là se trouve la dernière retraite de Julius Vindex. Les soldats font demi-tour et les abandonnent sans un mot de plus.

— Bien, alors allons-y, es-tu prête Julia ?

— Oui, j'ai peur de ce qui nous attend encore, mais j'ai confiance en toi.

Il ne leur faut que peu de temps pour parvenir au campement de Vindex, personne n'en garde l'entrée. Des soldats vont et viennent sans leur prêter attention, cherchant à porter secours aux nombreux blessés qui gisent partout à même le sol. Lucius s'adresse à l'un d'entre eux qui passe devant lui.

— Peux-tu me dire si un officier nommé Manius Juventius se trouve ici ?

— Sous cette tente il y a pas mal d'officiers blessés, vas voir si ton homme s'y trouve, moi je ne le connais pas.

Lucius entre sous la tente, Julia reste dehors, horrifiée par tout ce qu'elle peut voir autour d'elle et qui la paralyse.

— Manius Juventius est-il ici ?

Des regards se tournent vers Lucius, curieux de cette question. Après un instant, un homme lui répond sans enthousiasme.

— Sur la civière là-bas, c'est l'homme que tu cherches.

Lucius s'approche de celui qui vient de lui être montré comme étant Manius, mais il ne peut le reconnaître par lui-même car ne l'ayant jamais vu. L'homme, gravement touché au ventre semble avoir le regard vide, il ne voit pas Lucius qui se penche vers lui.

— Es-tu Manius Juventius ?

L'homme sur la civière bouge seulement les yeux à l'écoute de son nom.

— Oui, qui es-tu ? arrive-t-il tout de même à demander.

— Je suis Lucius Galerius, je viens de Rome et j'ai une visite pour toi.

Lucius sort de la tente et s'approche de Julia qui n'a pas fait un mouvement depuis son arrivée.

— Viens Julia, Manius est sous cette tente ; mais il est en mauvais état à cause d'une blessure au ventre et vit sûrement ses derniers instants.

Ensemble ils entrent sous la tente et Lucius dirige Julia vers la couche de Manius. Julia s'agenouille près de lui et caresse son visage avec douceur. Cette main de femme sort immédiatement Manius de ses songes et il la regarde avec un air d'étonnement.

— Julia ? Mais que fais-tu ici ? Comment est-ce possible ?

— Oui, c'est moi ta petite Julia, je vais te soigner et t'emmener chez nous.

— C'est inutile, je ne sortirai d'ici que les pieds devant.

— Non, c'est pas vrai, je vais bien m'occuper de toi.

— Approche ton visage Julia, laisse-moi une fois encore sentir le doux parfum de ta peau.

Julia lui offre sa joue pour qu'il puisse l'embrasser, puis, tournant son visage elle embrasse avec douceur ses lèvres asséchées.

— Je ne pouvais rêver mort plus douce que celle qui m'emporte avec le souvenir de tes lèvres, les dieux m'attendent et je ne peux les décevoir.

— Tu délires Manius, je vais te soigner.

Un léger sourire se dessine sur les lèvres de Manius alors que son dernier souffle le quitte sans bruit. Son regard devenu fixe ne trompe pas Julia qui le prend par le cou et se blottit contre lui, perdant toutes les larmes de son corps. Lucius observe en silence, respectueux de ce terrible moment qu'elle vit devant lui. Un si long voyage pour un si court instant de bonheur, Manius l'attendait sans doute pour quitter la terre des hommes et retrouver ses amis aux Champs Élysée, là où est maintenant sa place.

— Viens Julia, il faut le laisser accomplir la fin de son voyage parmi nous, tu ne peux plus rien pour lui.

Julia accepte difficilement de lâcher Manius, mais cède à la douceur de Lucius qui l'aide à se lever et la prend contre lui. Lucius sort de sa bourse une pièce en or et lui offre pour son ami Manius.

— Julia, prends et place cette pièce entre ses lèvres pour payer son passage sur le Styx.

Regardant Lucius avec ses yeux rougis, Julia accepte la belle pièce et la dépose délicatement entre les lèvres de Manius, non sans les avoir d'abord embrassées une dernière fois pour en recueillir le dernier souffle. Bien qu'elle ne soit pas familière des coutumes proprement romaines, elle n'ignore rien de celle-ci, pour elle tout doit être fait pour le repos éternel de Manius. En elle, les souvenirs encore frais de ses rendez-vous à la source sacrée lui reviennent à l'esprit, dans les bras de Manius elle sent ses mains curieuses sur sa jeune poitrine, ses lèvres chaudes dans son cou. La dure réalité s'impose pourtant, les mains de Manius sont maintenant inertes, ses lèvres deviennent froides et blanches, sa vie s'en est allée, la laissant là avec Lucius son protecteur.

Lucius a sûrement raison de lui dire que les dieux sont à l'origine de tout, sinon pourquoi serait-il venu à Glanum juste le bon jour, et pourquoi a-t-elle choisi de fuir les gardes et de plonger dans cette cave où il l'attendait déjà ? Oui, Lucius a raison de penser ainsi, par la divine volonté de Vénus, elle sera son épouse devant les dieux et les hommes.

*

Dehors, un bûcher en flamme emporte déjà le corps de

Julius Vindex qui, pour assumer sa défaite, a choisi de se donner la mort par le suicide. D'autres corps s'entassent sur un grand bûcher qui les emportera tous ensemble, avec Manius Juventius.

— Quittons cet endroit qui n'est pas fait pour une femme.

Sans répondre, Julia s'accroche à Lucius et se laisse conduire là où il veut, peu importe, maintenant qu'elle a vu l'horreur, tout lieu est sûrement plus sain que cet endroit maudit des dieux.

— Nous devons faire demi-tour, mais sans repasser par Lugdunum, là-bas nous serions vite repérés et massacrés.

— Qu'est-ce que cela change pour nous ? Crois-tu que nous ayons encore un futur ?

— Naturellement Julia, les dieux n'ont pas voulu de nos vies, ils nous réservent donc un avenir.

— Quel avenir ? Nous allons être des fugitifs partout où nous irons, aucun endroit n'est fait pour nous.

— Tu as tort de parler comme ça, nous sommes par leur volonté un couple qui existe aujourd'hui, et demain encore pour clamer leur puissance. Viens avec moi à Rome, là-bas la gloire nous attend.

— Hé bien qu'elle attende ! je vais te suivre parce que je tiens à toi, mais j'ai vraiment envie de mourir ici.

— Non Julia, tu ne vas pas mourir, ici où ailleurs ; tu vas être la mère de mes enfants, Vénus en a décidé ainsi et nous ne pouvons lui opposer aucune résistance.

— Alors je serai la mère de tes enfants, mais crois-tu que l'empereur nous laissera les voir grandir ? Et seulement même exister ?

— Ah ! L'empereur. Oublie cet histrion dont les jours sont déjà comptés, Hadès va lui ouvrir toutes grandes les portes de son enfer et le jeter dans son feu purificateur.

Après une longue marche en silence, ils trouvent enfin un endroit pour faire une halte ; consommant quelques aliments séchés ils s'abritent sous d'épais fourrés, les mules restant à côté d'eux.

Parce qu'ils ont côtoyé, vu et senti la mort, Vénus déchaîne en eux une passion effrénée qui les conduit au sommet de l'Olympe ; allongé sur Julia le puissant Lucius laisse couler la sève de la vie en la serrant à l'étouffer. De là, ils s'arment pour l'avenir, rien maintenant ne saura les séparer, pas même la mort qu'ils affronteront ensemble.

— Nous allons faire le chemin inverse, mais nous ne devons pas nous arrêter dans les mêmes endroits que pour notre voyage aller.

— Pourquoi dis-tu cela Lucius, on évite Lugdunum comme tu l'as dit, mais pour le reste nous avons toujours été bien reçus.

— Oui, bien reçus, ils peuvent penser que nous sommes allés mourir avec les hommes de Vindex, mais nous revoir indiquerait que maintenant, nous fuyons le désastre.

— Et alors ?

— Alors les espions du prince sont partout, même à Glanum ils sont venus, tu en sais quelque chose, non ?

— Ah oui ! Je ne suis pas prête à oublier ces gens-là.

— Eux non plus ne vont pas nous oublier si nous croisons leur chemin, il vaut mieux les éviter.

— Ils ne nous connaissent pas quand même, je crois que tu exagères Lucius.

— Non Julia, je n'exagère pas, pour quelques sesterces nous pouvons être dénoncés par des gens sans scrupule qui nous reconnaîtraient, il suffit d'un seul.

— Tu as sans doute raison, moi je ne pense pas ces choses-là, je crois toujours que les gens sont gentils.

— Ils le sont pour la plupart, mais il suffit d'un seul.

— Eh oui, un seul.

La tendre Julia ne saura sûrement jamais se faire à l'idée qu'il puisse exister de mauvaises gens. À Glanum, hommes et femmes se connaissent et se respectent, faisant souvent fi de leur différence sociale. Bien sûr, les riches maîtres sont différents de leurs esclaves, mais souvent des liens se créent entre eux.

À leur première étape, Julia et Lucius changent leurs deux mules et achètent des chevaux, bien plus rapides ; ils doivent rentrer au plus vite à Glanum car traîner sur les routes présente de plus en plus de risques. Il leur faut quand même parcourir environ trois cent mille[56], dix à douze jours seront nécessaires pour ce parcours.

*

* *

---

56 Environ 450 km pour aller jusqu'à Glanum.

Le retour

Depuis le commencement de l'insurrection gauloise, Néron avait formé quantité de projets parmi les plus sordides, tous en ligne directe avec son caractère : faire envoyer des successeurs et des assassins aux gouverneurs des provinces et aux chefs des armées. À ses yeux, tous des conspirateurs qu'il veut faire massacrer, ainsi que tous les exilés, où qu'ils se cachent, et tous les Gaulois qui vivent à Rome. Les premiers, pour les empêcher de se joindre aux révoltés, les autres, comme étant les complices et les partisans de leur révolte.

Heureusement, la tâche lui paraît impossible à réaliser tant les gens sont nombreux. Le sénat est consterné, Néron a non seulement tous les pouvoirs, mais il s'arroge celui de consul unique, ce qui revient à éliminer toute contestation et tout contre-pouvoir du sénat, du moins pour le peu qui lui restait encore.

Les consuls Tiberius Catius Italicus et Publius Galerius Trachalus – le frère de Lucius –, maintenant déchus de leurs droits n'ont plus un mot à dire, de nouveau des hommes ordinaires, leur vie ne tient qu'à la volonté de Néron qui pour l'instant semble les ignorer. Plus de consuls, plus de tribuns, plus de sénat, Néron règne en dictateur, ne partageant son pouvoir qu'avec sa folie.

À ses yeux, comme autrefois le grand Jules César, Néron pense qu'il faut un seul maître pour régner sur l'empire et pour soumettre les gaules. Il annonce donc son intention de mener lui-même la guerre contre les révoltés qu'il croit de toute façon déjà perdus.

Après un repas du soir copieusement arrosé, il prend appui sur les épaules de ses intimes et déclare ainsi ses intentions.

— Dès que j'aurai touché de sol de la province je me présenterai sans armes aux yeux des soldats et me contenterai de verser des pleurs ; alors les révoltés seront pris de repentir et le lendemain, plein de joie, au milieu de l'allégresse générale, je chanterai un hymne de victoire, qu'il me faut composer dès maintenant.[57]

Les jours suivants, Néron prépare son expédition en Gaule. Tout d'abord, il choisit des voitures pour transporter le plus important, ses instruments de musique, ensuite, il fait tondre à la manière des hommes ses concubines qu'il veut emmener et les fait armer comme des amazones, avec des haches et des boucliers.

Bien sûr, qui douterait un instant que quelques femmes déguisées en guerrières, un peu de musique et un histrion qui faisantt pantomime, et voilà nos ancêtres gaulois convaincus de céder. À l'évidence Néron n'est plus dans le monde des hommes, son esprit égaré cherche une impossible issue.

Parvenue jusqu'à Rome, la nouvelle de la défaite de Julius Vindex est accueillie par Néron avec enthou-

---

57 Paroles de Néron rapportées par Suétone – vie des douze Césars.

siasme. Sans jamais avoir renoncé à ses habitudes de luxe et de paresse, c'est lors d'un fabuleux festin qu'il en est informé. Alors il se met à chanter des airs joyeux, à danser aussi en mimant des gestes à l'encontre des chefs de la révolte, qui pour lui est déjà une affaire entérinée.

— Ah… mes amis, qui peut encore douter de ma divinité puisque juste à préparer la guerre, je l'ai déjà gagnée.

— Oui César, mais en Espagne il reste Galba et ton ami Othon, maintenant son allié.

— Qui me parle de ces vieillards, je vais penser à leur faire la guerre et comme pour Vindex la victoire va m'être accordée sans verser le sang de mes bons et fidèles soldats.

— Tu as raison César, chante-nous une de tes chansons guerrières qui va anéantir tes ennemis.

— Qui ose donc douter de mon succès ?

— Personne grand César, contre Vindex tu viens de faire la démonstration que les volontés des dieux se fondent avec tes pensées, aucun sénateur n'a le moindre doute.

— Les doutes sont graves et néfastes, si l'un de vous en a envers ma divine personne, je le fais mourir sur le champ afin qu'il ne pourrisse pas mes volontés.

Le sujet est abandonné, puisque le doute n'est pas permis, mais Néron oublie un peu vite que pour vaincre Vindex il a fallu verser beaucoup de sang, et que pour Galba et son armée, quelques notes de musique n'y suffiront pas. L'armée d'Espagne n'est pas constituée de nouvelles recrues sans expérience. Elle est faite d'hommes entraînés, des vétérans et des soldats d'active, tous de vrais combattants.

Julius Vindex a sûrement été précipité à la guerre par l'arrivée rapide des légions du nord, sans qui, après sa jonction avec l'armée d'Espagne la victoire était inévitable. Mais Galba est un homme âgé qui a beaucoup fait la guerre, avec ses hommes il a remporté de nombreuses victoires en Espagne, en Gaule et contre les Germains aussi. Connu pour la dureté de son caractère et pour sa cruauté, il l'est également pour ses qualités militaires que Néron a tort de prendre à la légère.

*

a. d. XII Kalendas Junius DCCCXXI[58]

De leur côté, Lucius et Julia ont forcé l'allure, ils arrivent à Glanum en seulement douze jours, un vrai record de vitesse pour un couple qui voyage en civil. Pour l'instant, il leur faut attendre la nuit avant de prétendre pénétrer dans la ville, rien ne laisse présager de l'accueil qui leur sera réservé, alors ils doivent rester prudents. L'autre avec sa face de rat, Albus Pictor, est peut-être reparti, mais ce n'est pas sûr, ce genre de personnage a une fâcheuse tendance à s'accrocher comme un morpion et ne plus lâcher l'affaire sur laquelle il est, aussi futile soit-elle.

Cinq heures sont passées, une interminable attente pour Julia qui pense sans arrêt à ses pauvres parents, sûrement fort inquiets de sa longue absence. Quand le soleil décline et que les ombres s'allongent sur le sol, enfin le moment approche, ce moment tant attendu par eux deux.

— Julia, je crois que l'on peut avancer doucement, sans faire de bruit.

— Oui, je suis impatiente de retrouver les miens.

— Suis-moi, reste derrière sans bruit.

— Je suis habituée, derrière, sans bruit, sans parler, toujours la plus absente possible. Quand serai-je une femme à tes yeux ?

— À mes yeux tu es sans conteste une femme aux plus nobles qualités, mais pour nos ennemis, je préfère que tu

---

58 Le 21 mai 68, an 821 de Rome.

restes transparente, que pour eux tu sois simplement invisible.

— Pour cette fois encore tu as raison, je te suis en silence.

Tenant chacun leur cheval par la bride, ils vont jusqu'à l'entrée de Glanum et attachent les deux montures au tronc solide d'un olivier, le bruit des sabots sur les dalles de pierre serait un avertissement dangereux de leur présence. C'est dans le plus grand silence qu'ils pénètrent dans la ville, par la porte nord, celle-là même qui les a vu s'enfuir. Arrivés devant la porte de Decimus Curtius, Lucius frappe discrètement sur le bois durci qui ne fait que transmettre son appel, sans paraître lui même concerné.

L'attente se fait bien longue, peut-être une minute, mais qui semble durer une heure entière, quand la porte s'entrouvre enfin. Le nez pincé d'un esclave fait son apparition, accompagné de chaque côté par des yeux grands ouverts par l'étonnement et en-dessous, par une bouche qui ose à peine parler.

— Qui êtes-vous ? Ici tout le monde dort, revenez demain, mon maître pourra vous recevoir.

— Si tu ne veux pas mourir avant demain, je te conseille d'aller le prévenir du retour de Julia et de Lucius ; mais laisse-nous d'abords entrer.

— Je ne sais si je dois.

— Oui tu dois, je te le dis !

Lucius force le passage en tenant Julia par la main pour la faire entrer aussi vite que possible.

— Bon, entrez mais ne faites pas de bruit.

Dans l'atrium, Julia et Lucius se sentent soudain comme chez eux, comme s'ils étaient enfin à l'abri. Leurs deux chevaux restés attachés non loin d'ici ne peuvent trahir leur présence. Plusieurs minutes qui semblent elles aussi durer des heures finissent enfin par céder la place à un Decimus joyeux qui se dirige vers eux les bras tendus.

— Par tous les dieux ! mes enfants, vous êtes donc encore en vie ?

Par pure galanterie il prend d'abords Julia dans ses bras et la serre amicalement contre lui ; avec une force qui montre sa joie non feinte.

— Ma petite fille, tu es donc vivante, nous avons bien cru à votre mort à tous les deux.

— Grâce à Lucius je suis encore de ce monde, mais parfois la situation était très tendue, je lui dois vraiment mon salut.

Sur les pas de Decimus, c'est Popina qui les rejoint, Julia quitte les bras virils de Decimus et se love dans ceux bien plus tendres de Popina qui l'embrasse avec beaucoup de tendresse.

Alors que les deux hommes se serrent une vigoureuse poignée de main, Julia, couverte par de doux baisers laisse couler de chaudes larmes. C'est maintenant Sabina qui rapplique, porteuse d'un large sourire à la vue de Julia.

— Oh ! Sabina, je suis heureuse de te revoir enfin, si tu savais mon incroyable aventure… Je te raconterai tout plus tard.

— Moi aussi Maîtresse, je suis très heureuse de ton retour.

— As-tu déjà oublié mon nom ?

— Heu… non Julia, bien sûr que non.

— Bien, dit soudain Decimus, c'est parfait, avez-vous des mules avec vous ?

— Nous avons des chevaux attachés avant la porte nord de la ville.

— Je vais envoyer deux esclaves pour les ramener dans notre écurie, mais vous… venez par ici, vers cette lumière afin que je puisse vous admirer.

— Decimus, nous ne sommes que des voyageurs, que veux-tu admirer ?

— Des voyageurs qui reviennent de loin, je suis impatient de connaître le récit de cette aventure.

— C'est vrai que tu peux parler d'une aventure, nous avons vraiment vécu de terribles moments.

— Vous avez retrouvé Manius ?

— Oui, mais trop tard, juste le temps de lui dire adieu et qu'il voie Julia une dernière fois. Je crois qu'il devait l'attendre car il est mort dans ses bras, juste après notre arrivée.

— Quelle tristesse… mais vous êtes là, il faut penser à votre sécurité.

— Crois-tu Decimus, que nous risquons pour notre sécurité à rester à Glanum ?

— Je ne le sais pas, mais la nouvelle de la défaite de Vindex est déjà passée par ici, et sûrement que Rome est déjà avertie elle aussi. L'affreux Titus Albus est encore à traîner dans la ville, mais avec des renforts venus d'Arelate. J'en suis sûr, la défaite de Julius Vindex va mettre du baume au cœur de tous ces chiens de l'empire.

— Cette défaite est un terrible coup porté à la révolte contre César, il va devenir encore plus fou.

— Tout n'est pas encore dit Lucius, en Espagne Galba a de fortes troupes et a fait sécession de l'empereur ; de plus, le sénat est en rupture total avec Néron depuis qu'il a supprimé les deux consuls.

— Quoi ? il a fait supprimer les consuls de Rome ?

— Calme-toi, ils ne sont pas morts, seulement destitués de leur fonction.

— L'un d'eux est mon frère, s'il a perdu ses pouvoirs consulaires sa vie est en grand danger, je ne peux rester ici plus longtemps, il faut que je retourne à Rome.

À ces mots, Julia s'accroche au bras de Lucius.

— Si tu pars je vais avec toi.

— C'est trop dangereux.

— Rappelle-toi Lucius, tu ne peux abandonner la mère de tes enfants.

— Mes petits, je n'y comprends rien, mais que veut dire Julia, par la mère de tes enfants ?

— Nous sommes mariés, devant les dieux avant de l'être devant les hommes.

— Julia, tu dois voir tes parents avant de repartir, je vais m'en occuper, mais avant tout il faut vous reposer dans ma maison.

— Tu nous invites encore dans ta cave ?

— Non Julia, pas cette fois, je vais faire préparer un cubiculum pour vous deux et faire rentrer vos chevaux dans ma cour.

Alors qu'une chambre à deux lits est préparée pour Julia et Lucius, deux esclaves sortent pour ramener les montures des voyageurs. Ils n'ont pas de peine à les trouver, entourant les sabots des bêtes avec des tissus garnis de paille et attachés avec de la corde, pour atténuer le bruit de leurs pas, c'est en grand silence qu'ils les font entrer dans la demeure de Decimus. Derrière eux, seule une ombre discrète suit la scène sans rien manquer de ce qui se passe ici.

Le reste de la nuit s'écoule sans autres mouvements, la ville est endormie jusqu'au premier chant du coq. Les esclaves sont les premiers à l'œuvre pour préparer la levée de leurs maîtres.

Decimus se prépare comme chaque matin, ni plus tôt, ni plus tard, rien dans sa conduite indique le moindre changement à ses habitudes. Julia et Lucius le rejoignent pour prendre une collation du matin.

— Vous êtes déjà debout, alors venez vous asseoir près de moi et partageons un peu de ce pain et de ce fromage frais ; j'espère n'avoir pas fait trop de bruit.

— Salut à toi Decimus, merci pour ton invitation. Julia et moi sommes habitués depuis longtemps à nous lever au début du jour, tu n'as rien à craindre pour le bruit car nous ne t'avons pas entendu.

— C'est parfait, après j'irai chez Sextus Cornelius pour lui annoncer que sa fille est de retour saine et sauve ; mais il faudra rapidement trouver un autre endroit pour vous loger.

— Pourquoi dis-tu cela, tu crois toujours qu'ici notre sécurité est menacée ?

— Oui, bien sûr, Titus Albus Pictor ne lâche rien à son affaire, il est convaincu que le meurtrier de son collègue est à Glanum.

— Depuis le temps, il est tenace.

— Tenace, vicieux et méchant, un homme dont il vaut mieux éviter de croiser le chemin.

— Oui, eh bien si je le croise, je lui fais goûter la lame de mon glaive.

— Tu nous mettrais dans une mauvaise situation Lucius.

— Rassure-toi, demain je pars pour Rome. Si mon frère a été démis de sa fonction de consul notre famille est en danger, il est de mon devoir d'être sur place.

— Moi aussi ! N'oublie pas que je pars avec toi à Rome, il est hors de question que je reste seule ici avec cet affreux bourreau de Titus Albus.

— Tu vois Decimus, je crois moi aussi que Julia a raison, nous devons partir avant de créer trop d'ennuis aux gens d'ici ; et puis nous sommes maintenant habitués à voyager ensemble.

— Demain vous embarquerez à Arelate sur l'un de mes bateaux, dans moins d'une semaine vous serez à Rome.

— Julia, tu me quittes donc encore ?

— Oui Sabina, il le faut, mais je reviendrai bientôt, sois patiente et prie les dieux afin qu'ils me viennent en aide.

Comme chaque matin Decimus se rend au forum, il y croise ses amis et entretient la conversation avec chacun d'eux. Titus Albus vient à sa rencontre et lui parle sans même se présenter aux autres.

— Ave Decimus ! As-tu passé une bonne nuit ?

— Ave ! Titus, oui bien sûr, pourquoi ta question ?

— Comme ça, juste pour savoir.

— Hé bien tu le sais, j'ai passé une bonne nuit.

— Parfois on a des visites que l'on n'attend pas, elles peuvent troubler le sommeil.

— À part dans les rêves, je ne vois pas de quoi tu parles.

— Oh ! rien, c'est juste pour dire.

— Bon, il faut que j'aille voir Sextus Cornelius, j'ai à lui passer commande.

— N'est-ce pas le père de la fille qui est recherchée ?

— Sa fille Julia ? Si elle vit encore elle doit être loin d'ici.

— Hum… ave Decimus.

Titus Albus s'éloigne tranquillement, laissant derrière lui un Decimus qui se demande bien comment interpréter tout ce qu'il vient d'entendre. Titus semble savoir des choses, comme s'il était déjà au courant de la présence de Julia et de Lucius chez lui. Decimus doit voir Sextus Cornelius pour lui donner des nouvelles, puis prévenir Lucius au plus vite.

Quittant le forum, Decimus suit la rue en direction du sud de la ville, passant devant les deux temples il ne peut s'empêcher de prier les dieux pour qu'ils lui viennent en aide ; puis il atteint rapidement le rempart, passe la porte piétonne et se dirige vers les fumoirs à vin.

Comme prévu, Sextus Cornelius est présent, donnant ses directives aux esclaves pour cette nouvelle journée, quand il voit Decimus venir à lui avec un air sombre.

— Ave Decimus, as-tu passé une si mauvaise nuit que tu paraisses encore fatigué de la veille ?

— J'ai comme tu le dis, passé une mauvaise nuit, mais j'ai besoin de bon vin pour m'en remettre.

— Je vais t'en faire livrer.

— Non, viens toi-même assurer la bonne livraison de la marchandise.

— Si tu y tiens je vais venir, as-tu des reproches à faire à mes esclaves ?

— Pas du tout, viens avec eux, mais viens dans une heure, tout au plus. Et puis ton épouse Falturnia serait aussi la bienvenue, on la voit si rarement.

—De si bonne heure, avec ma femme ? Comme tu veux Decimus, nous serons là.

— Je t'expliquerai.

—Alors à tout à l'heure.

— Ave Sextus.

— Ave Decimus.

Sextus ne sait quoi penser de cet entretien avec son ami Decimus, lui ordinairement si bavard paraît aujourd'hui bien pressé. Il est avant tout commerçant, alors

217

avant le délai d'une heure il sera chez Decimus, avec deux belles amphores de vin, fumé pour sa conservation, et parfumé au miel de lavande pour en améliorer son goût, un vrai délice. Son épouse sera là elle aussi puisque Decimus le demande, mais que veut-il à Falturnia ?

En cette fin de mois de mai, c'est sous un soleil de plomb que Sextus frappe à la porte de Decimus ; un esclave l'ouvre et les invite à entrer, lui et son épouse Falturnia.

— Viens Sextus, mon maître vous attend dans l'atrium, je m'occupe des amphores de vin.

Sextus pénètre dans la maison qu'il connaît fort bien, suivit par Falturnia, il entre dans l'atrium et reste figé par la surprise mêlée à l'émotion. Sa petite fille Julia est là, juste devant lui et lui tend les bras. Les retrouvailles sont des plus émouvantes, Sextus laisse perler quelques larmes de joie alors que Julia laisse son corps se vider de toutes ses larmes.

— Ma petite chérie, mais que fais-tu ici ? je te croyais perdue à jamais.

— Non, Lucius m'a bien protégée, il s'est parfaitement occupé de moi.

Sextus dévisage Lucius qu'il ne connaît pas, puis lui tend une main virile pour le remercier, alors que Julia fond dans les bras de sa mère.

— Salut à toi Lucius, je te remercie pour ma fille, demande-moi ce que tu veux et je te l'accorde.

— C'est elle que je veux.

— Comment ça, elle ? tu veux ma fille ?

— Oui, comme épouse.

218

— Et toi Julia, qu'en dis-tu ?

— Je n'attends que ton accord père, j'aime Lucius et je veux être la mère de ses enfants.

— Alors tu parles d'une surprise, nous allons faire la fête.

— Je crains que non mon bon Sextus, ici, dans ma propre demeure, Julia et Lucius sont en danger, ils doivent partir au plus vite.

— C'est de la folie, ils ne vont pas repartir maintenant.

— C'est de rester qui serait une folie, Decimus a raison. Si j'ai ton approbation je te jure bien de continuer à veiller sur ta fille, ma vie en échange de la sienne.

— Oui, bon, mais vous allez bien rester encore quelques jours ?

— Il nous faut partir aujourd'hui.

— De quoi avez-vous besoin ?

— Un bon bain, des vêtements propres et du change pour Julia, un peu d'argent aussi et… c'est tout.

Le bain n'est pas un problème dans cette belle maison qui possède son balneum privé, une jeune femme s'occupe de Lucius, Sabina lave Julia, puis ils les oignent d'huile parfumée ; ensuite Julia est habillée avec des vêtements donnés par Popina, les siens sont jetés pour les esclaves qui en feront bon profit après les avoir lavés.

Dans le début de l'après-midi, alors que tous sont à la sieste, Julia et Lucius récupèrent leurs deux montures et partent en direction d'Arelate. Falturnia embrasse chaleureusement son enfant, puis Lucius également, comme si elle le connaissait depuis son enfance.

— Lucius, je te confie ma fille, prends en grand soin et ramène la vivante avant que les dieux ne me rappellent à eux.

— Sois sans crainte Falturnia, ta fille est entre de bonnes mains.

— Mon garçon, dit Sextus, je veux bien croire que notre fille soit entre de bonnes mains, mais c'est sa vie que tu tiens entre tes doigts, pas seulement ses petits tétons roses.

Évidement que Sextus est moins élégant que sa femme Falturnia, mais Lucius a parfaitement compris le message.

— Rassure-toi bien Sextus, s'il le faut je donnerais ma vie pour Julia et, si elle doit quitter cette terre, je serai avec elle, ensemble nous gravirons l'Ida pour atteindre l'Olympe des éternels.

— Alors mes enfants, tout est dit, partez pendant qu'il est encore temps pour vous de le faire.

Après que les bêtes aient été chargées et que les dernières larmes aient enfin fini de couler, une fois encore Lucius et Julia quittent Glanum, en toute discrétion. Passant par l'arrière de la maison, ils font un large détour afin que personne de Glanum ne puisse les observer, Julia, fille de cette ville, connaît parfaitement bien tous ces chemins de travers rarement empruntés.

Viendra-t-il ce jour béni des dieux où ils pourront aller librement dans Glanum ? Remonter la rue principale jusqu'aux temples, prier les dieux pour leurs bontés, puis, leur faisant face, pénétrer l'enceinte du forum pour y voir les marchands et discuter simplement avec les uns et les autres, sans craindre une funeste arrestation ?

220

La distance est courte jusqu'à Arelate, environ seize milles[59], quatre heures suffiront pour y parvenir. Là, l'esclave qui les accompagne pourra vendre les chevaux et ainsi effacer toutes traces de leur passage.

Arelate est une très grande cité située sur les bords du Rhône, elle a un accès direct à la mer, mais avec une certaine distance de la côte. Sa situation est comparable à celle de Rome, pour qui la mer est proche mais que l'on rejoint en empruntant le Tibre. Cette disposition permet aux deux villes d'être tout à la fois liées à la Méditerranée sans risquer un débarquement direct venant de la mer. En remontant le Rhône, Arelate a aussi un accès avec l'intérieur du pays, véritable passage obligé pour toutes marchandises en transit.

Le voyage commence dans le silence, l'un et l'autre ayant l'impression de revivre un nouveau départ vers l'inconnu. À peine sont-ils de retour qu'ils doivent déjà fuir, mais c'est surtout Julia qui est la plus marquée par cette précipitation, laissant une fois encore ses parents derrière elle. Les chevaux avancent tranquillement, tandis que l'esclave marche d'un pas assuré, habitué aux longues courses vers la ville.

Arrivés à Arelate, Julia et Lucius contournent le centre-ville. Évitant le forum et les rues trop fréquentées où ils pourraient se faire repérer, ils sont conduits sur la rive droite du fleuve. Un ingénieux pont est prévu à cet effet ; de chaque côté il y a un promontoire construit en dur, puis pour établir la jonction se trouve un pont de bois monté sur des bateaux. Grâce à cette architecture, la partie centrale est amovible pour laisser libre le passage

---

59 Soit approximativement 24 km.

aux bateaux qui montent le Rhône en direction du nord, ou bien qui redescendent vers la Méditerranée.

C'est là, sur la rive droite du fleuve que se trouvent les entrepôts de Decimus, ainsi que le bateau sur lequel ils doivent embarquer. Lucius présente un sauf-conduit signé de la main de Decimus et ils sont immédiatement montés à bord puis logés dans la cabine du capitaine, qui les reçoit amicalement.

— Je suis le capitaine de ce bateau, on m'appelle Servius et je sais qui vous êtes, restez ici afin que personne ne puisse vous voir ou deviner votre présence, il en va de notre sécurité à tous.

— Je suis Lucius et ma femme est Julia. Sois tranquille, nous restons enfermés, donne-nous de quoi manger et tu ne seras pas ennuyé.

— C'est mieux comme ça, il y a des espions partout et les moindres faits et gestes qui sortent du quotidien sont prétextes aux arrestations.

Une fois les deux passagers en sécurité sur le bateau de son maître, l'esclave a rapidement vendu les bêtes contre une bourse pleine qu'il remet à Lucius. Avec cet argent, il pourra parer aux dépenses imprévues dès leur accostage en terre d'Italie, le voyage étant pris en charge par Decimus. Ils appareillent le soir même, tout a été très vite et Julia entame une nouvelle aventure avec Lucius.

Le bateau est de grande taille, sa proue munie d'une étrave cintrée et qui remonte haut, est prête à affronter les vagues et à les fendre sur son passage. Le milieu ventru est chargé à ras bord de diverses marchandises toutes pour Rome. Les passagers sont à l'arrière dans une minuscule cabine, mais c'est déjà un luxe de pouvoir être isolé de l'équipage.

Ad X Kalendas Maius DCCCXXI[60]

Des esclaves détachent les cordes qui maintenaient le bateau à quai, pendant que d'autres hissent une large voile le long du seul grand mât, placé au milieu de l'embarcation. Un vent ferme et régulier le pousse en direction de la mer et, malgré son lourd chargement, c'est à bonne allure qu'il descend le courant du Rhône. Comptant mettre une bonne dizaine d'heures pour descendre le Rhône, le bateau atteindra la Méditerranée au lever du jour nouveau.

Julia et Lucius ont échappé au terrible Titus Albus, mais vers quel destin se rendent-ils si vite ? Ils viennent de parcourir un long voyage au nord de l'empire, et maintenant ils doivent encore affronter les fortes eaux salées pour se rendre à Rome. Quel destin les dieux ont-ils imaginé pour eux ? Quo vadis Julia ?

*

Pendant leur pérégrination vers Arelate, Glanum n'est pas non plus restée en manque pour l'aventure.

Des coups sont frappés avec force sur la porte de Decimus. L'air sûr de lui, Titus Albus est en présence de Caius Cato et de deux autres policiers. L'esclave au nez pincé et aux yeux grands ouverts les fait entrer dans l'atrium, puis court chercher son maître.

— Salut à toi Titus ! Tu ne peux plus te passer de me voir, que tu viens dès la fin de ma sieste, jusque dans ma

---

60 Le 23 mai 68, an 821 de Rome.

223

demeure pour fouiller, ou bien est-ce pour voir mon épouse Popina, que tu es ici ?

— Eh oui, comme tu le vois c'est encore moi. Mais rassure-toi, ta femme ne m'intéresse pas. Je viens avec Caius Cato chercher les étrangers qui sont cachés chez toi.

— Des étrangers dans ma maison ? Tu plaisantes j'espère, comment n'en serais-je pas déjà averti ?

— Je ne sais pas de quoi tu es averti ou non, mais moi je sais tout.

— Bon, alors cherche tes étrangers, si tu es persuadé qu'ils se cachent ici, mais tu me vois très surpris de tes affirmations.

Cette fois la fouille est minutieuse, jusque dans la cave et Popina n'a pas besoin de faire le spectacle pour troubler les recherches. Rien ni personne ne se cache dans la maison de Decimus, au grand dam de Titus qui sent la feinte, il est convaincu que l'on se moque de lui, il est trop bien renseigné pour faire une erreur. Dans tous les cas, il arrive trop tard et il ne peut rien prouver contre Decimus qui ne manque pas de marquer son agacement.

— Alors Cato ! Une fois encore tu viens fouiller ma maison pour ne rien trouver ? Je commence à penser que tu m'en veux toi aussi personnellement.

— Non, rassure-toi bien Decimus, je ne fais qu'obéir à Titus, sans lui je ne me permettrai pas une telle intrusion.

— Ah oui ? je veux bien te croire, mais tout de même, avoue comme c'est délicat pour moi. Dans cette ville je suis un élu que tes perquisitions mettent mal à l'aise.

— Je connais ta haute position dans notre cité, ton honnêteté aussi, mais je ne suis pas maître de cette enquête. Attention ! voilà Titus qui revient avec sa tête des mauvais jours.

— Je me moque bien de cet individu dont le pouvoir ne tient qu'à un fil.

— Décidément je ne comprends rien, je suis sûr que des étrangers sont venus se réfugier dans cette maison.

— Les as-tu trouvés mon bon Titus ?

— Malheureusement non, mais je vais continuer mes recherches. Sois en sûr, ils ne peuvent m'échapper.

— Que les dieux t'entendent. Si des gens de mauvaise foi sont dans notre cité il t'appartient en effet de les arrêter et de les punir comme il convient ; mais dans le cas contraire, tu auras mis en doute mon intégrité aux yeux de tous. Je suis un sénateur de Glanum, tes agissements envers moi sont très graves s'ils restent sans fondement. Sans avoir de conseils à te donner, je te convie tout de même à poursuivre tes recherches sans plus attendre, et surtout à trouver ces invisibles étrangers.

Le cinglant avertissement de Decimus est sans appel, Titus Albus ne peut manquer de prouver qu'il dit vrai, ou bien il a intérêt à vite se faire oublier. Après le départ des hommes, Decimus peut pousser un bon soupir de soulagement, il s'en est fallu de peu pour que ce soit une catastrophe. Il sait Julia et Lucius dans un de ses bateaux, prêts pour partir en Italie, mais il ne fallait vraiment pas perdre de temps. En y songeant il prend conscience qu'un traître les a dénoncés à Titus, il faut qu'il se méfie à l'avenir. À part à Titus lui-même, à qui il n'a rien dévoilé, Decimus n'a parlé qu'avec le père de Julia qui sans aucun doute, préférerait se faire crucifier plutôt que de nuire à sa fille ; qui peut donc savoir que Julia et Lucius sont passés ici ?

Si un traître est capable de savoir sur l'instant ce qui se passe chez lui, alors peut-être sait-il déjà pour l'embarquement du jeune couple ; il est grand temps de passer aux prières pour que les dieux les protègent dans leur nouvelle aventure.

*

Au début de ce premier jour de réelle navigation, la surface de la mer ondule doucement et le bateau suit docilement la côte, mais dans la cabine, les choses ne se passent pas si bien.

— Lucius… J'ai envie de vomir.

— En effet, tu es toute pâle, attends un peu, je reviens vite.

Lucius sort de la petite cabine et rejoint le capitaine pour lui faire part du malaise de Julia, il y a urgence.

— Servius, puis-je te parler ?

— Oui bien sûr, que veux-tu ?

— Ma femme Julia est mal en point, est-il possible de sortir, prendre l'air lui ferait du bien.

— Naturellement, allons la voir.

Servius se dirige d'un pas assuré vers sa cabine, suivi par Lucius qui cherche sont équilibre. Après avoir poussé la porte, Servius découvre Julia plus blanche qu'un paquet de farine.

— Oui, en effet... tu ne sembles pas au mieux de ta forme, accroche-toi à mon bras et viens respirer dehors. Je vous avais oublié, mais ici il n'y a pas de risque, tant que nous serons en mer vous pouvez aller et venir.

Servius se montre comme un homme aimable, poli et plutôt distingué pour un marin, il a passé un bras autour de la taille de Julia et la guide vers le bastingage du bateau. Lucius les suit sans rien dire, il n'est pas vraiment plus fier que sa compagne.

— Tu as juste ce que l'on appelle le mal de mer, même les marins ont parfois ce genre de trouble. C'est un peu de ma faute pour vous avoir laissé trop longtemps enfermé, mais cela va passer. Il faut regarder vers l'horizon, votre corps va s'habituer et comprendre les mouvements du bateau, après ça ira mieux. S'adressant à un matelot il lui dit.

— Hé ! toi, va chercher du pain et ramène-le à mes passagers.

— Je n'ai pas envie de manger, mon estomac tourne dans tous les sens.

— Tout se passe dans ta tête et crois-moi, il est préférable de manger, quand tu digères, ton estomac est occupé et il pense à autre chose.

— Tu crois vraiment ?

— Mais oui, tiens regarde, du pain frais, vous devez tous les deux manger maintenant.

Servius se muni d'un cordage lové contre le bastingage, puis il l'enroule sans le serrer autour de la taille de Julia.

— Pourquoi tu m'attaches ? je ne vais pas me sauver.

— Non tu ne vas pas te sauver, c'est vrai, mais si tu dois te pencher par-dessus bord pour te soulager, je ne tiens pas à te voir passer à la mer.

— Surtout que je ne sais pas nager et que toute cette eau noire me fait peur.

— Tu n'as aucune raison d'avoir peur, et si cela peut te rassurer, sache que rares sont les marins qui savent nager.

— Ah bon ? Et si un homme tombe dans l'eau, comment il fait ?

— Il se noie, comme toi ou n'importe qui d'autre. De toute façon il est impossible de récupérer un homme qui vient de tomber, à moins d'être vraiment là quand cela arrive et de lui jeter un filin assez long pour le remonter à bord.

— C'est horrible, pourquoi ne pas faire demi-tour et le repêcher ?

— Un bateau comme celui-ci ne peut faire demi-tour aussi facilement que tu le crois, il est très lourd et peu manœuvrant, le temps de retrouver l'homme, dans le cas où ce serait possible, il y a fort à parier qu'il soit déjà mort.

— Attache bien la corde Servius, je tiens à rester avec Lucius encore longtemps.

— Tu ne crains rien, mais on parle, on parle, tu manges ton pain… et ton mal de mer alors ?

— C'est fini ! je n'y pensais même plus.

— Tu vois, j'avais raison.

— C'est vrai, mais tu es le capitaine, ça doit y faire aussi.

— Tiens Lucius, viens donc tenir compagnie à ta charmante épouse, elle m'a amusé mais j'ai du travail.

Servius retourne à ses occupations et Lucius se serre contre Julia qu'il prend par la taille. Le temps est magnifique et permet d'admirer le paysage, la côte vue du large offre une vision rare, réservée aux seuls marins.

— Regarde Lucius, quels sont donc ces gros poissons qui sautent hors de l'eau ? Il y en a tout autour du bateau, tu crois qu'ils sont méchants ?

— Ce sont des dauphins, ils aiment suivre les bateaux pour faire la course, mais ils ne sont absolument pas dangereux pour nous.

— Je ne voudrais pas être dans l'eau avec ces bestioles qui me tournent autour.

— Justement, tu n'aurais rien à craindre car ils seraient là pour te protéger ou pour t'aider.

— Ha ? tu crois que je pourrais m'accrocher et qu'ils me conduiraient au bord ?

— Je ne sais pas, c'est possible.

— C'est beau la mer, elle me fait peur, mais c'est vraiment beau. Regarde là-bas ! C'est quoi tous ces animaux sur les rochers ? Certains semblent dormir, mais les autres poussent de drôles de cris.

— Ce sont des phoques, ils vivent toujours au bord et vont dans l'eau pour se nourrir.

— Quels animaux étranges, jamais je n'avais vu des bêtes comme eux.

— À Glanum c'est effectivement peu probable, mais en Méditerranée ils sont sur toutes les côtes.

— Ils sont méchants ?

— Non, pas du tout, tu peux passer vers eux ils vont simplement ignorer ta présence.

Chaque jour offre à Julia son moment de découverte, elle ne cesse de poser toutes sortes de questions sur ce qu'elle observe autour d'elle et le voyage en est d'autant plus court. Les marins pêchent et grillent sur place du poisson frais, une découverte culinaire pour Julia qui n'avait jamais goûté du poisson de mer de cette façon. Elle ne connaissait que le poisson séché ou salé, ainsi que le garum fabriqué avec le jus de poisson et réservé à l'assaisonnement.

Quand le capitaine a tiré ses premiers bords, elle a voulu savoir quelle était cette manœuvre peu ordinaire qui rallongeait la route. C'est Servius qui lui a expliqué non sans mal que c'était le seul moyen de remonter contre le vent, autre mystère pour elle qui croyait que le vent poussait toujours dans le bon sens, mais alors, comment faire demi-tour ?

*

* *

Julia à Rome

C'est à Pyrgi[61], sous un soleil resplendissant que le gros bateau accoste après neuf jours de voyage. La nuit tombée, Lucius quitte les quais en compagnie de Julia, le plus discrètement possible et se retrouve une fois encore chez son ami Marcus Acilius, à Caere. Ensemble ils pénètrent par un porche placé au centre d'un long et haut mur, lequel ceint complètement la villa Acilia.

À l'intérieur de l'enceinte, Julia découvre une très grande cour comportant de nombreux bâtiments de fermage, mais également de nombreux ateliers réunissant tous les corps de métiers utiles pour le travail aux champs, avec une forge pour fabriquer l'outillage et, grand luxe, une boulangerie privée avec son moulin à farine.

Au fond de la cour, faisant face au précédent, un autre porche donne l'accès à la cour privée des maîtres, séparée de la cour agricole par un mur moins haut que le mur extérieur. Dans le milieu de cette deuxième cour, une immense demeure entourée d'un auvent soutenu par des colonnes, finit d'impressionner Julia.

---

61 **Pyrgi**, ville portuaire Étrusque, puis romaine, sur la mer Tyrrhénienne, proche de la ville de Caere.

— Alors là Lucius, je n'en crois pas mes yeux, te rends-tu compte comme elle est grande ?

— Acilius possède de grandes terres agricoles, il est un homme riche et important au sénat.

— Tout de même, je ne pensais pas que cela pouvait exister, une si grande maison.

—Tu n'as pas encore vu, celle de ma famille, c'est une autre dimension.

— Ta famille est encore plus riche qu'ici ?

— Pas vraiment, mais nous possédons plus de terres, donc tout est plus important.

— Les esclaves doivent donc êtres nombreux chez toi, si tu dis que c'est encore plus grand.

— La familia Galeria compte plus de quatre mille personnes, c'est une grande demeure.

— Mais qu'est-ce que je fais ici moi ? Mon père à juste deux esclaves pour son fumoir à vin et ma mère une servante pour la maison, les tiens vont me ridiculiser, me prendre pour une moins que rien, à peine au-dessus de la condition d'esclaves.

— Ne dis pas de sottises, même si la hiérarchie est très stricte à Rome, les liens entre les couches de la société sont tout à fait possibles, et il n'est pas rare qu'un homme fortuné épouse une femme de condition inférieure, même une esclave.

— Ah tu te moques bien de moi, je vois d'ici un sénateur très riche épouser une esclave.

— Pourtant cela arrive parfois. Il y a des hommes forts riches qui possèdent des esclaves fort belles dont ils tombent vraiment amoureux, il suffit alors de les affranchir pour les épouser par la suite. Quelquefois, ce sont des prostituées qui deviennent femmes de sénateur ou de chevalier, ces pauvres filles ne sont pas toutes de la mauvaise graine, beaucoup sont même de charmantes personnes.

— Tu en connais toi… des charmantes personnes comme elles ?

— Bien sûr.

— Ha bon ?

— Tiens, voilà notre hôte, tremble devant lui, petite salienne pauvre et sans nombreux esclaves.

Marcus Acilius, prévenu de leur présence par un esclave, vient à leur rencontre. Il est très surpris de voir Lucius à sa porte quand il le croyait toujours en Gaule. Il n'est pas moins surpris non plus en le voyant accompagné d'une jolie jeune femme, brune, souriante et un peu timide.

— Lucius ! mon garçon… mais que fais-tu ici ? Et cette jeune femme, qui est-elle ?

Ave ! Marcus, je suis de retour il est vrai, mais je ne pouvais plus rester en Gaule, là-bas ma situation devenait trop critique. Je te présente Julia, celle qui sera bientôt mon épouse, ensemble nous avons vécu de terribles moments et sa sécurité n'est pas plus fière que la mienne. Je vais avoir le temps de te raconter ce qui se passe loin d'ici, mais toi, dis-moi comment tournent les affaires à Rome.

— Bien sûr, je vais tout te raconter, mais avant il faut vous mettre à l'aise et vous restaurer un peu. Ce long voyage a dû vous épuiser.

— Le voyage en bateau ? Bof, à part le mal de mer, tout va bien pour nous deux, quand tu sauras par quoi nous sommes passés, tu pourras par toi-même juger de la douceur de cette traversée.

— Bien, mais toi jeune fille, qui es-tu donc ? Tu dois bien savoir parler ?

— Oui je sais parler, mais comme je ne suis qu'une Salienne je laisse les maîtres romains parler avant moi.

— Oh ! Ai-je dit des mots qui ont pu te froisser ?

— Pas du tout, Lucius sait bien pourquoi je dis cela. Pour te répondre, on me nomme Julia Cornelia Pulchra, fille de Sextus Cornelius Sulla. Je suis de libre naissance, je parle et j'écris le latin, j'ai dix-huit ans et j'aime Lucius. Veux-tu en savoir plus encore sur moi ?

— Non non mon enfant, mais reste calme. Tu portes le prénom de notre illustre dieu Iulius Cæsar, si tu as sa fougue, j'espère au moins que tu sais la contenir.

— Rassure-toi Marcus, Julia est une adorable femme, mais un jour, je lui ai bien maladroitement demandé de me laisser parler si on nous questionnait, de rester derrière moi sans dire un mot. C'était pour une question de sécurité, mais je l'ai vexée ce jour-là. Pourtant je croyais bien qu'elle avait oublié cette histoire.

— Tu me rassures Lucius, mais sache bien que les femmes n'oublient jamais rien de ce que l'on peut faire pour elles, ou ne pas faire, ce qui est encore pire.

— Et toi Julia, tu m'en veux encore pour cette petite histoire ?

— Non, bien sûr que non, après tout ce que nous avons vécu ensemble, je serais bien rancunière, mais il me plaisait de le rappeler à ton souvenir car je ne doutais pas un instant que tu avais déjà oublié comment je me suis trouvée humiliée ce jour-là.

Lucius prend Julia dans ses bras et la serre tendrement, il n'avait rien oublié du tout, mais il pensait qu'il valait mieux ne plus en parler. Le câlin est efficace, Julia se détend et sourit, c'est un très bon signe que ne manque pas de voir Marcus qui profite de l'instant.

— Bien, alors puisque vous avez faim je vous invite à vous restaurer. Je vais envoyer un esclave pour prévenir ta famille Lucius, mais vous devrez rester ici tant que ton frère n'aura pas donné son autorisation pour vous accueillir.

— C'est parfait.

— Ha bon ? C'est parfait de demander une autorisation pour aller dans ta famille, moi je ne demande pas pour aller chez mes parents.

— Tu as raison Julia, mais Publius, le frère de Lucius est dans une situation critique, des choses graves se passent à Rome et votre avenir est bien délicat en ce moment. Le mien et celui de beaucoup d'autres également, il faut donc rester prudent.

— Oui, je veux bien, restons prudents.

— Alors suivez-moi.

Julia reste une candide jeune fille de province, habitante d'une petite ville calme où chacun se connaît, elle ne se fait pas à l'idée de ce que représente la vie politique à Rome et des risques énormes qu'ils encourent tous en ce moment. Du haut de ses presque dix-huit ans, elle croit être une femme forte, mais ici elle ne serait vite qu'une bouchée pour grand fauve.

— Dis-moi Lucius, ton ami est fort gentil de nous recevoir dans sa maison, mais pourquoi avez-vous peur de Néron ? Il n'est qu'un homme après tout.

— Oui Julia, il n'est qu'un homme qui détient le pouvoir de vie ou de mort sur tous les êtres vivants de notre monde.

— Ah tu exagères, nous à Glanum, on appelle Caius Cato si les choses ne vont pas bien, et avec ses hommes il fait bien la loi.

— Il a combien d'hommes ton Caius Cato ?

— Au moins quarante, peut-être même cinquante, alors tu vois qu'il est fort.

— Tu sais de combien d'hommes, le prince dispose pour sa protection ?

— Sûrement beaucoup plus, cent ou deux cent.

— À Rome il y a vingt mille prétoriens, tous à ses ordres, plus les vigiles urbani qui sont au même nombre, ce n'est pas la même chose ma petite Julia. Tu te souviens bien des villes que nous avons traversées en Gaule, eh bien toutes réunies elles comptent moins d'habitants qu'il y en a dans Rome.

— Lucius tu te moques encore de moi, comment une telle ville pourrait-elle exister ?

— Elle existe Julia, tu ne sens pas encore sa respiration près de toi, mais son souffle chaud va caresser ta douce peau, tu vas comprendre ce que veut dire une capitale d'empire, tu vas comprendre qui est la ville des dieux.

— Tu me fais peur, on aurait dû se suicider avant de venir ici.

— Si comme tu le dis on s'était suicidés avant de venir, nous ne serions pas ici à bavarder.

— Ah oui, c'est vrai aussi, alors… Prends-moi dans tes bras, là je n'ai pas besoin de réfléchir si je vis ou si je suis déjà morte.

Comment Lucius peut-il lui résister ? Alors il la serre contre lui et l'embrasse affectueusement. Malgré son aventure avec Lucius, elle n'a pas vraiment saisi la dureté du monde des hommes ; mais ici, dans la capitale de l'empire, elle pourrait bien en apprendre plus. Il va falloir la préparer un minimum car quand elle va voir la grande ville devant elle, pour sûr que son petit cœur risque de s'arrêter.

Un jeune esclave du nom de Sagittarius est désigné pour cette mission des plus risquées, il n'est peut-être pas plus intelligent qu'un autre, mais pour sûr et comme le dit son nom, il court plus vite que les autres. Il n'est doté d'aucun message écrit, sa missive doit être apprise par cœur et récitée au consul Publius, évidemment à personne d'autre.

*

Le jour se lève depuis peu quand Sagittarius quitte la domus de Marcus Acilius pour se rendre chez le consul Galerius Trachalus. Tous savent que des prétoriens sillonnent les routes à la recherche d'ennemis de l'empereur, de comploteurs et de traîtres à l'empire.

Passant le porche donnant sur la rue, il jette un regard furtif à droite puis à gauche, histoire de voir si une mauvaise surprise ne l'attend pas au coin du bois. Tout est calme, il fait beau et le soleil monte doucement sur l'horizon, alors Sagittarius y va d'un bon pas sans se soucier plus qu'il n'est utile de la politique romaine, à laquelle il n'attache aucun intérêt.

Après avoir bien marché, il arrive en vue du premier croisement des routes, devant lui une patrouille barre le passage. Sans ralentir son allure il va droit vers les hommes en armes, mais une fois à leur hauteur...

— State ![62]

Sagittarius ne fait pas un pas de plus, il sait trop bien à quel moment doit s'arrêter son courage, en même temps que ses pas.

— Où vas-tu ?

— Je me rends chez le consul Galerius Trachalus !

— Il n'est plus consul.

— Oui, je le sais bien, mais mon maître l'appelle toujours par son titre de consul, alors moi aussi.

— Bon d'accord, et que vas-tu faire chez Publius Galerius ?

— Il est invité chez mon maître pour une fête familiale et je lui porte la demande.

— Une fête de famille me dis-tu ? De quelle fête parles-tu ?

— Je ne le sais pas très justement, un anniversaire je crois, mais je ne sais pas un anniversaire de qui ou de quoi.

— Ha oui ? Et tu crois que Publius Galerius va accepter de venir si tu ne sais pas de quoi il s'agit ?

---

62 Arrête-toi !

— En fait, lui, il doit déjà savoir, c'est juste pour lui confirmer que rien n'est changé, du moins je pense comme ça.

— Un esclave qui pense ne mène pas loin. Allez, vas-y, mais reste prudent car en ce moment les routes sont très surveillées.

— Je te remercie, je reste sur mes gardes, mais de toute façon, votre présence est plutôt rassurante quand on n'a rien à se reprocher.

— Oui bon, circule.

Sans plus attendre, Sagittarius quitte les patrouilleurs et accélère discrètement le pas. Les hommes sont placés au croisement entre la voie de Rome à Veies, et la voie de Caere vers la domus de Publius. L'emplacement est stratégique, mais pourquoi ont-ils été si aimables ? En temps ordinaire, et surtout envers un esclave, les prétoriens sont de simples brutes, ils font leur travail sans trop réfléchir car ils ont des chefs pour cela, et puis les esclaves sont sans valeur qui vaille la moindre précaution.

Sur ses réflexions, Sagittarius quitte la voie pavée et emprunte un chemin de terre, le but est proche. La domus des Galerius est grandiose, visible de loin, elle en impose au visiteur avant même qu'il ne soit proche.

Il y a une grande cour, des gens vont et viennent, faisant leur travail dans un certain silence, l'endroit parait bien calme et Sagittarius ne sait trop où aller.

Une jeune femme portant un panier de linge passe vers lui et le regarde avec un léger sourire ; voilà donc une invitation à lui parler.

— Ave lavandière, je suis Sagittarius, de la familia Acilia et je viens pour le consul Galerius, peux-tu me dire où le trouver ?

— Tu vois l'entrée là-bas ?

— Oui.

— Alors tu y vas, le consul est présent dans sa maison, mais demande d'abord à être conduit auprès de lui.

— Tu es gentille, je te remercie.

Sagittarius se dirige donc vers l'entrée indiquée par la jeune esclave au panier de linge, il gravit rapidement quelques marches et arrive sous un énorme fronton soutenu par six grosses colonnes. Reçu par une femme au service du consul, il est convié à attendre dans l'atrium. Comme toujours dans les grandes maisons, la pièce est spacieuse et bien décorée, invitant les visiteurs à lire les images sur ses murs en attendant le maître des lieux. Sur un des murs se trouve peinte la longue généalogie de la Gens Galeria, dans un des angles, le lararium est garni de nombreuses statues, tout aussi nombreux sont les masques mortuaires qui montrent la puissance de cette famille et sa longue histoire. Un homme élégant, vêtu d'une toge se dirige vers Sagittarius.

— Eh bien ? Que me veux-tu ?

— Ave Consul Publius Galerius Trachalus ! Je suis Sagittarius, envoyé par mon maître Marcus Acilius, il te propose de venir avec ton épouse à l'anniversaire qu'il donne dans sa demeure.

— Un anniversaire dis-tu ? Pour qui est-il cet anniversaire ?

— Je ne sais pas, tu dois savoir, toi qui es son ami.

240

— Oui, je comprends ce que tu veux dire, alors retourne chez toi et dis-lui que je viendrai ce soir avec mon épouse, comme prévu depuis longue date, bien sûr.

— Ave consul Galerius ! Je porte ta réponse à mon maître et puis… je dis aussi à ton frère Lucius que tu seras présent, sûrement que cela lui fera plaisir de l'apprendre.

Publius saisit la tunique de l'homme qui lui tourne déjà le dos et s'apprête à partir, le stoppant net dans son action.

— Hop là ! tu en as trop dit ou pas assez, mais tu viens de parler de mon frère Lucius ?

— Oui Maître, l'anniversaire n'est qu'une excuse à prétoriens, mais toi tu as compris le message.

— J'ai peut-être compris ton message, mais mon frère ne devrait pas être ici, surtout en ce moment bien difficile.

— Il est pourtant bien là, et en charmante compagnie.

— Décidément… je ne comprends rien à tout cela.

— Ce soir tu vas tout savoir Maître, viens avec ton épouse.

— Ce soir je serai chez Marcus Acilius, j'espère que tu ne me tends pas un affreux piège.

— Si ma mission était de te trahir grand consul, toi et ton épouse, je me serais plutôt ouvert les veines sur la route, sois sans crainte, je dis la vérité.

— Ave Sagittarius !

— Ave Maître !

Sagittarius s'en retourne, laissant derrière lui un Publius perplexe, pourquoi une invitation si soudaine à lui et à son épouse, et puis Lucius, que fait-il à Rome avec une charmante compagnie ? Publius n'ignore rien des troubles survenus en Gaule, rien non plus de la défaite de Julius Vindex, pas plus que du regroupement de Galba et Othon, mais sait-il tout ce qui s'est vraiment passé ou se passe en ce moment ? Marcus Acilius l'invite sous le prétexte d'une soirée mondaine pour donner le change aux curieux, certainement qu'il en apprendra bien plus ce soir, Lucius lui donnera des informations sûres, rapportées directement et sans intermédiaire toujours propice aux interprétations personnelles, mais il faut attendre pour en savoir plus.

*

Sagittarius a repris le chemin du retour, heureux du bon déroulement de sa mission, mais craintif de rencontrer une fois encore les prétoriens sur son chemin. Curieusement, la croisée des routes est libre de tout homme avide de question, pas un policier à l'horizon. Décidément les dieux veillent sur lui, il peut d'un pas tranquille s'en retourner.

— Maître, Sagittarius est de retour.

— C'est bien Servus, fais le venir à moi, qu'il entre dans le tablinum.

— Oui Maître.

D'un pas léger, Sagittarius entre dans l'atrium qu'il connaît si bien et se dirige vers le tablinum du maître.

— Alors Sagittarius, le consul vient-il me voir ?

— Oui Maître, il m'a dit venir avec son épouse.

— C'est parfait, préparons donc une petite fête pour ce soir.

— Maître, la fête n'était-elle pas un simple prétexte ?

— Mon bon Sagittarius, tous les prétextes ne sont-ils pas bons pour faire la fête ?

— Oui Maître, il sera toujours temps de faire grise mine, préparons donc un bel anniversaire.

Sagittarius repart convaincu d'avoir bien œuvré, mais sans rien comprendre à ce qui se passe ici. La maison ne semble pas préparer un anniversaire alors que c'est ce qu'on lui demande, il connaît tous ceux qui vivent ici, il ne peut ignorer une date importante. Décidément, son maître trame une drôle d'histoire que les mauvaises nouvelles en provenance de Rome ne peuvent qu'assombrir. Il est vrai que Lucius et sa jeune compagne doivent être bien traités, mais de là à faire une fête, c'est tout de même étonnant.

Et cette fille, qui est-elle réellement ? Elle est bien agréable à regarder, discrète et un peu intimidée par l'endroit, mais elle ne peut être l'épouse de Lucius sans que la célébration d'un mariage ne soit connue de tous. À moins qu'elle soit un membre de sa famille, une lointaine cousine venue de Gaule, mais alors, que fait-elle ici ? Pourquoi venir sans ses parents et se cacher chez maître Marcus Acilius ? Voilà bien des questions sans réponses, Sagittarius va devoir s'informer au plus vite, tout connaître de la vie des maîtres est une bonne chose, afin de bien les servir.

Quoi qu'il en soit, les cuisines sont en effervescence, un grand repas se prépare pour ce soir et les restes sont toujours un festin pour Sagittarius qui cède chaque fois au péché de gourmandise. Comme privilégié auprès de son maître et pour ne rien gâcher, ce beau garçon sportif a de nombreuses relations parmi la gente féminine de la maison. Bénéficiant toujours de parts plus honorables qu'aucun ne saurait lui disputer, les restes gourmands sont chaque fois payés comptant et en nature, une perspective qui n'a rien de déplaisant, bien au contraire. Son grand cœur lui fait volontiers partager les dons reçus, avec des jeunes personnes du sexe opposé, qui elles aussi veulent bien tout partager avec lui. L'une d'entre elles à d'ailleurs le ventre qui commence à pousser, signe annonciateur d'une nouvelle recrue pour le service du maître.

Quel dommage ces troubles politiques qui agitent Rome en ces temps troublés, la vie est si agréable dans la domus de Marcus Acilius. Le travail est dur oui, mais le maître est bon, personne ne se plaint jamais d'une maltraitance ou de mourir de faim. Mais le ciel sans nuage annonce pourtant des jours sombres, personne ne peut se tromper sur le climat politique qui règne ici.

*

Dans la première grande cour, le premier a mettre un pied à terre est le consul Publius Galerius, puis il tend une main à son épouse Flavia pour l'aider à descendre de la voiture ; en souriant, Flavia Hortensia est heureuse de revoir bientôt Lucius et sa compagne qu'il a amenée de Gaule. Sagittarius n'a pas su tenir sa langue et a tout dit à la belle Flavia qui l'avait épinglé juste avant sa sortie de la domus Galerius. Naturellement, Flavia Hortensia ne se pose pas les mêmes questions au sujet de Julia. Pour elle, la situation paraît très claire, Lucius rentre à Rome avec son amoureuse qui, sans aucun doute, a dû croiser sa route.

Leur voiture ne pouvant passer le deuxième porche, c'est à pied qu'ils doivent continuer leur chemin, bien court il est vrai. Marcus Acilius les reçoit à bras ouverts, visiblement lui aussi très heureux de cette rencontre imprévue, mais il est un ami de longue date de Publius. Après une vigoureuse empoignade entre les deux hommes, il donne l'accolade à Flavia, la félicitant pour son éternelle beauté et la qualité de sa tenue. Lucius et Julia à ses côtés, arrivent eux aussi.

— Ave Publius !

— Ave Lucius ! Je suis très heureux de te revoir en pleine forme, mais dis-moi, qui est donc cette belle jeune fille ?

— Je vous présente Julia Cornelia Pulchra, elle est mon épouse devant les dieux et bientôt devant les hommes aussi.

— Viens dans mes bras, future belle-sœur… par tous les dieux de l'Olympe, quel merveilleux parfum émane de toi, je comprends que mon frère n'ait pas résisté à ton attrait.

— Ma petite Julia est une femme extraordinaire, d'un grand courage et très résistante à l'épreuve.

— Alors tant mieux, mais j'espère que votre discrète union ne suscitera pas le courroux divin, qu'elle ne sera pas non plus de mauvais augure.

— La guerre dicte sa loi mon frère, mais c'est sous l'égide de Vénus que nous sommes unis, aucun dieu n'y trouvera à redire.

— C'est certain mon frère, si la déesse prend en charge l'avenir de ta protégée, son parcours risque fort d'être très coloré, mais peut être pas selon les normes de notre société.

— Les normes sont ce qu'elles sont, mais rien ne vaut la tutelle d'une divinité.

— Assurément, soyez donc les bienvenus, j'ai hâte de tout savoir sur vous.

Julia ne dit rien, bien trop intimidée par le consul Publius pour oser faire le moindre geste. Cet homme fort dans sa belle toge lui en impose, d'autant que cet endroit inconnu d'elle n'est pas pour la mettre à l'aise. Elle a certes vécu une grande aventure avec Lucius, mais ici elle se trouve en pays inconnu, la petite Salienne est bien loin de sa jolie ville de Glanum.

Après les présentations d'usage, tous se retrouvent dans l'atrium et la conversation va bon train, il y a beaucoup de choses à dire sur l'aventure écourtée de Julius Vindex et sur les espions du prince qui sévissent jusqu'à Glanum, une petite ville si tranquille.

— Oui mon frère, une petite ville bien tranquille, mais c'est là-bas que tu t'es réfugié ; celui que tu nommes Titus était semble-t-il bien renseigné.

— Lui et son compère étaient peut-être là par hasard. Comment pouvaient-ils savoir ma présence avant mon arrivée ?

— Sans doute, c'est étrange… à moins qu'ils étaient déjà sur le dos de Manius Juventius et que ta présence soit vraiment le fruit du hasard.

Au nom de Manius prononcé par le consul Publius, Julia ne peut se retenir et de chaudes larmes coulent de ses yeux humides.

— Allons Julia, ne pleure pas celui qui, couvert de gloire, est maintenant aux côtés des dieux. Lesquels te réservent un autre avenir avec mon frère Lucius.

— Tu as sûrement raison consul Publius, mais son souvenir est encore présent en moi, je ne peux l'oublier en seulement quelques jours.

— Il n'est pas question d'oublier un brave comme Manius, mais juste de te faire à l'idée que ta vie se fera sans lui. Maintenant, passons au triclinium, tout cela creuse l'appétit et nous devons rester en forme, sait-on jamais ce que Fortuna nous réserve.

Les invités se placent autour du triclinium, puis commencent à se servir dans les premiers plats apportés sur des petits trépieds, mis à leur disposition pour qu'ils s'en saisissent du bout des doigts. Les estomacs crient famine, pour un temps les discours se calment et seul le bruit des bouches gourmandes se fait entendre. Julia mange tristement par petites bouchées qu'elle porte délicatement à ses lèvres, Publius l'interpelle.

— Hé bien Julia ! Manius était-il si grand que tu portes ton deuil jusque dans ton regard triste ?

À ces mots, la main de Julia s'arrête net, sa bouche reste entrouverte et de ses yeux bruns elle lui tourne un sombre regard, de nouvelles larmes coulent sur ses joues. Publius comprend qu'il vient de toucher un point encore bien trop sensible et que le moment n'est pas venu d'en parler sereinement. Il se lève et s'approche de Julia ; posant un genou à terre, il saisit sa main gauche et la porte à ses lèvres.

— Peux-tu me pardonner Julia, je ne savais pas que disant ces mots je retournerais en toi une telle douleur.

— Tu n'as rien à te faire pardonner consul Publius, je suis une sotte qui ne sait pas contenir ses sentiments.

— Ma brave Julia, j'ai été très maladroit, la perte de Manius est pour toi bien trop récente, il va te falloir un peu plus de temps pour reprendre ta vie en main.

— Manius est mort dans mes bras, son regard sans espoir posé sur moi comme pour me dire adieu. Je sens encore la douceur de ses lèvres sur les miennes, son dernier souffle dans ma bouche pour définitivement me quitter, puis plus rien. Il est parti pour toujours et je tremble encore de tous mes membres quand je pense à cette journée.

Publius, vraiment troublé par l'aveu de Julia, se redresse et saisit son petit visage qu'il lève vers lui, puis il dépose un baiser sur son front, sur son nez fin et sur ses douces lèvres restées ouvertes, laissant paraître sa belle dentition blanche.

L'assemblée émue ne dit mot, chacun soutenant le poids de ce dur moment, tous sous le charme de Julia qui, décidément soutenue par Vénus conquit les cœurs sans effort.

*

Sagittarius entre dans le triclinium sans même y être invité, surprenant les personnes présentes autant par le caractère impromptu de son arrivée que par la tête affolée qu'il leur présente à tous.

— Eh bien Sagittarius, as-tu vu Hadès dans ma maison ?

— Maître… Les prétoriens…

— Quoi, les prétoriens ? Parle donc au lieu de bégayer comme tu le fais.

— Ils… ils sont là !

— Lucius, prends avec toi Julia et allez dans mon tablinum, ne bougez sous aucun prétexte. Que viennent-ils faire ici à une heure aussi tardive ? Publius, je crois que cette fois les choses se précipitent, notre avenir risque de se décider dans les prochaines minutes. Sagittarius ! Cours chercher des armes, reviens avec des hommes aussi.

— Oui Maître.

Lucius empoigne Julia et la tire avec lui dans le tablinum de Marcus. Une fois dans le bureau il la serre contre lui comme pour la protéger d'un danger à venir. Leur rapidité à quitter le repas est salutaire car à peine ont-ils fermé la porte derrière eux que cinq hommes en armes pénètrent dans le triclinium.

À leur tête, le tribun militaire Aulus Caelius Tuscus, semble fort nerveux, a-t-il déjà des informations sur le retour de Lucius ?

— Ave sénateur Marcus Acilius ! Ave à toi aussi consul Publius Galerius !

— Ave Caelius ! Que viens-tu faire dans ma demeure sans même y être invité, avec des hommes en armes, prêts à bondir sur nous.

— Je viens vous voir au sujet de Lucius Galerius et de son amie la gauloise.

Un pesant silence s'installe, chacun se dévisage et se pose la même question. Comment le tribun Aulus Caelius peut-il être au courant de leur présence ici ? Ils sont arrivés la nuit passée et ne sont jamais sortis à l'extérieur ; à moins que ce soit Sagittarius ? Inévitablement les yeux du maître se tournent vers le coupable désigné par le sort. Celui-ci vient pourtant de les rejoindre, entouré de six hommes tous armés d'un glaive et déterminés à en découdre pour sauver leur maître.

— Rassure-moi tribun Caelius, tu plaisantes sans doute en parlant d'un absent et d'une inconnue ; dis-moi plutôt le but réel de ta visite à cette heure si tardive.

— Je ne plaisante pas sénateur, je sais fort bien que Lucius est ici, avec une jeune femme également. Mais je vous rassure tout de suite, ni moi ni mes hommes ne somme là pour les arrêter.

— Peux-tu être plus clair Aulus ?

— Bien sûr consul Publius, j'ai mes propres sources de renseignements, rien de ce qui se passe à Rome ne peut m'être caché bien longtemps. Mais si je suis informé, d'autres peuvent l'être également, ils ne sont pas plus en sécurité ici que chez toi.

— C'est Sagittarius qui t'a parlé ?

— Non, pas du tout, ton brave messager a inventé une belle histoire à laquelle j'aurais pu croire si je n'étais déjà au courant de tout.

— De quoi peux-tu bien être au courant ? Il n'y a rien ici de secret pour qui que ce soit, tu dois rêver ou tes informateurs se trompent.

— Non, sénateur, je suis sûr de ce que j'avance, mais de toute façon je n'ai rien contre Lucius, encore moins contre la femme qui l'accompagne, mais je ne peux en dire autant de tout le monde, c'est la raison de ma présence chez toi.

— J'insiste Aulus, sois plus clair.

— Bien, mais fais revenir les jeunes gens qui étaient à cette table il y a peu, qu'ils continuent leur repas sans crainte.

C'est Flavia qui se lève pour aller chercher Lucius, il faut en finir d'une manière ou d'une autre puisque le tribun Aulus sait tout.

Il ne lui faut qu'un instant pour être de retour avec les deux jeunes gens, mais tous attendent maintenant les explications que le tribun Aulus va fournir.

— Ave Lucius ! Je te salue en ami, sois sans crainte de ma part pour toi et celle qui t'accompagne.

— Ave tribun Aulus Caelius, quel est donc le but de ta présence si ce n'est pas pour m'arrêter ?

— Ænobarbus[63] est de plus en plus pris de folie envers tout le monde, sa démence dépasse toute limite encore supportable et les prétoriens commencent à s'en éloigner, il suffirait d'un mot du sénat pour en finir avec ses meurtres.

---

63 **Ænobarbus** – barbe rousse – est le nom paternel de Néron. Utilisé ici de manière peu respectueuse et à cette époque comme moquerie envers lui.

— Je veux bien te croire Aulus, nous parlions avec le consul Publius de la possibilité de voir tes prétoriens se tourner contre le sénat, c'en serait fini de l'empire et de Rome.

— C'est la raison de ma présence, ils doivent se mettre à l'abri ailleurs que chez toi, et pas chez le consul Publius non plus.

— Dès demain nous allons les mettre en lieu sûr, dit Publius, il faut réfléchir au bon endroit, mais nous te remercions pour ton avertissement.

— Je fais mon devoir, rien de plus, mais je ne peux rester ici plus encore au risque d'être remarqué, je vous salue tous.

— Ave Aulus ! que les dieux te gardent.

Le tribun salue d'un geste la noble assemblée et fait demi-tour avec ses hommes, laissant derrière lui les regards médusés.

— Eh bien Marcus, qu'en dis-tu ?

— Je suis comme toi Publius, j'hésite à me faire une idée sûre, mais d'un autre côté, si le tribun avait de mauvaises intentions, il serait venu en force et nous aurait tous arrêté.

— Je pense comme toi, pourquoi repartir sans nous avoir arrêtés alors que cela est très facile pour lui. Demain Lucius et Julia devront être cachés dans un autre endroit, il faut y réfléchir vite.

— Ils peuvent aller chez mes parents, loin de Rome on ne viendra pas les chercher.

— Tu as raison Flavia, tes parents sont loin de Rome, mais c'est leur faire prendre un grand risque.

— Ils ne refuseront pas, et puis il sera toujours temps de trouver un autre endroit encore plus sûr.

— Bien mes amis, vous restez ici cette nuit et demain on s'occupe de leur trouver un abri, continuons notre repas interrompu.

Marcus Acilius n'est pas un homme à céder à la panique, ancien sénateur il en a vu d'autres et ne se laisse pas intimider facilement. Certes la situation est grave, mais tout espoir n'est jamais perdu. Chacun reprend sa place, le ballet des esclaves apportant les plats aussi.

*

Ce matin, tous sont levés de bonne heure, dans la grande cour une voiture attelée de deux chevaux est déjà prête, un esclave tient les brides des animaux en attendant la venue des maîtres. Lors même que Lucius est prêt à quitter les lieux avec Julia, un groupe de légionnaires fait son entrée dans la cour de la domus Acilia. Cette fois il ne s'agit pas de prétoriens, mais des hommes nouvellement engagés par Néron pour former sa légion ; avec la promesse de leur liberté, tous ces rudes galériens ne sont pas ici pour plaisanter.

— Ave sénateur ! Je suis le centurion Crispus Ulpius de la légion de César, j'ai ordre d'arrêter les deux personnes que tu caches chez toi.

— Chez moi ? Enfin, il n'y a que mes invités, personne n'a besoin de se cacher.

— Alors laisse-moi le passage si tu veux vivre encore, j'ai mandat de culbuter toute résistance.

Marcus comprend dès cet instant que l'affaire se complique et qu'il ne peut sérieusement s'opposer aux soldats ; le centurion a des ordres stricts qui l'autorisent à tuer tout opposant, même un sénateur. Leur tenir tête ne peut que le mettre en danger sans pour autant aider Lucius et Julia. Marcus en déduit que le tribun Aulus Caelius les a tous trahis, sous le fallacieux prétexte de les aider, il s'est contenté de vérifier la présence de Lucius, maintenant il délègue à d'autres le soin de commettre l'arrestation. Marcus doit se rendre à l'évidence que la partie est perdue, ces hommes, ces faux légionnaires issus des galères et affranchis par Néron sont sans foi ni loi, sinon celle de la force. Leur résister c'est mourir sur place.

— Entre chez moi, viole le seuil de ma demeure sous le regard courroucé des dieux, accomplis ta tâche, mais qu'aucun sang ne coule sur son sol.

Le centurion pénètre avec deux légionnaires dans l'atrium de la maison de Marcus, l'endroit est fort impressionnant pour ces marins improvisés soldats et qui sûrement ne sont jamais entrés dans une telle demeure patricienne. Les murs peints et richement décorés l'interpellent un instant, mais il doit faire son devoir au risque d'y laisser sa vie lui aussi ; Lucius s'approche du centurion.

— Ave centurion ! Tu es ici pour moi ? Je te suis.

— Il me faut la fille aussi.

— Elle n'est pas de notre race et n'a que faire de nos histoires.

— Peut-être bien, mais elle doit venir ou je vais la chercher.

Publius est là également, son glaive à la ceinture. Après une rapide analyse il constate qu'il est seul avec son frère pour tenter un coup de force, les esclaves sont sans arme et le sénateur n'a plus l'âge de combattre. Le nombre des légionnaires étant trop élevé, il ne peut espérer le moindre succès, même en considérant que ces hommes n'ont aucun entraînement au combat, le nombre reste à leur avantage.

Julia comprend elle aussi qu'elle ne doit pas tenter de lutter maintenant, il y a là de nombreux légionnaires en armes, toute velléité de lutte est vouée à l'échec. Refuser d'obtempérer forcerait ses amis à la protéger, et donc à mourir maintenant, mais il y a peut-être encore un espoir de s'en sortir, tout n'a pas été dit.

— Je suis ici, prête à te suivre également puisque ton maître te l'ordonne.

— Ce n'est pas à moi qu'il l'ordonne, mais à toi seule.

— Tu fais erreur, ton maître n'est pas le mien, je ne suis l'esclave de personne et je m'incline uniquement devant tes armes.

Pour un court moment l'homme est déstabilisé par l'audace de la jeune fille, mais sa sottise reprend le dessus.

— Suivez-nous tous les deux sans faire d'histoire et tout ira bien.

Ainsi Julia et Lucius quittent la demeure de Marcus Acilius, encadrés par les légionnaires et sans que personne ne puisse rien y faire.

Reste à savoir pourquoi ils ont été emmenés en laissant le sénateur Marcus Acilius et le consul Publius Galerius derrière eux, libres de tous mouvements.

— Marcus, cet après-midi nous allons nous rendre au sénat, la situation est des plus grave non seulement pour mon frère et Julia, mais je le crains aussi pour beaucoup d'autres. Nous devons agir avant d'être nous-même privés de toute liberté et emprisonnés comme des droits communs.

—Tu as raison Publius, préparons-nous sans tarder, il faut faire front devant le prince démoniaque qui nous gouverne droit vers l'enfer.

*

Au sénat, Néron fustige les pères conscrits de lui venir en aide avec plus de bonne volonté ; il exige d'eux qu'ils lui cèdent une partie de leurs meilleurs esclaves pour monter une armée, il demande qu'ils prennent en charge sur leur fortune personnelle, tous les frais que cela comporte. Des propriétaires de logements locatifs, il exige le paiement d'un an de loyer, puis finalement, il réclame aux tribus urbaines de lui fournir des hommes.

Mais de toute cette agitation il n'obtient rien de plus que ce qu'il peut voler, aucun sénateur ou chevalier n'est prêt pour financer sa folie, les chefs des tribus ne lui fournissent aucun homme. Seules les prisons se remplissent chaque jour avec de futures victimes, Néron veut tous les massacrer pour se sauver. On y trouve toutes les races d'hommes : des riches romains, parce qu'ils sont riches ; des Juifs, parce qu'ils sont Juifs ; des Chrétiens, parce qu'ils sont Chrétiens, des Gaulois, parce qu'ils sont Gaulois, et tous les autres parce qu'ils sont là au mauvais moment.

Avec beaucoup d'autres, Julia et Lucius sont enfermés dans des cellules séparées, tenant compte de leur statut social différent, Lucius est emprisonné avec des personnages de haut rang, Julia avec le commun, hommes et femmes libres, affranchis ou esclaves.

La puanteur des urines et des excréments rendent l'atmosphère irrespirable. Complètement écœurée Julia s'accroupit et se blottit dans un angle formé par le mur extérieur et un mur de soutien intérieur, lui donnant la sensation d'un pseudo-abri. De là elle ne bouge plus, paralysée par une indescriptible peur. Elle observe la misère qui règne autour d'elle dans une chaleur qui ne cesse de croître avec les heures, rendant l'air encore plus infect. Certaines personnes sont là depuis plusieurs jours, dans un pitoyable état dû aux privations : rien à manger, et pratiquement rien à boire non plus, aucun soin corporel, pas la moindre hygiène pour conserver un peu de dignité, ils sont au rang des animaux les plus maltraités.

Beaucoup de gens ne font rien, de toute façon ils n'ont rien à faire, d'autres parlent comme s'ils étaient sur le forum, d'autres encore jouent avec des espèces de dés ou des osselets, et cela avec une incrédulité qui ignore leur avenir bien sombre. Julia repense à son aventure avec Lucius, à cette guerre et tous ces morts, mais pourquoi, si c'est pour finir ici, à crever de faim comme une chienne.

Parmi tous ces inconnus dont aucun visage ne lui rappelle le moindre souvenir, elle se sent étrangère à sa propre histoire, étrangère à ce qui lui arrive, complètement désabusée par la mauvaise fortune qui est la sienne. Ses grands yeux noirs ont beau chercher, aucun familier ne se montre à elle, le grand désespoir est à son comble.

Elle est seule dans cette infâme prison alors qu'ils sont des centaines, à chaque regard qui se pose sur elle, la peur l'envahit, ses tripes se nouent douloureusement mais, chaque fois ces regards glissent sans s'arrêter, personne ne la connaît non plus, et aucun ne s'y intéresse. Si Lucius était là, elle serait lovée dans ses bras, à l'abri de sa propre peur, mais non, elle doit assumer ce qui lui arrive.

Elle se dit que lors de son voyage avec Lucius elle a bien fait de céder à l'appel de Vénus, mais pense tristement que son jeune ventre ne donnera jamais la vie à la descendance de Lucius. La sueur coule sur son front et ses joues, sa tunique est humide, elle sent mauvais, son estomac crie famine et elle meurt de soif. Triste fin pour celle qui sans raison d'être ici, n'a d'autre espoir que de mourir vite pour abréger ses malheurs.

Un moment, Julia a bien tenté de comprendre le jeu des hommes non loin d'elle, mais sans rien saisir, sinon qu'ils échangent des petits graviers ramassés sur le sol. L'un jette ses dés et, selon le cas, maugrée des insanités ou bien montre un large sourire, mais toujours le même échange de graviers sans valeur. Quel est donc le but de tout cela ? Il suffit de ramasser les petits cailloux qui traînent un peu partout, c'est un jeu bien mystérieux. Finalement elle décide de ne plus s'y intéresser, sa tristesse l'emporte et des larmes coulent sur ses joues.

*

De son côté, Lucius tente de savoir où est passée Julia, mais rien de bon ne lui parvient, tout au plus qu'elle doit être dans une cellule voisine en compagnie de toute la misère de Rome. Cette perspective n'est pas pour le rassurer, il ne connaît que trop bien la faune qui traîne les rues et qui, un jour ou l'autre, se retrouve ici. La petite Julia, être si fragile à ses yeux, ne sera qu'un amusement de courte durée pour ces monstres sans loi. Il imagine le triste sort de son corps abusé, sa gorge se serre à ne pouvoir hurler des mots de soutien, il rage, serre des poings, mais reste sans possibilité de lui venir en aide, ce qui est finalement le plus dur à accepter.

Près de lui, un homme portant une toge de belle qualité l'observe depuis un moment déjà, puis se décide à venir lui parler.

— Salut à toi, Lucius Galerius ! je suis le sénateur Marcus Cassius Primus.

— Ave sénateur ! Me connais-tu que tu m'appelles par mon nom ?

— Je suis un ami du consul Publius, je sais aussi qui tu es.

— Tu es un ami de mon frère ? Et tu es ici à attendre la mort, que sommes-nous donc devenus, qu'est devenue la république dans de telles conditions ?

— Pour l'heure, il convient de ne pas parler de république, celle-ci est bafouée par le prince, l'ennemi de tout romain digne de ce nom.

— Tu es bien négatif sénateur, comment notre république peut-elle être anéantie par un seul homme après tant de siècles de gloire, je ne peux m'y résoudre.

— Es-tu toi, plus enthousiaste que moi ? je n'ai pas cette impression.

— Je suis inquiet pour ma promise, pas pour moi ou pour l'avenir de Rome.

— Où est-elle ?

— Quelque part ici, dans une épouvantable cellule de droits communs.

— Alors oui, prie pour elle car son sort est déjà réglé, demain elle ne sera pas offerte aux fauves, son corps gisant sera abandonné mort, gisant dans les excréments et les urines de tous ces pauvres gens.

— Ces pauvres gens ? Car tu crois qu'ils méritent tant de respect ?

— Oh ! certes non, pas tous, mais les plus humbles seront la vengeance du prince comme peut l'être ta promise, sans motif et sans savoir pourquoi ils doivent mourir.

— Ah ! Je rage de colère, si je pouvais seulement dévorer les barreaux de cette cellule, j'irai finir avec elle.

— Tu peux aussi vivre avec elle, pourquoi veux-tu mourir dans cet endroit, tu as tout l'avenir devant toi.

— De quel avenir parles-tu ? Il y a un avenir en dehors de ces murs ?

— Mon fils, prie dieu qu'il vienne en aide à ta bien aimée, qu'il vienne pour vous soutenir dans ces terribles moments.

— Je comprends, tu es Chrétien, pour toi les choses sont simples, ou bien dieu vient t'aider ici bas, ou bien tu le rejoins dans son paradis ; dans les deux cas tu es satisfait.

— Ne blasphème pas Lucius, dieu est près de nous, même si nous ne savons le voir, prie pour qu'il soit votre protecteur, tu ne pourras de toute façon rien regretter.

— Je ne suis pas Chrétien, je ne sais prier que les dieux de Rome, guide mes premiers pas vers le salut de Julia.

— Alors viens près de moi, mets un genou à terre.

*

Dans la cellule de Julia, cette première journée lui a paru interminable, mais son odorat s'est fait à l'ambiance, comme les autres ici. N'y tenant plus et la douleur devenant trop forte, elle s'est urinée dessus, maintenant assise sur de la paille humide, elle se prépare pour sa première et probable dernière nuit dans ce lieu immonde.

Le calme est installé, la plupart des gens somnolent ou dorment vraiment, plus ou moins les uns contre les autres. Soit ils sont inconscients de leur avenir, soit blasés de lutter à armes inégales contre le tyran.

Dehors, la nuit a pris la place du jour et, dans la cellule, seules des ombres bougent mollement. D'un sursaut elle réagit nerveusement quand une main se pose sur sa poitrine, croyant à une personne qui cherche un peu de confort elle n'ose dire un mot et se pousse un peu en retirant l'intruse. La place est comptée, elle est prête à céder un peu de sa paille humide à celui qui n'a rien pour se poser.

Malheureusement, en absence d'une vive réaction, la main posée sur elle devient vite plus entreprenante et n'hésite pas à passer sous le tissu de sa tunique. Julia remue et gigote en tous sens, elle est bien trop menue pour résister à l'homme fort ; ses seins n'emplissent même pas la grosse main rugueuse qui fait rougir ses petits tétons, mais ce n'est pas de honte, seulement de douleur. Frappant des pieds et des mains en poussant des cris, Julia parvient tout de même à se dégager et bouscule celui qu'elle distingue à peine dans la pénombre.

Personne ne lui prête la moindre attention, ils sont là, tous prêts pour mourir bientôt, alors que leur importent les cris d'une fille qui refuse le plaisir. L'homme reprend l'initiative et ne la lâche pas, de tout son poids il s'appuie sur elle, remontant l'autre main le long de sa cuisse avec la ferme intention de la violer. Elle serre les jambes et repousse son assaut avec violence. De terribles souvenirs remontent à sa mémoire, mais cette fois, Lucius ne sera pas là pour lui venir en aide.

Dans la profondeur de sa conscience, Julia pense au dieu Glan de Glanum et à l'une de ses compagnes, la déesse mère Bona Dea qui, toujours à l'écoute de ses fidèles ne peut manquer de l'entendre, mais que peut-elle faire ? Lucius emprisonné dans une autre cellule ne peut intervenir, seule la déesse en a les moyens. Ici, tout le monde se fiche bien de la petite Julia, alors sauf à venir elle-même, comment sauver son enfant.

— Laisse-toi faire ma belle, nous allons bientôt tous crever, pourquoi te priver d'un dernier plaisir ?

— Je n'ai pas envie de ta crasse comme plaisir, lâche-moi maintenant.

Même l'eau médicinale de la source sacrée de Glanum ne saurait soigner un tel affront, ne pouvant lutter plus encore, Julia ferme les yeux et s'enfonce dans la prière. De résister si fort, l'intérieur de ses cuisses commence à devenir douloureux, ses muscles la brûlent et elle sait qu'elle va finir par céder, que juste avant sa mort l'homme va la déshonorer et qu'elle devra présenter aux dieux un corps vaincu et souillé. Cette seule pensée l'horrifie et lui serre plus encore la mâchoire, son corps n'est plus qu'une masse dure et contractée qui ne veut rien céder, mais qui devra pourtant bien subir la force brutale.

Ceux qui sont autour et qui avaient réussi à trouver un sommeil précaire – en attendant le sommeil éternel –, commencent à râler, mais rien n'y fait, l'homme se montre de plus en plus entreprenant et sauvage dans ses gestes. Il déchire le haut de la tunique et baisse le tissu jusqu'à la taille, le buste ainsi dénudé ne faisant que l'enhardir plus encore et le transformer en bête féroce. Julia sur le dos, il tente de lui ravir ses lèvres, mais elle les pince fortement et tourne sa tête de l'autre côté. L'odeur fétide provenant de la bouche de son agresseur, lui donne envie de vomir ce qu'elle n'a pas mangé.

D'un bras puissant il la maintient alors qu'une main avide parcourt ses seins, puis descend sur ses abdominaux qui se tendent par la peur, puis glisse sur son ventre pour contourner le mont de Vénus et s'approprier la grotte sacrée. Les cuisses serrées jusqu'à la douleur ne cèdent toujours rien, alors la monstrueuse main remonte et lui serre le cou.

L'air commence rapidement à manquer, Julia suffoque et tend son cou, tourne la tête de droite et de gauche pour trouver un peu de vie ; elle sent son esprit qui se brouille, avec ses genoux elle tente encore de frapper l'homme pour lui faire lâcher prise, mais profitant de cette occasion où les jambes ont libéré leur étreinte, la main vorace revient à la charge et les doigts rugueux plongent douloureusement l'intimité tant convoitée de Julia.

Elle tente comme elle peut de se défendre encore en jetant ses dernières forces dans la lutte inégale qui l'oppose à la brute, mais dans la douleur de son ventre souillé et meurtri, elle prend conscience qu'elle n'a plus la force pour résister longtemps quand, aussi soudain qu'un éclair, un léger courant d'air, suivit d'un bruit sourd se fait entendre vers ses oreilles.

L'agresseur éjecté, reste inanimé sur le sol et une trouille insensée s'empare d'elle, cette fois le prédateur est de taille. Elle ne peut le voir, mais le distingue dans la pénombre, celui qui est là est soit un dieu soit un monstre, dans le premier cas elle ne saura que faire, mais dans le second, son sort est joué. Machinalement elle remonte sa tunique pour couvrir sa poitrine alors qu'une sueur froide couvre son front et que tout son petit corps grelotte des pieds à la tête. Elle sent son ventre qui la brûle quand les lèvres de Vénus pleurent des larmes de sang, celui qui vient d'expédier le client avec un seul coup-de-poing va assurément la démonter. Julia a sa gorge brûlante qui se serre à l'étouffer, quand le prédateur lui parle sans agressivité dans sa voix.

— Tu n'as rien à craindre, je vais rester près de toi et personne ne viendra t'ennuyer.

— Qui es-tu ?

— On me nomme Priscus Sabinus.

— Tu ne vas pas me faire de mal ?

— Non, je ne vais pas te faire de mal, aucun autre non plus.

— Tu es très fort, il ne s'est pas relevé.

— Je suis pugiliste, j'ai l'habitude d'endormir mes adversaires d'un bon coup sur le nez.

— Moi je suis gentille, il ne faut pas me frapper comme ça, sinon ma tête va se décrocher.

— J'ai l'impression de parler avec une enfant, quel âge as-tu ?

D'une voix tremblante, Julia reprend son destin en main, Bona Dea l'a entendu et lui a envoyé cet homme fort, sa confiance refait surface. Prenant appui sur ses mains elle se rassoit et s'adosse de nouveau contre le mur et, bien que l'homme ne puisse la voir, elle ajuste sa tunique et tient le col serré entre ses doigts tremblants.

— Je ne suis pas une enfant, j'ai dix-huit ans !

— Dix-huit ? depuis combien de temps ?

— Enfin… Je vais les avoir bientôt.

— Je te le souhaite, mais je crains que l'on soit mort avant.

— Pas du tout, pourquoi on serait mort avant ? Moi j'ai rien fait de mal, je ne connais même pas quelqu'un ici, alors tu vois.

— Maintenant tu me connais, mais rassure-toi, pour mourir dans l'arène tu n'as pas besoin de connaître beaucoup de monde, rencontrer celui qui va te tuer est suffisant.

— Ha ! c'est charmant, et Lucius qui me disait que Rome était une belle ville, que de ma vie je ne verrai jamais plus beau. Hé bien je préfère ma petite ville de Glanum. Maintenant je comprends pourquoi je ne verrai rien de plus beau, évidemment.

Prenant place près de Julia, Priscus passe son bras autour de ses épaules et la tire légèrement vers lui.

— Que fais-tu Priscus, tu ne veux pas tenir ta parole ?

— Je prends place contre toi pour être mieux installé, l'endroit est étroit et l'air va fraîchir, je te conseille de t'appuyer contre mon épaule et de te détendre car la nuit va être encore longue.

De sa main droite Julia frotte doucement son bas-ventre pour en chasser la douleur qui ne la quitte pas.

— Il t'a fait mal ?

— Oui, c'est un homme mauvais et violent, ses doigts ont déchiré ma chair qui maintenant me brûle.

— Cela va se passer d'ici peu, reste tranquille et pense à autre chose.

— J'ai si mal, comment penser à autre chose… mais toi, pourquoi es-tu gentil ?

— Je suis chrétien, il est normal pour moi de te venir en aide, c'est ce que notre seigneur nous enseigne.

— Il est très bien ton seigneur, dis-lui merci de ma part quand tu le rencontreras.

— Il a été crucifié depuis déjà plus de trente années, mais nous continuons d'écouter ses paroles et de suivre son enseignement. Demain nous serons devant lui, je tiendrai ta main dans la mienne et je lui dirai qui tu es.

— Alors c'est vrai, Lucius avait raison de me parler des Chrétiens, ils sont tous des gens comme toi ? Tu me gardes contre ton épaule pour me protéger ?

— Oui, c'est juré, mais qui est donc Lucius ?

— Il est mon mari, enfin… nous allons nous marier.

— C'est comme tes dix-huit ans, bientôt.

— Pourquoi tu dis cela ?

— Pour rien, repose-toi.

— Bon, tu restes là, tu ne vas pas partir ?

— Où veux-tu que je parte ? Allez, rassure-toi et cesse de trembler.

— Oui, je me rassure mais… Ne me lâche pas.

Avec un léger sourire aux lèvres que personne ne peut voir, Priscus serre plus fort contre lui la petite Julia qui va bientôt avoir ses dix-huit ans, et qui laisse aller son visage contre le gardien de ses songes. L'homme dont elle ne perçoit qu'une vague forme dans la pénombre de la prison, est bien plus grand qu'elle, sa poitrine est épaisse, les muscles de son bras sont également gros et vigoureux. Son corps d'athlète forgé par l'effort est entièrement dur et Julia s'y sent en sécurité, ayant enfin cessé de trembler, dans les bras de Priscus elle s'abandonne au coupable sommeil.

Priscus lui, parfaitement conditionné pour donner la mort ou pour la recevoir, attend dans le plus grand calme que sa libération arrive. Pour la première fois il a le sentiment d'être un homme utile. La fille ne lui donne rien, il n'exige rien d'elle non plus, mais de sentir le petit corps chaud et confiant contre lui est un soulagement. Cette fois il n'a pas besoin d'utiliser sa force contre un autre, pas besoin non plus d'accepter des coups, juste de partager un peu de chaleur humaine avec celle qu'il perçoit comme étant encore une enfant. Cette étrange sensation est une découverte bien tardive, mais elle lui met du baume au cœur et il ne va pas l'abandonner au moment où elle risque d'avoir le plus besoin de lui. Demain elle devra mourir, mais sans y être préparée, seuls les bras affectueux de Priscus pourront l'aider à faire le dernier bout de chemin qu'il lui reste à parcourir sur cette terre de désolation.

Peu après, alors que les corps se sont laissés glisser sur la paille ; Julia, comme une fois déjà avec Lucius, lovée contre Priscus, passe une jambe entre les puissantes cuisses de son protecteur et s'approprie le confort et la chaleur du corps de l'athlète, envoyé des dieux. La confiance a remplacé la peur, elle ronfle doucement contre lui.

Priscus ne peut rester endormi bien longtemps, sa gorge le brûle et ses yeux humides restent ouverts. Pourquoi dieu lui donne-t-il cette enfant pour finir ses dernières heures ? La tunique débraillée de Julia ne la couvre plus, Priscus sent ses seins chauds contre sa poitrine, sa main caresse doucement le dos à la peau fine et douce qui frémit sous ses doigts.

Pourquoi cette dernière torture infligée à ses sens tenus en éveil, dieu a-t-il encore besoin de lui soumettre une ultime épreuve, celle du désir amoureux pour une jeune fille, la plus cruelle épreuve pour Priscus.

*

Le dernier jour

Le camp des prétoriens est en effervescence, l'arrestation dans la nuit du tribun Aulus Caelius fait grand bruit car il est un homme apprécié par tous. Dans la matinée, le préfet du prétoire, Nymphidius Sabinus offre un donationum de trente mille sesterces pour chaque prétorien et cinq mille sesterces à chaque légionnaire, pour qu'ils passent dans le camp de Galba. La décision est immédiate.

De son côté, le sénat, apprenant la nouvelle de la défection des prétoriens, se sent enfin libéré et déclare Néron ennemi public, et décrète sa mise à mort.

Comme Néron s'adonne lui, aux plaisirs de la table, entouré de ses plus fidèles, un courrier lui remet un pli urgent. Néron en prend connaissance et tout d'abord son visage pâlit, puis devient rouge par la colère.

Il renverse la table et brise les deux vases qu'il aimait à se servir et qu'il appelle homériques, parce que des sujets sculptés tirés d'Homère en décorent le tour.

— Cette fois, c'est fini, tous mes amis m'abandonnent, mes fidèles armées elles aussi me laissent à mon pauvre sort. Que l'on fasse venir Locuste immédiatement.

269

La nommée Locuste, l'empoisonneuse de l'empereur Claude, mais de bien d'autres « amis » comme les appelle Néron ; n'ignorant rien de l'avenir du prince est rapidement sur place, munie d'un flacon en verre. Néron place le flacon dans une petite boîte en or, puis il s'échappe discrètement en passant par les jardins de Servilius. De là il reprend les commandes et dépêche un courrier vers Ostie, demandant à ses plus fidèles affranchis de lui préparer une flotte pour se rendre en Égypte. Il tente d'engager les tribuns et les centurions du prétoire pour l'accompagner, mais les uns hésitent, les autres, sûrement informés du revirement des prétoriens refusent tout net.

La situation du prince est une voie sans issue, il réfléchit quand même à une solution qui pourrait lui être favorable. Il peut se retirer chez les Parthes, sans assurance d'y être bien accueilli ; les Parthes n'ont aucune raison de risquer une guerre contre Rome pour la vie d'un seul homme. Il peut se rendre à Galba, mais compter sur son indulgence est un pari fort osé, Galba n'a aucun cadeau à lui faire et Néron connaît comme tout le monde sa dureté, non, il le fera périr sans remords. Il peut aussi aller au forum en tenue de deuil et, de la tribune aux harangues, implorer qu'on lui pardonne son passé. Avec sa lamentable voix de pleurnicheur il peut attendrir les cœurs, ou du moins obtenir le gouvernement de l'Égypte. Aucune décision n'est prise pour ce soir, elle est donc courageusement remise au lendemain.

*

Cette nuit pourtant, la dernière pour Julia et son nouvel ami Priscus, n'est pas de tout repos pour Néron ; réveillé vers minuit, il s'aperçoit que ses gardes l'ont abandonné. Quittant son lit il envoie chercher ses amis, mais aucun ne répond, c'est en personne et accompagné de peu de monde qu'il va lui-même frapper à leurs portes.

Toutes restent closes, personne ne lui répond, alors il retourne dans sa chambre où les sentinelles ont pris la fuite en emportant tout, jusqu'à ses couvertures et sa boîte en or contenant le poison.

— Que l'on aille chercher Spiculus[64], ou quelqu'un d'autre pour mettre fin à ma pauvre vie.

Personne ne vient là non plus, Néron est au désespoir de se suicider lui-même.

— Je n'ai donc plus ni amis, ni ennemis qui puisse adoucir ma douleur ?

Comme pris de panique, il court et se sauve à la rencontre de son destin. Lui qui a tant fait mourir a maintenant peur de son sort. Mais une fois encore, il reprend ses esprits et organise sa fuite avec son affranchi Phaon, qui lui offre sa villa située vers la quatrième miliaire, entre la via Salaria et la via Nomentana.

Pieds nus et en tunique, il s'enveloppe d'une casaque usée et se couvre la tête d'un voile pour ne pas être reconnu. Avec quatre personnes, dont son mignon Sporus, il quitte la ville et, passant près du camp des prétoriens il entend leurs imprécations contre lui et des vœux pour Galba.

_____

64 Gladiateur au service de l'empereur pour assumer sa garde rapprochée, il a lui aussi fui avec les autres lors de cette dernière nuit.

Dans sa cellule, Lucius parle doucement avec le tribun Aulus Caelius, venu se joindre aux deux hommes, et lui expose son désœuvrement.

— Quel gâchis, avec ma petite Julia nous avons traversé la moitié des terres gauloises en révoltes, nous avons risqué nos vies sur un champ de bataille, puis de retour en Narbonnaise, nous avons encore embarqué pour affronter les eaux noires de la mer Ligure, et tout cela pour finir au lever du jour dans la gueule d'un fauve.

— Malheureusement Lucius, notre sort à tous est maintenant entre les mains des dieux, personne sur terre ne peut plus rien pour nous venir en aide.

— N'y a-t-il vraiment rien que l'on puisse tenter ?

— Je connais la procédure, demain les portes vont s'ouvrir et nous serons jetés aux bêtes comme de vulgaires chrétiens, à moins que des gladiateurs nous égorgent tous les uns après les autres.

— Pour toi, les Chrétiens sont donc simplement vulgaires ? lui tance le sénateur Marcus Cassius, vexé par ce propos.

— C'est une façon de dire sénateur, en fait ils ne sont pas plus vulgaires dans leur croyance que nous le sommes nous-même, mais ils crient à qui veut les entendre la fin de notre monde, et çà, c'est vulgaire.

— Allons mes amis, dit Lucius, le moment est mal choisi pour philosopher, dans quelques heures nous serons devant nos dieux, il sera toujours temps de réfléchir au bienfondé de nos propos

— Tu as raison Lucius, restons unis pour ce dernier voyage.

*

De son côté, Julia est toujours serrée contre Priscus qui la tient contre lui. Pour cet homme, qui aux yeux de tous n'est qu'une brute, la chaleur du corps de Julia et sa respiration régulière provoquent en lui une compassion jusqu'alors inconnue, pour celle qu'il considère comme une enfant. Cette lancinante question lui revient sans cesse en tête, pourquoi dieu a-t-il placé cette fille entre ses mains, que peut-il faire pour elle ? Cette nuit est la dernière pour tous, dieu lui donne un petit être à protéger et à aimer pour quelques heures seulement, secrètement il le remercie pour cela, tout en regrettant le triste sort qui les attend.

Ne pouvant trouver le sommeil, Priscus tient Julia bien contre lui, cette fille si légère qu'elle ne pèse pas sur son corps, et qui quelques heures auparavant mourait de peur, est maintenant endormie contre son protecteur. Ce radical changement de comportement montre bien la jeunesse de Julia qui dans l'instant, oublie le sort qui les attend dès demain.

Ses doigts se serrent doucement sur la tendre chair endormie qui dans son inconscient, se love plus encore, cherchant un contact avec le corps protecteur de Priscus, et sa chaleur aussi. Julia a maintenant froid, elle cherche à s'enfouir dans les bras de Priscus, le prend par le cou et respire doucement sur son visage.

À ce moment, l'athlète ressent la vraie valeur qui est en ce monde, lui qui croyait que la défaite de son adversaire marquait le signe de la gloire, se rend compte que la confiance d'une inconnue à la douce peau est plus valorisante que tous ses combats réunis. La respiration fraîche de Julia passe sur son visage comme une caresse, glissant sur ses joues et sur ses lèvres, s'offrant comme un ultime cadeau avant que tout ne soit terminé pour eux deux.

Des femmes, Priscus en a connu, des dépravées intéressées par son corps puissant, ou bien des prostituées intéressées par son argent, mais jamais la puérile innocence d'une fille ne s'est ainsi abandonnée à sa protection. Il sent ses seins chauds, aplatis contre son torse et qui sans honte épousent les formes de sa musculature. En lui naît un amour paternel pour cette fille qu'il devra occire de ses mains avant que les monstres ne la déchirent avec leurs crocs. Ainsi, la dernière épreuve divine consiste donc à aimer une jeune inconnue, avant de lui tordre le cou.

*

Sur la route, le groupe de Néron rencontre quelques passants qui les interpellent en disant d'eux « Voilà des gens qui poursuivent Néron ! »

Et un autre « Que dit-on de lui à Rome ? »

Personne ne leur répond, mais l'empereur déchu comprend la vérité de son échec, cette fois tout est fini pour lui, il ne doit pas se faire prendre. Pourtant, alors que son cheval est effarouché par l'odeur d'un cadavre abandonné sur la route, il se découvre le visage et est reconnu par un ancien soldat prétorien qui le salue. Salut de reconnaissance ou de haine, il ne peut le savoir, mais il laisse des traces de son passage à ses poursuivants.

Arrivé au croisement des chemins qui les mènent chez Phaon, le petit groupe renvoie les chevaux et continue à pieds à travers les taillis et les buissons, par un chemin planté de roseaux. Pour parvenir derrière la maison de campagne, Néron est obligé de mettre son vêtement sous ses pieds pour à quatre pattes, traverser les buissons épineux.

— Maître, lui dit Phaon, tu devrais te retirer dans cette carrière de sable non loin d'ici.

— Il n'est pas question que je m'enterre tout vif !

— Non Maître, mais est-il bon que tu marches dans cette boue qui te colle aux pieds ?

— Avec un peu d'eau il n'y paraîtra plus, je ne suis pas encore fini, mes amis vont venir à mon secours et nous chasserons tous mes ennemis.

— Maître, tes amis sont tous ici, que pouvons nous faire pour toi maintenant ?

En attendant de trouver le moyen d'entrer secrètement dans la maison, Néron puise un peu d'eau d'une mare, qu'il boit et dit, « voilà donc les rafraîchissements de Néron. » Faisant sans doute allusion à la boisson inventée par lui et qui porte son nom, simplement de l'eau bouillie et refroidie par des glaçons.

Pour rester les plus discrets possible, une ouverture est pratiquée dans l'arrière de la maison, là où personne ne peut les voir. Une fois dans les lieux, l'empereur déchu pénètre dans une chambre et se couche sur un lit garni d'un mauvais matelas et d'un manteau défraîchi par le temps en guise de couverture.

— Maître, j'ai un morceau de ce vieux pain pour calmer la faim, propose Phaon.

— Non, je ne veux rien, donne-moi juste un peu d'eau tiède.

— Maître, il serait sage pour toi de nous quitter afin d'échapper aux outrages que l'on peut faire subir à ton corps.

— Pas encore, creusez-moi une fosse assez grande pour que je puisse y tenir, puis apportez du bois et de l'eau pour traiter avec respect mes restes défunts.

Convaincu du triste sort de Néron, chacun fait pour le mieux afin de donner un dernier semblant de dignité à celui qu'il considère encore comme son maître. Néron a été plus enclin à la mort des autres qu'à la sienne propre, chacun des préparatifs lui arrache des larmes et il répète de temps en temps « *Ah ! Quel artiste va périr !* ».

Soudain, lors que tous s'affairent à leur tâche, un courrier apporte un billet à Phaon, Néron s'en saisit et le lit.

Il est pris de peur en lisant que le sénat vient de le déclarer ennemi public et qu'il faut le retrouver pour le punir selon les lois anciennes.

— Mais de quelles lois anciennes parlent-ils, qui peut me le dire ?

— Maître, selon l'ancienne coutume, on dévêtit le coupable et on lui passe le cou dans une fourche, ensuite on le frappe à coups de verges jusqu'à la mort.

— Mais enfin ! suis-je l'ennemi de tous ? Moi qui ai toujours adoré mes amis pour qui j'ai joué les plus belles musiques et composé les plus beaux poèmes ?

— Tes ennemis peuvent te reprocher la mort d'Agrippine, ta mère était aimée par beaucoup d'entre eux.

— Je n'ai pas tué ma mère, les dieux m'en sont témoins, elle a simplement péri comme tout le monde !

— Oui Maître, d'un coup de glaive dans le ventre. Mais il est vrai que tu ne le tenais pas dans ta main.

— Toi aussi tu reconnais mon innocence, je suis donc lavé de ces injures.

— Maître, Poppaea était elle aussi aimée de tous, sa mort ne peut rester dans l'oubli.

—Ne me parle pas de ma délicieuse femme tant regrettée, tout mon amour pour elle n'a su la retenir, en quoi suis-je donc responsable de son départ ?

— Bien sûr mon Maître, ton coup de pied dans son ventre n'était rien d'autre qu'un juste avertissement de ta colère qu'elle avait bien méritée. Et puis, si l'enfant qu'elle portait alors n'a pas résisté, c'est en fait lui, le coupable d'avoir fait plonger sa mère dans les ténèbres.

— Au moins tu comprends ma douleur, mais tous ces fourbes dehors, ils ne souhaitent que ma mort pour prendre ma place.

— Maître, pour le matricide d'Agrippine, tu seras enfermé dans un sac de tissu, avec un chien et une poule, puis jeté dans les troubles eaux du Tibre afin d'expier tes fautes, je t'en conjure, n'attends pas ce moment.

À ces explications, Néron sort deux poignards dont il teste la pointe, puis il les range de nouveau.

— Mon heure n'est pas encore venue.

*

Alors que le jour n'est pas levé, les grilles de la prison sont ouvertes et tous les prisonniers sont conviés à sortir. Pour certains, le réveil est brutal, Julia sortie de ses songes s'accroche désespérément à Priscus, une indescriptible peur se lit sur son visage.

— Viens Julia, c'est maintenant à notre tour de trouver la liberté.

— Tiens moi bien Priscus, j'ai peur… J'ai très peur, ne me lâche pas.

— Non je ne vais pas te lâcher, serre-toi à moi, et si cela doit être trop atroce, je te ferai mourir entre mes mains, tu n'auras pas à souffrir longtemps.

Julia s'accroche au bras de Priscus qui la tient fortement contre lui, il ne craint pas de mourir lui, mais conduire cette jeune fille à une fin si triste lui crispe le ventre, pourtant l'heure trop matinale lui paraît étrange.

— Je me demande pourquoi ne pas attendre le jour, l'amphithéâtre est encore vide de tout spectateur, Ænobarbus est-il si pressé de nous faire disparaître ?

L'heure est en effet hors normes, dehors il fait aussi nuit que dans les cellules et seul le clair de lune permet enfin à Julia et à Priscus de se découvrir. Priscus est un homme puissant, ses cheveux assez longs ondulent sur sa nuque et ses épaules, son visage et son torse portent les marques des très nombreuses cicatrices faites par les cestes[65] lors des combats.

— Priscus, tu crois que Lucius est là lui aussi ? J'aimerais le revoir, ne pas mourir si près de lui après le voyage que nous venons de vivre, c'est vraiment trop bête.

— Certainement, je te comprends Julia, on peut tenter de le trouver, comment est-il ?

— Il est beau !

— C'est une bonne indication en effet, mais nos yeux s'habituent à la faible lumière et je commence à voir les visages. Appelle Lucius aussi fort que tu le peux et je cherche si un homme tourne la tête vers nous.

Julia crie très fort le nom de Lucius, mais évidemment nombreux sont ceux qui se retournent dans leur direction. Un seul d'entre eux lève un bras et répond à l'appel de son nom en criant lui aussi très fort le nom de Julia. Priscus le remarque immédiatement.

— Je crois que c'est lui juste devant nous, viens, approche-toi.

Priscus saisit Julia par la taille et la lève assez haut pour qu'elle puisse voir par-dessus les gens.

— C'est lui, c'est lui, il est devant. Hé Lucius ! Je suis là !

La tenant à bout de bras, Priscus découvre par la tunique ouverte le jeune corps qui se trémousse de joie

---

65 **Caestus** – ancien gant de combat, formé de lanières de cuir et parfois chargé de plomb, quelquefois aussi utilisé dans le pancrace. Il est l'ancêtre du poing américain.

entre ses puissantes mains ; il repose Julia et passe un bras amical autour de son cou, la serrant contre lui. L'envie de l'aimer le gagne soudain lui aussi, aimer cette fille avant que tout ne bascule dans l'horreur qui précède le néant. Heureusement, Priscus revient vite sur terre, son dieu ne lui a certainement pas confié Julia pour qu'il abuse d'elle.

— Viens Julia, reste accroché à moi, on traverse la foule pour le rejoindre.

Le puissant Priscus se fraye un passage, entraînant Julia accrochée à sa taille, Lucius vient dans leur direction. Malgré quelques râles des gens bousculés, ils finissent par se retrouver. Julia saute dans les bras de Lucius qui l'embrasse avec ferveur, puis il tourne son regard sur Priscus.

— Qui est cet homme Julia ?

— Priscus, il est mon ami, il m'a protégé cette nuit.

— Je te salue Priscus, et te remercie de me redonner ma bien aimée Julia.

— Ave Lucius, nous n'aurons pas le temps de nous connaître, mais je suis heureux de vous voir ensemble.

— Pourquoi as-tu une tunique toute déchirée, on t'a fait du mal dans cet infâme endroit ?

— Un homme l'a déchirée et a tenté de me violer, je ne pouvais pas me défendre contre un homme trop fort pour moi, mais Priscus lui a donné un coup si fort dans la figure que l'autre ne s'est pas relevé tout de suite.

— Une fois de plus je te remercie Priscus, je regrette seulement la condition dans laquelle nous sommes.

— Les dieux l'ont voulu ainsi, mais sais-tu pourquoi nous sommes déjà dehors ?

— Je l'ignore, mais peut-être que…

Une claque sur l'épaule ne lui laisse pas finir sa phrase.

— Alors Lucius, tu l'as retrouvé ta femme ?

— Oui, comme tu le vois, grâce à Priscus qui l'a protégée durant la nuit. Je vous présente Aulus Caelius Tuscus, tribun de la garde prétorienne, il partage nos idées, et notre sort aussi.

— Ave Priscus, il est un peu tard pour faire connaissance, mais puisque les dieux nous ont réunis, accepte ma main en signe d'amitié.

— Ave Aulus ! que dieu soit avec toi pour ce dernier voyage. Je te connais depuis longtemps déjà, mais je suis surpris qu'un tribun prétorien soit ici. Peux-tu nous dire ce que nous faisons dehors ?

— Je n'en sais vraiment rien, mais ce n'est pas ordinaire, il doit se passer des choses graves pour que les cellules soient ouvertes toutes ensembles. Tu dis me connaître ? Qui suis-je pour toi ?

— Tu es le tribun de la garde, comme pour tout le monde, mais aussi celui que j'ai souvent vu dans les catacombes écouter les paroles de dieu.

— Alors Priscus, tu es chrétien ?

— Parler de cela n'est plus au goût du jour tribun, notre rencontre avec le seigneur ne saurait tarder.

Priscus qui dépasse tout le monde d'une tête voit plus largement ce qu'il se passe.

— Ils ouvrent la porta Triumphalis[66], c'est tout bon ou tout mauvais.

— Qu'en penses-tu Lucius ?

— Je ne sais pas Aulus, peut-être que des prétoriens ou des légionnaires vont nous massacrer avec leur glaive.

— Pas les prétoriens, je sais qu'ils n'y sont pas disposés, mais la légion de César, faite de marins et de toute une faune de vauriens, c'est possible.

— Eh bien je ne crois pas qu'on meurt aujourd'hui, il y a des hommes en toges qui entrent dans l'arène.

— Des hommes en toges dis-tu ? s'exclame Lucius.

— Oui, et même que ce sont des sénateurs.

— Des sénateurs, alors nous sommes sauvés. Il a dû se passer beaucoup de choses cette nuit.

Après un long moment de brouhaha, et le calme à peu près établi, l'un des sénateurs annonce la déchéance du prince et sa condamnation, les prisonniers sont tous libres. Parmi eux, un homme cuirassé en tenue de général se détache du groupe et cherche assidûment une personne qu'il pourrait connaître.

Beaucoup des prisonniers quittent l'arène sans demander leur reste, mais un certain Icelius, affranchi de Galba qui avait été emprisonné dès le début de l'insurrection, se faufile plus vite que les autres.

*

---

66 Placée sur le grand axe de l'amphithéâtre, la porta triumphalis est la porte par où accèdent les gladiateurs dans l'arène, et sortent les vainqueurs.

— Maître, le trou que tu as ordonné est maintenant prêt.

— Sporus ! Chante les lamentations et pleure sur ma triste fin.

Néron est nerveux, il écoute Sporus sans attention.

— Et toi mon fidèle Epaphroditus[67], ne peux-tu te suicider pour me montrer comment mourir ?

— Je dois veiller sur toi après ton départ, afin que ton corps défunt ne soit maltraité.

— Ma vie est honteuse et infâme, cela ne sied pas à Néron, non, il faut être sage dans de pareils moments ; allons, réveillon-nous.

— Maître, le temps presse car le jour va bientôt se lever.

— Surtout à toi Phaon, et à toi aussi Epaphroditus, brûlez mon corps tout entier, que ma tête n'en soit pas séparée pour être maltraitée.

— Maître, des cavaliers approchent.

— Le galop des coursiers résonne à mes oreilles... Ah, quel artiste meurt avec moi...

Néron, sans poursuivre sa phrase enfonce le fer d'un couteau dans sa gorge, aidé dans son geste par son secrétaire Epaphroditus qui appuie sur l'arme pour enfoncer toute la lame. La lame plantée sur le côté du cou tranche net une carotide, mais est trop courte pour atteindre le cœur. L'empereur vit encore quand un centurion saute de

---

67 Tiberius Claudius Epaphroditus, affranchi et secrétaire de Néron, mort vers 95. Il fut secrétaire impérial de Claude à Domitien, qui le fit exécuter pour avoir aidé Néron à se suicider.

son cheval et fait mine de lui porter secours en couvrant sa blessure, alors Néron a ces derniers mots.

— Il est trop tard… Voilà donc la fidélité !

Il meurt en les prononçant, ses yeux exorbités et son regard fixe saisissent d'horreur et d'effroi ceux qui assistent à sa mort.

— Bien, enveloppez-le dans un manteau, dit le centurion, je le ramène à Rome.

— Attends centurion, l'empereur nous a ordonné dans ses dernières volontés de brûler son corps ici et de le mettre en terre dans le trou que tu vois là devant.

— Je n'ai rien à faire de ses volontés, il a été condamné par le sénat et j'ai ordre de rapporter son corps.

Pour Icelius, sachant que Néron a fui avec Phaon, il lui est simple de savoir où il compte se cacher ; monté sur un rapide cheval aux sabots de bronze, il fonce chez Phaon. Parti peu de temps après les prétoriens il arrive sur place quand Néron vient de trépasser. Ne pouvant que constater la mort du tyran, il accède malgré tout à la demande de Phaon et d'Epaphroditus en permettant l'inhumation de prince.

*

L'arène se vide rapidement, personne ne tient vraiment à s'éterniser en cet endroit, c'est alors que Lucius et Publius se retrouvent enfin.

— Lucius, comme je suis heureux de vous revoir sains et saufs.

— Et moi donc, je croyais bien notre sort réglé pour de bon.

— Julia, viens dans mes bras, que je t'embrasse comme une sœur, j'ai vraiment eu peur pour toi.

— Moi aussi, j'ai eu peur pour moi, tu peux me croire.

— Ave Aulus Caelius, toi aussi tu es ici ? Décidément Néron avait juré la mort de tous les romains.

— Et ce lâche, où est-il maintenant?

—Il a fui la ville, mais des hommes sont à sa recherche, il ne pourra pas s'échapper bien longtemps.

— Publius, toi qui es un homme puissant, veux-tu m'accorder une faveur ?

— Oui Julia, je n'ai rien à te refuser en un si beau jour, demande-moi ce que tu veux et je te l'accorde bien volontiers.

— Peux-tu sauver mon ami Priscus ?

— Priscus ? Je ne connais aucun Priscus.

— C'est lui, toute cette nuit il a veillé sur moi et m'a protégé du viol, il est maintenant mon ami.

— C'est bien. Ave Priscus ! Merci pour avoir pris soin d'elle, je vais faire en sorte que ton lanista accepte ta libération.

— Merci consul Publius Galerius, mais je suis ici parce que je suis chrétien, tu ne peux rien contre cela.

— Je ne peux rien en effet contre le fait que tu sois un chrétien, mais pour ta liberté c'est autre chose, le tyran a été déchu par le sénat et ta condamnation n'est plus à l'ordre du jour ; considère-toi comme libre.

— Merci Publius, dit Julia en sautant de joie, je savais que je pouvais compter sur toi, Lucius m'a tellement vanté ta justice qu'il ne pouvait en être autrement.

— Julia, je n'ai rien à te refuser, la vie d'un esclave n'a aucune valeur et ici tu peux en avoir autant que tu le désires.

— Merci… Un seul va me suffire.

— Alors Priscus, c'est entendu, à partir de maintenant tu es mon garde du corps, acceptes-tu cette tâche ?

— Oui jeune Maîtresse, ma vie désormais t'appartient.

— Quoi ? Que.. jeune maîtresse… mais je ne suis la maîtresse de personne, sûrement pas la tienne non plus.

— Au seuil de notre mort, je pouvais espérer être ton ami pour te conduire vers les dieux qui t'attendent sûrement, mais maintenant tu retrouves ta famille, avec elle tu retrouves également ta condition de noble romaine. Moi je suis pour toujours un esclave méprisable, obligé de lutter dans l'arène pour survivre… ou bien pour y mourir aussi. Je suis très honoré de t'avoir connue maîtresse Julia, mais nos chemins doivent inéluctablement se séparer ici.

Sous les regards médusés, Julia se blottit dans les bras de Priscus et le serre fortement par la taille en levant son visage juvénile.

— Priscus, tu m'as montré la grande honnêteté qui est en toi, ma vie durant tu seras mon ami et mon protecteur, jamais je n'aurai peur dans tes bras.

Priscus sent une gêne vis-à-vis de Lucius, qui pourtant lui tourne un sourire compatissant, connaissant l'innocence de Julia et son caractère entier qui la met à l'abri des différences entre eux tous.

— Si ton futur époux accepte ma présence, je serai au moins ton protecteur.

— Priscus, puisque tu es l'ami de Julia, tu es aussi le mien, prends ma main en signe d'engagement devant les dieux.

— Je n'ai qu'un dieu, mais devant lui je vous jure ma fidélité à tous les deux.

— L'affaire est conclue, puisque Julia est ta jeune maîtresse, alors sois son garde du corps, offre-lui ta vie en protection contre tous ceux qui tenteront de lui nuire, le veux-tu ?

— Maître Lucius, tu me fais un grand honneur auquel je ne suis pas préparé, mais j'accepte ton offre.

— Bien mes enfants, dit amicalement Publius, vous ne comptez pas rester ici toute la journée non ? Je vous invite dans ma modeste domus pour fêter cela comme il convient.

Le petit groupe s'éloigne d'un pas tranquille, Priscus derrière Julia qui n'a pas manqué de le saisir au bras, afin de ne pas le laisser à la traîne. Lucius la tient par l'autre main et Aulus Caelius parle avec le consul Publius.

*

Une heure plus tard, ils arrivent devant la domus Galerius, un grand mur d'enceinte, percé d'une large porte à doubles vantaux se présente à leur regard, fier de

287

veiller sur une si noble demeure. À peine sont-ils entrés dans la grande cour qu'une foule d'esclave vient pour les saluer, faisant de nombreuses courbettes en signe de respect pour leurs maîtres de retour. Des jeunes femmes aux yeux rougis par les pleurs, n'hésitent pas à saisir les mains de Lucius pour les porter à leurs lèvres, le jeune maître est sauf.

Julia regarde avec un air d'étonnement ces étranges comportements, sans ressentir la moindre jalousie. Elle est surprise par une telle dévotion de leur part. Lucius semble vraiment être bien perçu par tous ces gens, son retour après une si longue absence et la tragédie qui a bien failli lui coûter la vie, rendent encore plus intense ces retrouvailles.

Flavia Hortensia arrive elle aussi en compagnie de l'intendant de la maison, suivie par une kyrielle d'esclaves tout sourire aux lèvres. Elle salue rapidement son époux Publius ainsi que son beau-frère Lucius, mais c'est vers Julia qu'elle dirige ses pas rapides. La tenue déchirée de la jeune fille ne manque pas d'attirer son attention en premier, puis la présence de Priscus, juste derrière, l'intrigue également. Elle saisit dans ses bras Julia qui, lâchant Lucius et Priscus, se laisse prendre par l'amour non feint de Flavia.

— Ma pauvre chérie, dans quel état es-tu ? ton habit est tout déchiré, j'espère qu'aucun mal ne t'a été fait ?

— Non, grâce à Priscus je m'en sors plutôt bien, mais un moment j'ai eu très peur. Un affreux monstre en voulait à mon ventre de fille. Sans lui je n'aurais pas su résister encore bien longtemps, mais Bona Dea l'a envoyé à mon secours.

— Qui est donc Bona Dea ?

— C'est la bonne déesse qui veille sur les gens de Glanum, je l'ai priée de me venir en aide et Priscus est arrivé juste après. C'est elle qui a dû le prévenir, de regarder vers moi pour me secourir, avec sa grande force.

— Il faudra la remercier pour son intervention, les dieux et les déesses n'aiment pas tomber dans l'oubli après nous avoir aidés.

— Je vais retourner à Glanum, là-bas, au temple d'Hercule je déposerai une pierre gravée avec mon nom. Julia Cornelia ne restera pas indifférente à l'aide reçu du divin.

— Viens avec moi, Julia Cornelia, laissons pour un temps ces hommes, je vais te donner une belle robe et faire ta toilette, je veux que tu resplendisses pour la cena de ce soir.

Les deux femmes s'éloignent main dans la main, Publius, Lucius et Priscus ont bien d'autres choses à faire que de parler parfums et robe du soir.

*

Alors que Lucius est en plein propos avec Priscus qu'il a invité à son côté, Julia fait son entrée dans le triclinium, Flavia est près d'elle. Les hommes cessent immédiatement leur conversation, le consul Publius lui-même reste bouche bée, Julia est resplendissante.

Elle est vêtue d'une fine robe blanche, serrée à la taille par une ceinture de cuir doré, un profond décolleté sur le devant et plus encore dans son dos. Deux fines bretelles laissent découvertes ses rondes épaules sur lesquelles tombent deux nattes de ses bruns cheveux tressés. Sur sa tête, de nombreuses nattes sont roulées pour former un nid monté haut et décoré d'une belle rose rouge.

Son visage est éclairci avec une poudre blanche alors que ses joues sont rosies avec une autre poudre colorée. Ses paupières sont elles aussi teintées d'un bleu soutenu, ses cils ont été traités avec un mélange gras, fait à base de graisse de poule et de noir de fumée, qui leur donne plus d'épaisseur et plus de longueur, laissant paraître un regard plus vif, cerné par du khôl importé d'Égypte, qui ne dénote pas avec sa bouche peinte en rouge.

Priscus est le premier à réagir, laissant là son nouvel ami Lucius, il se place devant Julia, un genou au sol, saisit et porte à ses lèvres en signe d'allégeance le bas de la robe blanche. Julia prend avec délicatesse son visage entre ses mains.

— Des larmes ? Priscus, pourquoi des larmes sortent de tes yeux quand tu me vois, es-tu malheureux de me voir ainsi.

— Noble Maîtresse, mon regard se pose avec honte sur ta divine personne, je remercie dieu d'avoir croisé nos chemins.

— Priscus, mon ami, je ne suis pas une divine personne, juste une femme que tu as bien servie, ma reconnaissance éternelle t'est acquise, lève-toi je te prie.

— Ne me prie pas Maîtresse, ordonne simplement et j'obéis.

Priscus se dresse devant Julia qui se place dans ses bras et se love, contre toute attente, comme une fille amoureuse.

— Mes amis, Lucius… ne prenez pas mal mon comportement envers Priscus, mais cette nuit fut une véritable nuit d'épouvante et de peur. Priscus est mon sauveur, dans ses bras puissants j'ai trouvé refuge et il ne m'a pas manqué du moindre respect, sans lui je ne serais pas ici pour vous parler, ma dette est considérable et vaut le prix de ma vie. Je ne dispose d'aucun moyen pour le payer, alors je m'offre à lui, qu'il dispose de moi comme bon lui semblera, c'est moi maintenant qui suis son esclave.

Chacun sait bien que selon l'ancienne loi romaine, le Nexum, celui qui ne peut payer une importante dette peut devenir l'esclave de son créditeur, Julia se condamne elle-même à cette peine pourtant abolie par le droit romain depuis des siècles.

— Non Maîtresse Julia, tu n'as pas de dette envers moi. Dans cette prison j'ai prié dieu, lui demandant pourquoi il me condamnait à une si triste fin, qu'avais-je fait pour mériter un tel sort ? Quand je t'ai vue te débattre pour sauver ton honneur, j'ai compris ce qu'il attendait de moi, j'étais là pour te venir en aide.

— Me venir en aide ? Mais nous aurions pu mourir ce matin.

— Dieu le savait, il m'a conduit dans cette prison pour que je sois vers toi, pour te secourir. J'ai toujours utilisé mes poings pour terrasser mes ennemis, pour sauver ma misérable vie, mais cette nuit, ces mêmes poings ont servi à te sauver, je le remercie pour cela.

— Priscus ! Viens donc ici mon ami, lui dit Lucius, tu as sauvé la vie de celle qui devait être la mère de mes enfants, mais tu es maître de choisir notre destin à tous les deux.

291

— Mon choix est simple, puisqu'il est celui de dieu. Comme elle me l'a dit cette nuit, Julia sera ton épouse et la mère de tes enfants, je serai ton ami si tu y consens, celui de ton épouse également, si tu le permets.

Lucius empoigne le bras de Priscus et le tire à lui.

—Viens Priscus, assieds-toi près de moi, cette dure journée m'a creusé l'appétit, soit notre fidèle ami, à cette table et dans toute notre vie. J'ai faim, demain il fera encore jour.

— Demain ? s'exclame Julia, demain je pars pour Glanum, j'ai moi aussi des devoirs envers les dieux.

— Tu veux partir demain ? voyons Julia, n'est-ce pas un peu précipité, lui dit gentiment Lucius, je ne tiens pas à repartir si vite.

— Il n'est jamais trop tôt pour dire merci, mais parfois trop tard, je pars demain.

— Je comprends tes sentiments Julia, mais un tel voyage doit être par avance organisé, alors demain c'est à Subure que nous allons nous rendre tous les deux ; Priscus viendra lui aussi.

— À Subure, dans cet affreux quartier que tu m'as décrit comme un enfer en ce monde, mais que veux-tu y faire ?

— J'ai moi aussi une promesse à tenir envers une jeune femme.

—Une déesse ?

— Oh non, pas vraiment une déesse, du moins pas comme tu l'entends.

—Hé bien alors, qui est-elle ?

— Simplement une fille que l'on nomme une lupa, et qui vend ses services aux hommes pour quelques sesterces.

— Tu veux dire… une prostituée ?

— Oui !

— Ha ! ça ! Et… elle t'a sauvé la vie à toi aussi ?

— Si on veut, mais pas comme Priscus cette nuit l'a fait pour toi. C'est une jeune fille très agréable, sa voix est douce et ses mots justes qui n'agressent personne. Dans mes moments d'errance, elle a toujours su me réconforter sans rien exiger de plus qu'une prestation ordinaire. Je lui ai fait un jour la promesse de la sortir de cet endroit sordide où elle vit, mais comme tu le sais, les événements récents m'en ont empêché. Pourtant, une promesse est faite pour être tenue, alors demain je vais faire ce qu'il convient, tu auras une amie et Priscus également.

— Et ma jalousie, tu en fais quoi ?

— Rien, après ce que nous venons de vivre ensemble, tu n'as vraiment aucune raison d'être jalouse d'une pauvre fille perdue.

— Bon, peut-être bien que tu as encore raison, entre une comme tu dis… lupa, et la guerre, je sais ce qui est le meilleur choix.

— Voila de raisonnables paroles, demain nous serons dans l'Urbs pour régler cette affaire, si les dieux lui ont permis de vivre jusqu'à maintenant.

— Bien sûr qu'elle vit encore, pourquoi en serait-il autrement, il n'y a pas eu de guerre au centre de la ville.

— Ah ! Ma pauvre Julia, quand tu verras l'endroit dont je te parle, prépare-toi à vomir toute ton âme.

— J'ai vu un champ de bataille couvert de milliers de morts, là j'ai senti mes tripes remonter jusque dans mon gosier, je ne crois pas que Subure soit pire encore.

— Hé bien, tu n'as pas tout vu.

— Maîtresse, viens t'asseoir pour manger, dit Priscus, demain tu comprendras ce que Lucius veut dire, je crois comme lui, qu'il n'y a pas de mots pour décrire Subure.

*

Dès la deuxième heure[68], Lucius et Priscus sont déjà prêts à partir, seule Julia montre un léger retard. Lucius a opté pour une toge flambant neuve, bien blanche, montrant ainsi sa qualité d'homme fortuné. Priscus est vêtu d'une tunique neuve, semblant faite exprès pour lui tellement elle est bien adaptée à sa forte corpulence. Sur son côté droit, il porte un glaive rutilant, fixé à une large ceinture de cuir.

Enfin, Julia arrive, dans une jolie stola fournie par Flavia Hortensia. D'un vert émeraude éclatant, elle donne soudain une personnalité très romaine à Julia. Sans parler de ses petits pieds, fourrés dans des chaussures de cuir d'une grande légèreté, elles-mêmes recouvertes avec le fin tissu émeraude de la robe. Un travail artisanal digne d'un orfèvre, de quoi convaincre les plus réticents que celle qui les porte est une grande dame, à respecter sous peine de graves ennuis.

---

68 Entre sept et huit heures du matin,

Pour eux, le plus simple chemin en arrivant à Rome est de passer par le forum romain, traverser la via Sacra et enfiler la via Argiletum jusqu'au portique de Livie, puis finalement, emprunter une petite ruelle sur la gauche.

Pour Julia c'est une grande découverte. À Glanum il n'y a qu'une grande artère et de nombreuses petites ruelles, mais ici, c'est une tout autre dimension. Depuis une clepsydre[69] elle passe d'une rue à l'autre, croisant des dizaines de monuments plus gigantesques les uns que les autres, des centaines de statues plus vraies que nature, et des milliers de gens qui déjà de bonne heure cherchent leur pitance du jour.

Entre Lucius et Priscus qui l'un et l'autre ne la lâchent pas une seconde du regard, elle suit tant bien que mal, écarquillant ses yeux noirs éblouis par la beauté et navrés par la crasse. Malgré sa petite taille et son profil menu, elle est souvent bousculée, un coup d'épaule d'un côté, un pied écrasé de l'autre. Julia découvre le cœur de la capitale du monde.

— C'est ici que tout se passe, derrière cette petite porte close, dit Lucius d'un ton neutre, comme si l'information était banale.

— C'est moche, et c'est encore fermé. Lui répond Julia en faisant une moue dégoûtée.

— Naturellement Julia, ces maisons ne peuvent légalement ouvrir qu'après la neuvième heure[70], mais nous ne venons pas en tant que clients.

---

69 Quinze à vingt minutes selon la saison.
70 Entre quinze et seize heures selon le moment de l'année.

Après avoir frappé sur la porte, celle-ci daigne s'ouvrir pour laisser paraître une femme au visage fatigué, mais qui soudain s'illumine à la vue de Lucius.

— Seigneur Lucius, toi ici ? Tu n'es pas venu depuis si longtemps.

— J'ai eu affaire ailleurs.

— Oui, très bien… tu m'amènes donc une petite nouvelle ?

— Qu'en penses-tu ? Demande Lucius en souriant.

— Bof… Elle est bien habillée, mais elle a des petits nichons, pas facile à vendre par ici, et son derrière n'est pas très enflé non plus, je ne pourrai pas t'en donner grand-chose.

— Rassure-toi, elle n'est pas pour ta maison, c'est mon épouse.

— Oh mince, excuse-moi Seigneur Lucius, je ne voulais pas t'offenser.

— Cela n'est rien Paulia, je l'avais prévenue des risques à venir ici.

— Bon, alors si tu ne me vends pas cette merveille, que veux-tu donc ?

— Morphea ! Répond Lucius d'une voix déterminée.

— Quoi Morphea ? Elle dort à cette heure-ci, que lui veux-tu ? C'est elle qui la veut ?

— Mais non, mon épouse ne s'intéresse pas aux femmes, c'est moi qui viens te l'acheter.

— Morphea me rapporte beaucoup Maître Lucius, combien veux-tu mettre pour elle.

— Cinq mille, pas un sesterce de plus.

— Heu… il faut que je la réveille avant.

— Laisse-moi faire, je connais son cubiculum.

— Évidemment.

— Priscus ! Je te confie Julia, attendez-moi ici.

— Oui Maître.

Lucius s'éloigne tranquillement dans cette maison qu'il semble bien connaître, Julia s'accroche au bras de Priscus comme pour ne pas tomber, mais plus sûrement pour se rassurer.

— Tu connais cet endroit Priscus ? demande Julia inquiète et fronçant les sourcils.

— Non, je ne suis jamais par venu ici, lui répond Priscus plus innocent qu'un ange.

— Ha bon ? Ça sent pas bon, j'ai l'impression que l'air que je respire m'étouffe, quel vilain endroit.

— Tu sais Maîtresse Julia, cet endroit n'est pas le pire de tous, j'en ai vu de bien plus morbides.

— Priscus, je t'interdis de m'appeler maîtresse, je suis ton amie, et personne d'autre. Tu comprends ce que je dis ?

— Oui, bien sûr, mais tu es si jeune et si richement vêtue que j'ai peine à croire que je suis ton ami.

— Hé bien c'est comme ça ! il faut que tu t'y fasses. Est-ce si difficile ? lui demande Julia en s'accrochant fortement à son bras et en le regardant droit dans les yeux.

— Être ton ami est un honneur, mais tu as raison, c'est difficile pour moi qui ne suis qu'un tueur et un homme sans âme.

— Un homme sans âme ? Et ton dieu, à qui parle-t-il si tu n'as pas d'âme, hein ? Dans cette affreuse prison, je me suis blottie contre un homme merveilleux qui a sauvé de la honte ma vie et mon corps, crois-tu que pour moi cet homme n'a pas d'âme ?

— Je ne sais pas Julia, je suis sorti de l'enfer pour te rencontrer sur mon chemin, laisse-moi un peu de temps pour m'habituer.

*

Morphea est allongée sur son dos, sans vêtement, juste un drap fin qui la couvre sans cacher ses formes. Lucius s'approche d'elle et met un genou au sol pour l'observer un instant. La jeune fille, d'une grande beauté, montre un doux visage qui sourit aux anges alors qu'elle respire doucement. Lucius n'ose la déranger dans son profond repos, son regard courant sur les douces rondeurs qu'il connaît bien, et s'arrêtant sur sa bouche aux lèvres en-trouvertes.

Ne pouvant pas lui résister, il passe sa main sous son cou pour lui soulever la tête et dépose un baiser sur sa bouche endormie.

Dans l'instant, Morphea ouvre les yeux, surprise par cet homme qu'elle ne reconnaît pas immédiatement.

— Calme-toi Morphea, c'est moi, Lucius.

— Mon dieu ! Quelle heure est-il ?

— Il est encore bien trop tôt pour travailler, je viens seulement te chercher.

— Me chercher ? Oh ! c'est toi Lucius ? me chercher pourquoi faire ?

— Je t'emmène, comme promis. Mais de quel dieu viens-tu de parler ?

— Moi ? de personne, c'est juste façon de dire.

— Hum, façon de dire… j'en connais un qui lui aussi a une façon de dire. Habille-toi et viens avec moi, maintenant tu n'appartiens plus à cette maison.

— Tu as acheté ma vie ? Tu as donc tenu ta promesse ?

— Oui.

Morphea se lève lentement, avec toute la grâce qui fait d'elle cette femme tant recherchée, puis sans pudeur, montre son corps resplendissant dans la faible lumière de sa fenêtre et s'agenouille aux pieds de Lucius.

— Mon Maître, que dois-je faire pour te servir ?

— T'habiller, t'habiller et me suivre.

Morphea enfile une tunique blanche, serre une ceinture de cuir autour de sa taille et chausse ses pieds d'une paire de sandales également en cuir. Après cela elle coiffe ses épais cheveux noirs et les fixe à l'aide d'un peigne en os adroitement planté pour qu'ils ne bougent plus.

— Je suis prête.

— Prends aussi tes affaires, tes parfums, tes bijoux et tout ce qui t'appartient ici.

— Tu veux donc vraiment m'enlever de cet endroit si horrible ?

— Prends tes affaires et suis moi.

Morphea ne croit rien de ce qui lui arrive, mais par habitude, fait ce qu'on lui dit sans chercher à comprendre. Lucius vient sûrement la chercher pour l'offrir à ses amis, pour la prostituer dans sa propre maison, ou quoi d'autre encore ?

*

Toujours au même endroit, Julia et Priscus font la conversation, passant ainsi le temps à se découvrir mutuellement. Ils sont arrêtés net quand ils voient Lucius revenir vers eux, précédé par une jeune femme aux cheveux bruns. Morphea s'agenouille devant Julia et lève son regard vers elle.

— Maîtresse, que puis-je faire pour te servir ?

— Quoi maîtresse ? Je ne suis la maîtresse de personne, pourquoi voulez-vous tous que je sois votre maîtresse ?

— Tu es l'épouse de Lucius Galerius, mon Maître, je suis ton esclave.

— Oh la la ! c'est bien trop dur pour moi. Priscus, occupe-toi d'elle. Lucius, emmène-moi loin d'ici.

— Allons partons, à la domus Galerius nous pourrons tranquillement faire le point, dit Lucius, prenant Julia par une main et la tirant vers lui.

*

Quelques jours sont passés et chacun ayant trouvé sa place, ensemble ils forment un groupe d'amis original, deux riches représentants de la race humaine, et deux esclaves, riches de leur expérience.

Morphea, connue pour être la plus grande beauté féminine de Subure, surpasse en tout ce que l'on disait d'elle. Après avoir été lavée et parfumée, coiffée par des esclaves maîtres en la matière, puis vêtue comme une femme libre, elle se présente comme Vénus personnifiée, pour le plus grand plaisir de Priscus. Ce dernier, autrefois un monstre sanguinaire dans l'arène, est d'une douceur inattendue envers Morphea qu'il lorgne d'un air désireux.

Julia et Lucius se comportent comme un futur couple, mais par respect pour les dieux, leur mariage ne sera pas célébré avant que Julia ait pu offrir une pierre votive au temple d'Hercule pour remercier Dea Bona de ses services. Pour satisfaire à cette obligation, un voyage est organisé afin de se rendre à Glanum dans les jours à venir. Morphea et Priscus seront du voyage, et découvriront ensemble cette lointaine terre dont Julia ne cesse de leur parler.

*

Après une navigation sans histoire, c'est à Arelate qu'ils débarquent tous les quatre, mais ici, c'est Julia qui parle en connaissance des lieux. Lucius loue un cisium à quatre places, tiré par deux chevaux, pour se rendre à Glanum en quelques heures, et surtout sans fatigue supplémentaire.

Sous un soleil radieux, le parcours est une vraie promenade de santé, et Glanum s'offre à leurs yeux, cette fois sans avoir besoin de se cacher. Le cisium est confié à un esclave qui le parque dans un enclos, spécialement prévu à l'entrée de la ville pour recevoir les voitures des visiteurs, afin de ne pas encombrer inutilement les rues étroites.

Puisqu'ils entrent par la porte nord, c'est la maison du sénateur Decimus qui a l'honneur de leur première visite, et c'est le même esclave au nez pincé, entouré par les mêmes yeux noirs étonnés qui ouvre la porte.

— Je suis Lucius Galerius, laisse-nous entrer.

— Entre Maître, je te reconnais, toi et Julia Cornelia.

— Va chercher le sénateur Decimus.

— Je cours.

Quelques instants plus tard, Decimus et Poppaea sont là, tout sourire aux lèvres, vraiment heureux de les revoir sains et saufs.

— Ha ! Mes amis, mes amis, quelle joie immense de vous voir bien vivants, que tous les dieux du ciel en soient remerciés jusqu'à la fin des temps.

— Salut à toi ! Decimus, dit Lucius, sois en bien sûr, nous partageons ta joie.

Les embrassades et poignées de mains se succèdent avec des larmes de joie en accompagnement, et seuls Morphea et Priscus restent en retrait. Decimus ne tarde pourtant pas longtemps pour voir Morphea.

— Quelle est donc cette resplendissante créature dont on me cache le nom ? Est-ce Vénus en personne qui vous accompagne jusqu'ici ?

— Elle s'appelle Morphea, c'est une grande amie de Lucius, et maintenant la mienne également, dit Julia l'air heureuse de présenter ses amis. Lui, il s'appelle Priscus, c'est un ami à moi et à Lucius aussi, un jour, à Rome, il m'a sauvé la vie.

— Morphea accepte-t-elle que je l'embrasse affectueusement ? demande Decimus plus attiré par la beauté de la jeune fille que par les histoires de Julia.

Morphea est surprise par la demande du sénateur, inconsciente de l'effet qu'elle produit sur le brave homme. Poppaea, tenant Julia dans ses bras ne manque rien à ce qu'il se passe autour d'elle et s'adresse à Morphea.

— Attention mon enfant, ce vieux monsieur sous son air innocent, pourrait bien profiter de la situation pour te voler quelque caresse.

— Puis-je refuser madame ? demande Morphea.

— Naturellement ! Lui répond Poppaea en riant.

— Non, ne l'écoute pas, tu ne peux rien me refuser, elle n'est qu'une femme jalouse de ta jeunesse.

— Oh ! Decimus, je ne suis pas seulement jalouse de sa jeunesse, mais de sa beauté également. Cette fille est si belle, que même moi je ne reste pas insensible à ses charmes, j'imagine qu'elle doit faire souffrir beaucoup d'hommes.

N'écoutant pas ce que lui dit son épouse, Decimus serre Morphea contre lui, la congratulant pour sa splendeur et son doux parfum. Mais ne pouvant pas exagérer la situation, il se libère tristement de sa Vénus et offre une vigoureuse empoignade à Priscus.

— Salut à toi, valeureux guerrier, soit le bienvenu dans ma modeste demeure.

— Salut à toi sénateur, je suis très honoré d'être reçu chez toi.

Julia et Lucius racontent leur aventure comme pour se débarrasser d'un poids trop lourd à supporter, Decimus et Poppaea, avides de nouvelles, les écoutent sans rien dire, par peur de voir se rompre le flot des mots. Tous deux n'en reviennent pas du dénouement de toute cette affaire, à quelques heures près, c'en était fini de Julia et de Lucius. Heureusement que les dieux, quels qu'ils soient, sont intervenus pour les sauver tous.

— Hé bien dite donc mes enfants, dit Decimus, quelle aventure. Mais il est temps d'aller ensemble chez Sextus et Falturnia, Julia doit retrouver ses parents qui meurent d'inquiétude depuis votre départ.

C'est un petit groupe de six personnes qui parcourt à grands pas la rue principale de Glanum, en direction de la porte sud, et sous les regards étonnés des badauds qui se demandent bien ce que cela veut dire.

Decimus et Poppaea sont bien connus, Julia aussi, mais tiens, la revoilà donc, et d'où sort-elle ? Et puis ce général romain, qui est-il donc ? Et l'autre, le grand costaud, sans aucun doute un gladiateur, mais il a une bien jolie compagne que personne n'avait jamais vue non plus par ici. Oh ! Que d'intéressantes questions pour alimenter les conversations sur le forum.

Passant devant la source sacrée et le temple d'Hercule, Julia ne peut s'empêcher de repenser à Manius et à tout ce qui lui est arrivé depuis ce maudit jour. Sortant des fumoirs, les esclaves de Sextus regardent eux aussi passer la petite Julia, la fille de leur maître, depuis si longtemps absente. Enfin, ils sont devant la porte des Cornelii, Julia n'ose entrer, comme si elle était devenue une étrangère pour sa propre maison.

C'est donc Decimus qui se décide à frapper fort sur la pauvre porte, impatient de voir la tête des parents de Julia. Après un court moment, c'est Falturnia qui, sans grande conviction, entrouvre le battant et reste figée par la surprise, puis finit par s'écrouler dans les bras de Sextus qui arrivait juste derrière elle. L'émotion a été trop forte pour cette mère qui croyait ne jamais plus revoir son enfant chérie, mais elle se reprend bien vite et lui tend ses bras affectueux.

Julia s'y jette immédiatement et la couvre de baisers en la serrant par le cou, puis d'un bras entoure également le cou de son père qu'elle tire vers elle. Toute cette débauche d'amour en public n'est pas très correcte, mais Julia n'a que faire des passants et autres curieux qui ne savent rien de ce qu'elle vient de vivre depuis ces dernières semaines.

*

En ce début de juillet, à la quatrième heure du deuxième jour, la cérémonie peut commencer, en présence du prêtre du temple d'Hercule, entouré par les officiants du sanctuaire. Ce moment très précis a été choisi par les augures, afin que la portée du geste soit bien accueillie par les dieux.

Sur une litière rustique, quatre hommes portent une grosse pierre, représentant un petit autel sculpté[71], qu'ils déposent avec peine devant le Nymphée de la source Sacrée. Julia porte une longue Stola blanche, sa tête est recouverte d'un foulard également de couleur blanche et elle se tient à genoux devant l'offrande votive dédiée à la déesse mère Bona Dea.

Près de l'offrande, le prêtre balance un petit pot en bronze pendu au bout d'une chaîne, dégageant une fumée d'encens importé d'Afrique, et fort odorante. Le prêtre récite des incantations que la petite fumée se charge d'accompagner jusqu'au ciel, afin que les dieux entendent bien le remerciement des hommes, qui leur est adressé en ce beau jour très saint.

— Oh! Divine Bona Dea, accepte cette offrande de Julia Cornelia en remerciement de toute ta bonté, afin que pour l'éternité chaque passant en ce lieu sache combien tu as été aux côtés de Julia Cornelia et que… etc.

Le brave homme en donne pour son argent, au risque d'endormir les personnes présentes, son discours n'en finit plus de remerciements et de congratulations. Il est vrai que la cérémonie est assez coûteuse, mais enfin quoi ? Il faut bien vivre aussi.

Après que Julia est réalisée ce qu'elle s'était juré de faire dans sa prison, Sextus Cornelius offre quant à lui un magnifique banquet, largement arrosé avec ses propres amphores de vins. En ce deuxième jour du mois de César de l'an huit cent vingt et un de Rome, Glanum est en fête, la paix est enfin retrouvée et Julia Cornelia, par son

---

71 Un autel dédié par une femme, parlant un dialecte celtique et honorant des déesses celtiques, nommée Cornelia, a été trouvé dans les fouilles de Glanum, s'agit-il de celui de Julia Cornelia ?

mariage avec Lucius Galerius, va devenir sous le regard attendri des dieux, une vraie romaine.

*

* *

Cet ouvrage,

a été édité par jch-autoedition

en janvier 2015.

Printed by CreateSpace, An Amazon.com Company

Printed in Great Britain
by Amazon